KB179422

기호 속의 중국 상

쑤이옌(隋岩) 지음 · **김승일**(金勝一) · **김창희**(金昌熙) 옮김

기호속의 중국 ^상

초판 1쇄 인쇄 2018년 11월 12일
초판 1쇄 발행 2018년 11월 15일

지 은 이 쑤이옌(隋岩)
옮 긴 이 김승일(金勝一) · 김창희(金昌熙)
발 행 인 김승일(金勝一)
디 자 인 조경미
펴 낸 곳 경지출판사

출판등록 제2015-000026호
주소 경기도 파주시 산남로 85-8
Tel : 031-957-3890~1 **Fax :** 031-957-3889
e-mail : zinggumdari@hanmail.net

ISBN 979-11-88783-71-7 04820
    979-11-88783-70-0 (세트)

기호 속^상의
중국

경지출판사

CONTENTS

CONTENTS

머리말

우리 신변에 있는 기호에 대한 논의와 커뮤니케이션

  1960-70년대 영화에서 자본가의 하인은 주인의 딸을 아가씨라고 불렀
는데, 이는 두말할 것도 없이 당시 영화의 계급적 입장이 깊이 스며들어
있었음을 알게 해준다. 개혁개방을 막 시작했을 때 우리는 '아가씨'라는
이름으로 '동지'라는 호칭을 대체한 적이 있었는데, 이 역시 그 당시 유
행하던 사회 풍조를 나타낸 것이라고 할 수 있다. 최근 2년 사이에 음식
점에서 여종업원(女服務員)을 보고 '아가씨'라고 부르면 들은 체도 안 하
다가 오히려 거친 소리로 '종업원' 하고 부르면 곧장 달려오는 경우를 볼
수 있다. 그 이유는 '아가씨'라는 호칭에 유흥가에서 몸을 파는 여인을
지칭하는 새로운 의미가 들어감으로써 이러한 현상이 나타난 것이다.
웨딩드레스도 한 가지 부호라 할 수 있는데, 그 의미는 영원히 신부라는
한 가지 의미를 상징하는 것이고, 하나의 환경에서만 입을 수 있는 것이
기에 그 의미가 변하는 것은 어렵기 때문이다. 아무리 담대한 여자라고
해도 웨딩드레스를 입고 쇼핑을 하거나 골프장에 가서 골프를 하는 것
은 꺼려할 것이기 때문이다.

이 두 가지 예에서 볼 때, 전자는 부호의 기표(記標, 시니피앙)와 기의(시니피에)의 관계가 끊임없이 변화하는 측면이 있다는 증거이고, 후자는 안정적인 측면이 있다는 증거이다. 변화하든 안정적이든 모두 동기가 다른 여러 가지 문화적 판단이 잠재해 있거나 기호에 가치관을 슬며시 찔러 넣었기 때문이다.[01]

한 총각이 장미꽃을 들고 처녀에게 다가갈 때, 우리는 총각이 처녀에게 건네주는 것이 사랑이지 장미과에 속하는 식물이라고 생각하지 않는다. 이것이 바로 기호에 함축되어 있는 의미의 커뮤니케이션(의사소통) 시스템이 우리의 신경에 영향을 미친 것으로서, 우리는 장미꽃은 무엇 때문에 반드시 사랑을 상징하고 증오는 상징하지 않느냐와 같은 물음을 제기하지 않는다. 이는 커뮤니케이션 기호 이론에서 말하는 기표와 기의 관계의 독특성(唯一性) 동형성(同构, 사물의 구조와 구성 방식이 같은 것 - 역자 주)이 우리의 사유를 통제하기 때문이다.

샤넬 N°5 향수 광고문은 이러하다. 기자가 마릴린 먼로와 인터뷰할 때, "저녁 잠자리에 들 때 무슨 잠옷을 입는가?"하고 묻자 그녀는 "샤

---

01) '기표(記標, 能記, 프랑스어: signifiant 시니피앙)'와 '기의(記意, 所記, 프랑스어: signifi 시니피에)'는 페르디낭 드 소쉬르에 의해 정의된 언어학 용어이다. '시니피앙'은 프랑스어 동사 signifier의 현재분사로 '의미하는 것'을 나타내며, '시니피에'는 같은 동사의 과거 분사로 '의미되고 있는 것'을 가리킨다. 기표란 말이 갖는 감각적 측면으로, 예를 들면 바다라는 말에 '바다'라는 문자와 'bada'라는 음성을 말한다. 기의는 이 기표에 의해 의미되거나 표시되는 바다의 이미지와 바다라는 개념 또는 의미 내용이다. 기표와 기의를 하나로 묶어 기호(記号, 프랑스어: signe 사인)라고 한다. 기표와 기의의 관계, 즉 의미작용(意味作用, 프랑스어: signification 시니피카시옹)은 그 관계에 필연성이 없다(기호의 자의성). 예를 들면 '바다'를 '바다'라고 쓰고 'bada'라고 발음하는 데 있어 필연성은 어디에도 없다. 만약 그것이 있었다면 모든 언어에서 바다는 'bada'로 발음되고 있을 것이다. 필연성이 없는데도 불구하고 그것이 이해하는 체계 속에서는 필연화 되고 있다. 한국어를 이해하는 사람이 '바다'라는 글자를 보거나 'bada'라는 소리를 들었을 때, 거기서 상상할 수 있는 것의 근거는 기본적으로 같다. 또 '바다'가 왜 'bada'인가 하는 질문에 답하기가 매우 어렵다.

넬 N°5가 잠자리에 들 때 몸에 걸치는 유일한 옷"이라고 대답한다. 마릴린 먼로의 대답은 샤넬 N°5에 섹시한 특질을 부여했다거나, 광고가 마릴린 먼로의 섹시함을 향수에 전이시켰다고 말할 수 있다. 나이키 신발(운동화) 광고에는 생동적인 화면이 펼쳐진다. 두 팀이 축구경기장에서 각축전을 벌이다가 축구공을 경기장 밖으로 날린다. 축구선수들이 거리와 골목을 누비며 축구공을 쫓아가다 갑자기 멈추어서더니 고개를 숙이고 숙연한 표정으로 묵념한다. 한 영구차 행렬이 지나가기 때문이었다. 영구차가 지나가자 축구선수들은 계속해서 축구공을 쫓아간다. 그러다 화면이 갑자기 바뀌더니 한 쌍의 나이키 운동화가 전체 화면을 꽉 채운다.

나이키가 비싼가요? 확실히 비싸다. 하지만 비싼 데는 그 나름대로의 이유가 있다. 몇 십초 되는 광고는 심각하고도 설득력 있는 한 가지 이유를 설명해주고 있다. 나이키는 교양의 상징이고, 나이키 신발을 신는 사람은 교양이 있는 사람을 가리킨다는 것이므로, 나이키 신발을 신은 사람 모두가 생명을 존중한다는 의미이다.

이 두 광고 모두 여러 개의 함축적 의미로 이루어진 기표(여러 개 기호로 구성된 기표, connotateurs, 含指項)를 활용한, '의미이식(意義移植)'의 작용을 발휘시킨 결과이므로, 마릴린 먼로의 사회적 속성을 향수에 이식함으로써 샤넬 N°5가 기타 향수와 다른 사회적 속성을 슬며시 지니게 한 것이다. 그 목적은 향수가 왜 이렇게 엄청나게 비싼가 하는 근거를 찾아줌으로써, 소비자들이 비싼 값에 샤넬 N°5를 구입한다는 뜻이 곧 마릴린 먼로의 섹시함을 소유하는 것이라고 유혹하려는데 있는 것이다.

축구선수들이 끈질기게 축구라는 꿈을 쫓아가게 하면서도 교양 있는 인격과 예의 있는 인격을 잃지 않는 장면을 통하여 인성을 나이키 신발에 이식시킨 것 역시 나이키 신발, 나아가 나이키 신발을 신는 사람들이 왜 고귀한가 하는 근거를 찾아주었던 것이다. 샤넬 N°5든 나이키 신발이든 물품으로는 섹시하거나 교양이 있을 수 없다. 성(性)은 자연적 속성이지만 성감(섹시함)은 사회적 속성이다. 같은 이치로 아름다움은 자연적 속성이지만 교양이나 고귀함 역시 사회적 속성이다.

우리는 영화에서 전화(戰禍)로 인해 불타 폐허가 된 도시를 보며 가슴 아파하고 비분해 하면서도 영화 제작 측에서 한 장면을 찍자고 한 도시를 태워버렸다고는 생각하지 않는다. 우리의 시각을 흥분시킨 것은 지표적 기표(引得符号, 지표적 상징, indexical) 기호로 지표적 기표 중 관습화(Langue)[02]된 사유 습관을 가지고 떠들썩하게 장면을 꾸민 것으로서, 시각예술로 제작한 '진실한' 속임수인 것이다.

일본의 전철에서, 한 처녀가 중년 남자에게 자리를 양보하자 그 중년 남자가 이해가 되지 않는 듯이 물었다.

"노인도 어린 애도 아니고, 임산부도 지체장애자도 아닌데 왜 자리를 양보하나요?"

처녀가 대답했다.

"선생님이 들고 계시는 종이박스가 저희 마트에서 사용하는 것이에요. 이는 선생님께서 저희 마트를 다녀가셨다는 증거이자 저희 고객이라는 증거이니 고객에게 자리를 양보하는 것이 당연한 일이 아닌가요."

사람들은 사연을 전하면서 "이것이 바로 일본의 기업문화이다"라고 감탄을 연발했다. 사실 이는 기업 이미지를 마케팅 하는 한 가지 이야기에 지나지 않는다. 이 이야기가 진실하다고 하더라도, 자리를 양보한 그 처

---

02) 관습화 : 구조주의 언어학의 시초인 소쉬르가 처음 사용한 낱말로 언어활동(불어: langage)에서 사회적이고 체계적인 측면을 말하는데, 즉 사회적 약속이라고 할 수 있다.

녀가 그 마트의 전체 임직원들을 대표한다거나, 나아가 그 기업, 더 나아가 일본의 모든 기업을 대표한다고 말할 수는 없다. 하지만 그 처녀의 행동은 이 모두를 대표했을 뿐만 아니라 아주 훌륭하게 대표했던 것이다. 아주 훌륭하게 대표할 수 있다는 것은, 부분이 전체를 대표할 수 없지만, 전체를 대표하고 커뮤니케이션할 수 있다는 커뮤니케이션 기호학 이론 중의 메타언어[03] 시스템을 교묘하게 활용했음을 알 수 있다.

상술한 사례들 모두가 우리 생활에서 흔히 볼 수 있는 현상이지만 난해한 커뮤니케이션 기호학 이론을 알기 쉽게 설명해 주고 있다.

커뮤니케이션 기호학 이론은 얼기설기 얽히고 난삽하여 이해하기가 힘들다. 이 책은 생활 속에서 흔히 볼 수 있는 현상과 접촉할 수 있고 느낄 수 있는 실천적 커뮤니케이션을 통해 독자들에게 우리의 한마디 말이나 어떤 행동 모두가 자기도 모르게 기호 발화(發話, utterance)[04]의 도움을 받으면서 깊거나 옅은 우리의 생각이나 견해를 숨기거나 드러내고

---

03) 메타언어 : 인간의 현상적 혹은 물질적 세계에 대한 경험과 그것을 언어적 혹은 기호적인 표현으로 나타낸 것은 꼭 일치하는 것은 아니다. 언어 혹은 기호 체계는 외부 세계에 대한 지적 해석의 체계이기 때문이다. 언어 혹은 기호 체계는 그것이 해석하고 표현하는 외부 세계에 대한 추상화를 반영하는 바, 베이트슨(Bateson)이 언급한 바와 같이, 언어와 기술 대상 사이의 관계는 지도와 그 지도가 나타내는 지역과의 관계와 유사하다. 지도의 해석을 통해 드러나는 지도와 지역 사이의 대응 관계가 단순한 것이 아니듯, 언어와 그 지시 대상 사이의 대응 관계를 어떻게 해석하는가도 단순하지 않은 것이다. 자연 언어(인간의 일상적 언어)는 그 자체가 내부화된 규칙을 지니고 있으며, 자연 언어 나름의 체계를 바탕으로 외부세계에 대한 해석을 반영하므로, 외부 세계의 대상과 언어 기호로 표상되는 해석의 체계는 서로 다른 논리적 유형성(진리치)를 지니고 있는 것이다. 이러한 해석의 체계는 일반적으로 인간이 언어를 습득할 때에 함께 습득하게 되는 내재적인 메타언어적 규칙 속에 포함되며, 언제 어떻게 특정 언어 기호(단어)가 특정 외부 대상과 연관되는가를 결정하게 된다. 이는 인간 개개인이 외부 세계를 파악하는 데에 동원하는 해석 체계가 그 해석 체계를 가지고 있는 인간 스스로의 속성임을 의미한다. 바꾸어 말하면 인간은 각자가 나름대로 지니고 있는 메타언어적 원칙을 통해 주어진 대상과 그 대상에 대한 추상화(해석)를 위한 의미적 기준을 세우는 것이다.

04) 발화 : 아직 입 밖으로 나오지 않은 상태의 추상적인 말이 생각이라면, 이러한 생각이 실제로 문장 단위로 실현된 것이 발화이다. 발화는 화자, 청자, 그리고 장면에 따라 구체적인 의미가 결정된다.

있다는 것을 말하고자 하는 것이다. 하지만 아무리 많은 기발한 상상이든 귀신이나 도깨비이든 간에 모두 기호의 속박을 받으므로, 기호는 문화적 결과이자 사회적 결과이고 역사적 결과라 할 수 있으며, 인류 공동의 유산이라고 할 수 있는 것이다.

이 책의 주요 작업은 다음과 같다.

1) 자연화(naturalization), 일반화(generalization), 지표적(index) 기표 등은 의미 생성의 메커니즘을 제시하고 의미 커뮤니케이션의 모략을 밝히는 키포인트이지만, 유감스럽게도 롤랑 바르트 등 기호학자들은 이같은 개념들을 저서에서 깊이 있고 명확하게 그리고 상세하게 설명하지 않고 슬쩍 스쳐지나갔을 뿐이다. 물론 이러한 개념이나 이론을 말하면서 난삽한 커뮤니케이션 기호학의 실천성, 그리고 그 배후의 본질을 이해하고 인지하려고도 하지 않았다. 사실은 여러 개의 함축적 의미로 이루어진 기표(含指項)의 도움을 받아야 만이 의미의 이식이 이루어지고 공모가 이루어질 수 있으며, 커뮤니케이션에 편승하고 커뮤니케이션의 힘을 합쳐야 만이 실현할 수 있는데, 이 책 제3장의 가치가 바로 여기에 있다. 지표적 기표의 도움을 받아야 만이 매개물의 진실성이 이루어질 수 있는데, 이 과제는 제6장에서 연구하게 된다. 은유(the metaphor)와 함축(내포, connotation), 환유(換喩, the metonymy)[05]와 메타언어의 등가전환의 도움을 받아야 만이 자연화와 일반화 메커니즘이 운영되면서 새로운 의미가 구축되고 일치하는 여론이 생성되어 세상이 발화(utterance)

---

05) 환유 : 어떤 사물을 그것의 속성과 밀접한 관계가 있는 다른 낱말을 빌려서 표현하는 수사법

를 할 수 있게 된다. 이 내용은 이 책의 4장과 5장에서 발견하게 된다. 하지만 이는 또 프라하학파 창시자인 로만 야콥슨(Roman Jakobson)의 은유, 환유와 함축적 의미, 메타언어의 대응 관계, 그리고 유사성(similarity, 유사연합)과 인접성(adjoin, 접근연합)을 겨냥한 용어(term, 기호) 간의 어의 관계에 관한 사상에 질의를 한 토대 위에서 발견하게 된다.

이밖에 은유와 환유는 예로부터 수사학(rhetoric) 분야에서 논쟁이 끊이지 않는 난제였는데, 기호학(semiology)의 시각을 빌려 오랜 세월 동안 분쟁에 휘말리던 한 쌍(개념쌍)의 키포인트적 개념을 아주 수월하게 구분하고 분별할 수 있게 하였다. 즉 은유는 기호의 함축된 기의(所指) 사이에 존재하는 유사성이고, 환유는 기호의 지시대상(所指事物) 사이에 존재하는 논리적 연장이라고 정의했다. 이는 이 책 제4장의 또 다른 가치라 하겠다. 상술한 모든 연구, 가치, 발견, 의미는 매체의 실천 중에서 부각되어 쏟아져 나왔으니 이 또한 이 책 제6장의 내용이다.

2) 탈공업화 소비시대의 도래는 물질세계의 상징화(symbolic)를 심화시키면서 모든 제품을 기호화(sign)하고 모든 소비행위를 상징화했다. 과학기술의 진보와 매개물 형태의 교체는 기표의 다양성에 물질적 토대를 마련해 주었다. 기표의 다양성은 한편으로 사회문화의 다양성과 번영을 촉진시키고, 감정을 드러내고 견해를 밝히는데 도움을 주면서 정보의 친화력과 흡인력, 전파력과 신장력(培養力)을 더해주었다. 다른 한편으로 다양한 기표는 우리 기성의 사유방식에 끊임없이 충격을 주고 '습관화'된 우리 문화시스템에 스며들면서 생활방식 및 그가 처한 사회문화의 변혁을 촉진시켜 왔다. 하지만 우리는 오색찬란한 기표의 성연에

빠져서 그것을 누리면서, 기표가 속박에서 완전히 벗어나 레크리에이션 (游戲)을 마음껏 즐기고 있을 때, 그가 처해있는 분야(field)가 역사적 언어 환경이 점차 사라지고 언어의 내포가 점차 사라지고 있다는 사실을 발견하게 되었다.

그 시각 매체의 기호는 다양한 기표를 활용하여 시청률을 높이고 상업 이윤을 얻으려고 시청자들의 비위를 맞춰주고 있었다. 이 같은 현상은 가치 성향을 일탈하게 하고 역사적 진실을 허무하게 만들어 버린다. 때문에 매체 시대의 기호 커뮤니케이션 연구에서 기표의 다양성과 기표 자체의 이데올로기 성질을 등한시해서는 안 되는 것이다. 만약 권위적인 기호학에서 의미의 형성 체계에 치중하여 연구하면서 의미의 형성은 기표와 기의의 자의성(arbitrariness)으로부터 동기부여의 과정이라는 것을 강조했다면, 기표 다양성의 연구에 있어서는 오히려 주안점을 뒤집어진 동기부여와 자의성의 결합으로 인한 신규 의미구축의 메커니즘에 두게 되었을 것이다. 이 책 제7장에서는 기표의 다양성과 사회문화의 관계를 탐구하고, 기표의 다양성 배후에 숨어있는 은유 기호를 밝히고자 했다.

3) 권위 있는 기호학자 대다수가 '의미작용'(signification, 意指關系)의 '자의성'에 주목하면서, 기표와 기의의 관계는 자의적이며 하나의 '기표' 는 여러 개의 '기의'와 관계를 발생하기 때문에, 기의는 '다의적'이고 '애매하며' 심지어 '모호하다'고까지 여겼다.

이 책 8장에서 토론한 '동형성'(同构)은 오히려 '의미작용'의 '독특성' (uniqueness)으로서 기표와 기의 간의 관계가 특정한 이데올로기를 발화시키는 유일하게(독특성) 굳어진 관계이며, 특정한 언어 환경에서 어떤 기표는 하나의 기의와 대응하게 되었다. '의미작용'이 억지로 규제를 받는 과정이 바로 '동형성'이 형성되는 과정인 것이다. '동형성'은 기호학의 키포인트 적 개념의 하나이고, 기호 커뮤니케이션의 최종 메커니즘으로서 기호별 기표와 기의 간 의미작용의 독특성 규제와 관련될 뿐만 아니라, 전반 사회문화 및 윤리가치 기준이 형성되는 메커니즘을 밝혀 주기도 한다.

권력층은 이데올로기를 사회문화와 윤리 판단 기준에 강압적으로 주입하여 다원화 문화가 생존할 수 있는 공간을 없애버리고 특정한 문화 형태의 정신적 의미를 규정해 놓은 다음, '동형성'이라는 허울 아래 '폭력'을 당연한 이치로 전환시키면서 여러 가지 사회적 신화를 연역한다. 소비적인 사회 언어 환경에서 기호의 가치가 생성될 수 있는 전제조건은, 상품을 의미 담체의 기호가 되게 하고, 또한 함축적 의미가 부여된 독특한(唯一的) 기의가 되게 하며, '사람'들에게 '물건'을 소비케 하는 사회적 의미를 통하여 자아 정체성(自我認同)과 사회 정체성'을 획득하도록 만드는 것이다. '동형성'이라는 의미가 생성되는 메커니즘을 이룩하려는 목적 역시 이와 같은 것이다. 그리하여 이 책의 8장은 '동형성'을 이론적 시각으로 하여 문화 현상 배후의 심층적인 사회의 의미를 해석하고, 나아가 '상징적 가치'(符号价值, symbolic value)의 생성 메커니즘을 밝히고자 했다.

4) '메타언어(metalanguage, 元語言 : 純理語言)'는 기호학과 언어학의 중요한 개념이며, '부분으로 전체를 대체'하는 것은 메타언어 메커니즘의 가장 기본적인 논리적 관계이다. 실생활에서 "잘 자랄 나무는 떡잎부터 안다(見微知著)", "나무 잎이 하나 떨어지는 것으로 가을이 왔음을 안

다(一叶落而知秋)"라는 이치가 더욱 그러한 것인데, 바로 이 같은 인지방식은 새로운 의미가 구축되고 전달되고 확산되게 함으로써 기호가 커뮤니케이션하는 일반적인 메커니즘이 되는 것이다. 기업 이미지를 파편화(fragmentation)하는 형식으로 사람들의 인지에 심어놓으면, 사람들은 습관적으로 '파편'(조각, fragment)을 가지고 '전체'를 파악하게 된다. 이것이 바로 '메타언어' 메커니즘이 작용을 발휘한 결과이다. 과거 학자들은 메타언어를 연구함에 있어서 대부분 이 이론적 술어를 풀이하고 구조를 분석하는데 치중하면서 생생한 커뮤니케이션 실천과 결부시키는 작업에는 등한시했다.

제9장에서는 메타언어 이론을 활용하게 되는데, '기업이미지'를 구체적인 연구 대상으로 한 다양한 커뮤니케이션 실천에 대한 상세한 서술을 통하여 '이미지'적인 기호를 인지하고 구축하는 커뮤니케이션 법칙을 밝히고자 했다. 우리는 이미지(形象)가 '형태(象)'와 '나타내다'(形)는 두 가지 측면이 있다고 생각한다. 이는 마침 기호의 '기표'와 '기의'와 대응하면서, 양자는 '의미작용'을 진화시킨 토대 위에서의 '메타언어'를 구축하고 있음을 알게 한다. 바로 의미를 생성하고 이미지를 커뮤니케이션하는 다른 한 가지 메커니즘을 구축한 것이다.

기호학은 얼기설기 뒤엉켜 난해하고 이견이 분분하여 서술할 때 논리가 복잡하고 의미가 불분명한 함정에 깊이 빠질 수 있다. 아무리 심오한 학설이고 엄밀한 추론이라 해도 사회적 실천을 떠난다면 결국 사람들을 접근도 못하게 하는 오만한 학문이라는 불명예에서 벗어나지 못하게 될 것이다.

군더더기를 없애고 쓸 만한 것을 활용할 수 있는 것은 활용케 하기 위해, 사람들이 새롭게 자주 바뀌는 기호 커뮤니케이션의 본질을 이해하는데 도움을 주고, 기호를 가지고 의사소통을 하는 생활과 사회 자체의 복잡성을 인식하는데 도움을 주며, 기호가 연발하는 세상을 속속들이 알게 하고 정신적 다양성을 속속들이 알도록 도움을 주는 것은, 난해하다고 방치해두었던 기호학의 영광을 되돌려 놓을 수 있는 한 가지 방도가 아닐까 생각한다.

제1장

기표와 기의의 관계적 진화는
기호의 사회화 과정

제1장
기표와 기의의 관계적 진화는
기호의 사회화 과정

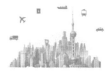

　예를 들면 롤랑 바르트의 『기호학 원리』라는 책명이 제시하듯이 인류는 오래 전부터 기호의 통제를 받아왔고, 형형색색의 기호에 승복하며 살아왔다. 특히 현시대는 기호의 가치 증식을 사회자본 누적의 새로운 자원으로 여기는 소비시대이다.[06] 다시 말하면 탈산업화 시대에 처해 있는 우리, 탈산업화의 현대적 언어 환경에 처해 있는 우리의 문화, 나아가 우리의 사회관계 등 모든 것이 이미 완전히 기호화되었다. 기호의 힘을 빌려야 만이 우리와 우리, 우리와 세상은 소통을 할 수 있고 교류를 할 수 있다. 기호는 우리의 생활을 변화시키고 있을 뿐만 아니라, 우리 문화를 구축하고 우리 영혼을 온전하게 조소(彫塑)하고 있는 것이다.

---

06) 산업형 사회는 중공업 제품을 사회 자본 누적의 주요 원천으로 하는 시대였다. 이른바 탈산업화 소비시대는 자본 누적의 주요 원천이 단지 유형의 물질적 제품에만 있는 것이 아니라, 유형의 물질적 제품 속에 무형의 요소도 있다. 예를 들면 제품 브랜드 같은 것이다. 다시 말하면, 탈산업화시대 교환 가치의 가치 증식은 주요하게 원가를 줄이거나 사용가치를 향상하는 데만 의존하는 것이 아니라 제품의 기호 가치에도 의존한다. 탈산업화시대 우리는 흔히 유명브랜드를 입기 위해 옷을 구입하는 것처럼 기호를 소비하기 위해 제품을 소비한다.

1. 기호, 기표, 기의 그리고 지시대상

스위스 언어학자 소쉬르의 명작『일반 언어학 강의』가 전통적 언어학을 초월한 구조주의(構造主義)[07] 경향을 띤 일련의 원칙과 방법을 내놓았다. 그 중 기표와 기의를 구분한 것은 훗날 구조주의 가치를 탐구하는데 중요한 토대를 마련해주었을 뿐만 아니라, 우리가 기호 가치가 생성하고 커뮤니케이션하는 시스템을 밝히는데 독특한 시각을 열어주었다.

소쉬르의 견해에 따르면, 매 하나의 기호는 기표와 기의로 조성되어 있다. 혹은 매 하나의 기호를 인위적으로 기표와 기의로 나눌 수 있다.

기호에 대한 여러 가지 정의 가운데서 기표와 기의의 뜻을 보다 쉽게 이해하기 위해 본문은 찰스 퍼스의 견해를 인용하고자 한다. 퍼스는 "기호란 이것으로 저것을 표시하는 것"이라고 말했다. 그렇다면 대체 어떠한 '이것'이 '저것'을 표시할 수 있고, 하나의 기호가 될 수 있다는 것인가? 예를 들면 '안녕하세요!'는 이것이고, 저것은 "문안의 인사말"을 표시하며, 음성은어를 기호라 할 수 있다. '책상'은 이것이고, 저것은 독서를 하거나 글을 쓸 때 사용하는 가구를 표시한다. 영어 단어 'desk'는 이것이고, 저것은 독서를 하고 글을 쓸 때 사용하는 가구를 표시하며, 문자를 기호라 할 수 있다. 이는 어느 민족의 문자든지 모두 같다.

거리의 붉은 신호등은 이것이고, 저것은 통행금지를 표시한다. 인민영웅기념비는 이것이고 저것은 기념하고 추억하는 것을 표시하며, 실물은 기호라 할 수 있다. 양복은 이것이고, 저것은 공식적이고 점잖음을 표시

---

07) 구조주의 : 사회적·문화적 형상을 각각의 요소가 아닌, 심층적인 구조의 틀 속에서 파악하려고 하는 지식 경향

한다. 청바지는 이것이고 저것은 한가함과 소탈함을 표시한다.

　웨딩드레스는 이것이고 저것은 신부((新婦)를 표시하며, 의상을 기호라 할 수 있다. 레이펑(雷鋒, 1960년대 중국의 모범 노동자이며, 모범 병사)은 이것이고, 저것은 인민을 위해 봉사하는 시대적 정신을 표시한다. 류샹(劉翔, 올림픽 육상 허들부문 우승자)은 이것이고, 저것은 올림픽 정신을 표시한다. 왕진시(王進喜, 석유 유추의 모범 노동자)는 이것이고, 저것은 물품이 부족하던 시기 생산이 우선이고 생활은 이후라는 가치관을 표시한다. 리위춘(李宇春, 유명 여가수)은 이것이고, 저것은 생산과잉 시대에서 자기가 하고 싶은 대로 살고 대출을 받아 소비하는 이념을 표시하며, 인물을 기호라 할 수 있다. 아편전쟁은 이것이고, 저것은 굴욕적인 중국 근대사의 시작을 표시한다. 5·4운동은 이것이고, 저것은 반제 반봉건주의를 표시한다. 원촨(汶川) 대지진은 이것이고, 저것은 "전 중국이 응원하고 있으니 원촨 인민들은 낙심하지 말라!"는 21세기의 민족정신을 표시한다. 리먼 브라더스의 파산은 이것이고, 저것은 글로벌 금융위기가 시작되었음을 표시한다.

　음성 언어, 문자, 실물, 의상, 인물, 사건만 기호로 될 수 있는 것이 아니라, 모든 자연적인 것과 사회적인인 것, 물질적인 것과 의식적인 것, 유형적인 것과 무형적인 것으로 이것을 저것으로 표시할 수만 있다면 모두 기호로 될 수 있거나 우리 인류에 의해 기호화 될 수 있다. 이것을 저것이 표시하는 '이것'이 바로 기표 부분이고, 표시하는 그것이 바로 기의 부분이다. 기표 부분은 우리가 듣거나 보거나 감각할 수 있는 부분이다. 즉 기호의 소리나 이미지 혹은 냄새 등이 그것인데, 물질적 성질과 물질적 형식을 가지고 있는, 기호 내용을 지탱해줄 수 있는 '매개체' (intermediary), 기호 내용을 지탱해주는 표현 즉 기의를 전달하는 매개이다. "그 것을 거쳐야 만이 말할 수 있는 물건으로 의미화(의미작용) 한다." 음성 은어기호로 말한다면, 기표는 우리가 들을 수 있는 소리이다. 예를 들면, 우리가 '좋다' 하고 큰소리로 말하면 음파는 바로 이 기표의 물질적 성질이다. 문자 언어기호로 말한다면, 기표는 우리가 볼 수 있는 문자이다. 예를 들면, 본문의 문자이며, 그 물질적 성질은 인쇄 잉크이다. 실물 기호로 말한다면, 기표는 우리 눈에 보이는 실물이다. 예를 들면, 거리의 신호등이나 건물 같은 것이 그것이다.

기의에 대해서는 주로 다음과 같이 세 가지 다른 이해가 있다.

첫째, 기의는 기호가 서술하는 실재 사물이고, 기호가 가리키는 객관세계이다. 즉 기의는 기호가 "지시하는 사물(지시대상) 이다." 이 같은 이해는 사실 기호학에 위배된다. 기호학이 힘써 밝히려는 것은 가치가 어떻게 생성되느냐 일뿐 객관세계(지시대상)에는 관심이 없기 때문이며, 또한 가치 그 자체에 대한 옳고 그름에는 이미 공감대를 형성했기 때문이다. 하지만 일부 기호학 연구자들은 여전히 그들의 논술에서 흔히 '기의'와 '지시대상'을 혼돈하고 있다. 그것은 그들이 잠재의식 속에 기호가 실재 사물을 대체하는 기능을 가지고 있다고 줄곧 생각하고 있기 때문이다. 이 역시 본문의 뒷부분에서 '자연화 메커니즘' 형성 과정에 치중하여 논술하는 주요 원인 중의 하나이다.

둘째, 기의는 기호 사용자의 심적 표상(representation)으로서, 전적으로 기호 사용자의 심적 활동이다. 즉 기호가 의미하는 개념이다. 이 같은 이해가 바로 소쉬르의 견해이다. 즉 "기의는 하나의 사물(실체)이 아니라, 그 사물의 심적 표상이다"라는 것이다. 소쉬르 본인은 기의의 이 같은 심리적 성질을 분명히 밝히면서, 그 것을 개념이라 일컬었다.

그리하여 낱말인 '소'의 기의는 '소라는 동물이 아니라 그에 대한 심적 이미지라는 것이다.[08] 예를 들면, 음성 언어로써 말하면, 중국어로 발음하는 'niu'(牛, 소의 중국어 발음) 소리나 영어로 발음하는 'oks'라는 소리는 곧 기호 '소' 혹은 'ox'(소)의 기표이다. 문자 언어로써 말하면, 우리가 종이에 쓴 '소'나 'ox'는 기표인 것이다. 그러나 가리키는 것은 초원에서 풀을 뜯어먹고 있거나 밭에서 쟁기를 끌고 있는 구체적인 동물이 아니라 "머리에 긴 뿔이 나 있고, 발굽은 둘로 갈라져 있으며, 꼬리는 가늘고 긴데 끝에는 술 모양의 털이 있는 몸집이 큰 반추 포유동물이다"라는 개념이다. 이 개념이 바로 기호 '소'이거나 'ox'가 기호 사용자 마음속에 각인되어 있는 하나의 심적 표상이다. 이 같은 이해는 위에서 언급한 일종의 이해와는 분명 위배가 되지만, 일리는 있다. "어떤 기호는 그들이 지시하는 '진실한' 객체인 추상적 명사(예를 들면 진리, 자유 등)나 상상의 동물(예를 들면 인어, 유니콘 등)이 아예 없기 때문이다."[09] '소'(혹은 'ox') 등 많은 기호들은 적합한 '지시 대상물'이 있지만, '기린', '사랑' 등 많은 기호들은 진술하는 실재 사물도 없고, 지시하는 객관세계도 없다. 그러나 이런 기호들은 전자와 마찬가지로 우리 일상생활에서나 문화 활동에서 꼭 필요한 것들이다.

셋째, 기의는 발화(發話)가 가능한 것이다. 롤랑 바르트는 『기호학 원리』(Elements de Semiologie)에 스토아학파 철학자들의 이해를 인용했다. "스토아학파 철학자들은 심적 표상, 실재 사물, 말로 표현할 수 있는 것(dicible) 등" 세 가지 측면으로 세분화했다. 기의는 심적 표상도 아니

---

08) 롤랑 바르트(羅蘭 巴特) 저, 李幼蒸 역, 『符号學原理』, 상해 : 生活 讀書 新知三聯書店, 1986, 136쪽.

09) 앨런런 세트(艾倫 塞特), 「符号,結构主義和電視」, 『重組話語頻道』, 北京, 中國社會科學出版社 2000, 5쪽.

고 실재 사물도 아닌 말로 표현할 수 있는 것이다. 기의는 무의식적 행위, 즉 비현실적인 것인데 의미화 과정 속에서만 정의를 내릴 수 있으며, 대체로 동어 반복의 형식으로 이루어진다. 이것이 바로 기호 사용자가 의미화 하려는 '그 같은 물질적 대상'이다. 스토아학파 철학자들의 이해에 따르면, 이른바 '말로 표현할 수 있는 것'은 기표가 의미화한 "그들을 통해야 만이 말로 표현할 수 있는 물질적 대상"일 뿐이지, 결코 기호의 개념이라고 확정할 수는 없는 것이다. 예를 들면, 스포츠 셔츠(문자 기호로 이루어지지 않은 스포츠 셔츠)라는 기표는 "가을 숲속에서 장시간 산책하는 것을 의미화하지[10], 스포츠를 할 때 입는 어떤 구체적인 색상, 스타일, 사이즈를 갖춘 상의를 의미화 하는 것은 아니다." 또한 스포츠 셔츠의 개념인 "스포츠를 할 때 입는 상의"를 의미화하지는 않는다. 하지만 이 같은 이른바 "말로 표현할 수 있는 것"이 뒤에서 논술하게 되는 의미화를 함유하고 있는 기의이다. 이처럼 "말로 표현할 수 있는 것"은 직접 의미화한 기의와 의미화를 함유하고 있는 기의를 혼효하고 있는 것이다.[11]

이런 측면에서 보면, 소쉬르의 이해는 위에서 서술한 두 번째 이해에 해당하며, 그의 이해가 보다 합리적이고 보다 임의적인 것 같다는 생각이 든다. 기의에 대한 이해를 토대로 하여 우리는 기호란 하나의 소리(音)나 개념이 각기 결부된 결합체라는 것을 알 수 있다. 이 같은 결합 가운데서 "기표는 표현 측면을 구성하고, 기의는 내용 측면을 구성한다"

---

10) 롤랑 바르트 저, 李幼蒸 역, 『기호학 원리』, 앞의 책, 137쪽.
11) 이 책의 2장 첫 번째 문제를 참고.

고 볼 수 있다.[12] 또 어떤 학자는 기표와 기의라는 이 두 개념을 "기표는 기호의 형식으로서 볼 수 있는 기호 부분이다. 기의는 기호의 의미로서 볼 수 없는 기호 부분이다"[13]라고 간단히 개괄했다. 기의는 기표가 기호 사용자의 마음속에 비친 심적 표상이라면, 상상 속에서도 나타날 수 있는 것이다. 즉 기의는 다의성(多意性)을 가지고 있다. 이 점은 뒷부분에서 논하고자 한다.

하지만 어떻게 설명하든 기표와 기의에 대한 구분은 의미 생성과정을 위한 인위적인 이론적 구분일 뿐, 현실에서 기호를 운용할 때는 이 같은 구분이 존재하지 않는다. 현실적 교제에서 기표와 기의는 동전의 양면처럼 확연히 분리할 수 없는 것이기 때문이다.

기호학으로 말하면, 기호는 기표와 기의라는 두 가지 관계 항목만 있을 뿐, '지시 대상물'이라는 항목은 없다. 앞에서 서술한 것처럼 기호학은 객관세계에 관심이 없고, 기호 체계 자체에만 관심을 두기 때문이다. 바로 이렇기 때문에 기호학이 "치가 떨리도록 화가 날 정도로 역사적 사명감이 부족하다"는 비난을 받는 이유이다. 그러나 바로 이러한 "치가 떨리도록 화가 날 정도로 역사적 사명감이 부족하다"는 비난을 회피하고자 본문은 기호학과 역사적 의식형태의 연구를 결합함으로써 의미의 생성과정을 제시할 뿐만 아니라, 의미와 현실, 의미와 역사, 의미와 이념, 의미와 문화관계를 탐구하고자 하는 것이다. 그리하여 본문은 각 분야의 대가들이 '기의'라는 이 범주에 관해 내린 정의를 토대로 하여 그

---

12) 롤랑 바르트 저, 李幼蒸 역, 『기호학 원리』, 앞의 책, 134쪽.
13) 曾慶香, 『新聞敍事學』, 北京, 中國广播電視出版社, 2005, 148쪽.

진위를 장황하게 진술하고자 한다. 물론 중복하려는 것이 아니라, '기의'를 이해하는 동시에 다른 하나의 개념인 '지시대상'을 강조하려는데 목적이 있다. 이른바 '지시대상'이란 기호가 지시하는 물건이나 일이나 상황과 연관되거나, 기호와 대응하는 물건이나 일이나 상황이다. 예를 들면, 어떠한 언어 환경에서는 기호 '책상'이 지시하는 대상이 어린 시절 옛집에 있던 구체적인 책상일 수도 있다. 어떠한 언어 환경에서는 기호 '사랑'의 지시대상이 심금을 울리는 쉬즈마(徐志摩)와 루쇼만(陸小曼)[14]의 사랑일 수도 있다. 의미와 현실, 의미와 역사, 의미와 이념, 의미와 문화의 관계를 탐구하려면 기표와 기의라는 한 쌍의 개념을 운용해야 할 뿐만 아니라, 기표와 기의를 '지시대상'이라는 개념과 관계를 발생시키도록 해야 한다. 이로부터 우리는 기호학이 제시하는 의미와 우리의 생활, 의미와 우리의 세상, 의미와 우리가 부앙(俯仰)하고 생활하고 있는 문화와의 관계를 찾아내는 것이다.

---

14) 쉬즈뭐(徐志摩; 1895-1931)는 중국에서 가장 로맨틱한 시인으로 알려져 있다. 경제학을 배우기 위해 미국으로 갔던 그는 논리학을 공부하기 위해 다시 영국으로 간다. 그렇지만 그는 케임브릿지에 가서는 정작 영미 유미주의 시에 경도되어 문학에 탐닉하게 된다. 그가 중국에 돌아와 조직한 신월사(新月社)는 오늘날에도 백화시의 율격을 정초한 매우 중요한 사단으로 평가되며, 그가 남긴 주옥같은 시편들은 여전히 감상자의 가슴을 설레게 한다. 한없이 무너져가는 중국의 현실에서 그가 꿈꾸었던 전원에의 열망은 너무나 무력했지만 그럴수록 그는 아랑곳하지 않고 자기 시의 주인공처럼 낭만적인 삶을 누렸다. '사랑의 시인' 쉬즈뭐를 얘기 할 때면 항상 세 명의 여성이 함께 거론된다. 첫 번째는 그와 1915년 결혼한 장어우이(張幼儀)였다. 명가 출신인 그녀는 쉬즈뭐의 뒷배를 봐줄 수 있는 든든한 후원자(처가)를 제공하였지만, 그가 린후이인(林徽因)을 짝사랑함으로써 파경을 맞는다. 두 번째 여인인 린후이인은 쉬즈뭐의 은사 량치챠오(梁啓超)의 며느리감으로 정혼이 된 상태였다. 그가 린후이인의 냉담한 반응으로 실의에 빠져 있을 때 나타난 세 번째 여인은 당시 베이징 사교계의 여왕이었던 가수 루샤오만(陸小曼)이었다. 그녀는 쉬즈뭐의 끈질긴 구애에 못 이겨 남편과 이혼하고 그와 재혼한다. 쉬즈뭐의 여성 편력은 베이징의 문화계에 충격을 던져주었지만, 그는 상관하지 않았다. 오히려 그는 "사랑의 출발점은 육체가 아닐지도 모른다. 그러나 육체를 사랑하게 됨으로써 그 절정에 이르게 된다"는 가히 탐미주의 시인다운 유명한 말을 남겼다. 그런 그답게 죽음도 화제를 뿌렸다. 그 당시로서는 아주 드물 게 비행기 사고로 - 그는 비행 애호가였다 - 사망한 것이다.

27

2. 기표와 기의의 관계 : 자의성에서 동기부여로

내가 차를 몰 때면 네 살 난 딸애가 'red says stop and green says go, yellow says wait and you'd better go slow.'(빨간 불이 켜지면 멈춰서고, 파란 불이 켜지면 움직이며, 노란 불이 켜지면 조심해야 해요) 하고 늘 주의를 준다. 어느 날 딸애가 갑자기 두 눈을 동그랗게 뜨며 물었다. "왜 빨간 불이 켜지면 꼭 차를 멈춰 세우고, 파란 불이 켜지면 꼭 몰아야 하나요? 누가 정했나요? 경찰아저씨가 정했나요?"

아직 기호화 되지 않고 사회화 되지 않은 네 살짜리 '사상가' 앞에서 나는 할 말을 잃었다. 과연 누가 적색 신호등이 켜지면 반드시 차를 멈춰 세워야 하고, 녹색 신호등이 켜지면 운전해야 한다고 규정했을까? 경찰이 규정했을까? 그 경찰은 누구인가? 중국 경찰일까, 아니면 외국 경찰일까? 기표로서의 적색 신호등과 기의로서의 통행금지 사이에 당연한 연관이 있는가? 우리가 적색 신호등을 만나면 머릿속에 떠오르는 것이 꼭 통행금지여야 하는가? 우리가 '소'라는 소리를 내거나 '소'라는 글자를 쓸 때 꼭 "머리에 긴 뿔이 나있고, 발굽은 둘로 갈라져 있으며, 꼬리는 가늘고 긴데 끝에는 술 모양의 털이 있는, 몸집이 큰 반추 포유동물이다"라고 표현해야 하는가? "머리는 작고 얼굴이 긴데 귓바퀴를 곧추세우며 목덜미에는 갈기가 있다. 사지가 건장하고 다리에 발굽이 달려 잘 달릴 수 있는, 몸에 긴 털이 있는 포유류 동물이다."(사전에 오른 말[馬]에 대한 개념) 하고 반대로 표현하면 안 되는가? 답은 당연히 부정이다. 그러지 않으면 우리는 다른 사람들과 소통할 수 없어 이 세상에서 살아갈 수가 없다. 이렇게 본다고 할 때, 기표와 기의 사이에는 이미 정해져 있는 필연적인 관계있기에 쉽게 변경할 수가 없는 것이다.

그러나 "머리에 긴 뿔이 나 있고, 발굽은 둘로 갈라져 있으며, 꼬리는 가늘고 긴데 끝에는 술 모양의 털이 있는, 몸집이 큰 반추 포유동물이다"라는 개념을 우리 중국인들은 '소'라는 기표로 의미화 하지만, 영국인들이나 미국인들은 'ox'라는 기표로 표현한다. 그리고 프랑스인들은 'boeuf', 독일인들은 'das rind', 일본인들은 '우시(うし)'라는 기표로 의미화 한다. 같은 기의지만 사람들은 다른 기표로써 의미화 한다. 이는 무엇을 설명하는가? 기표와 기의는 그 관계가 결코 필연적이 아니라 여러 가지 가능성이 존재한다는 것을 설명해주는 것이다.

상술한 두 가지 관점, 두 가지 예증에는 모두 일리가 있다. 그렇다면 기표와 기의는 도대체 어떠한 관계인가?

소쉬르는 기표와 기의 사이는 대응할 수 있는 가능성이 그지없이 많다고 했다. 예를 들면, '책상'이라는 기표와 '책상'이라는 이 기호적 개념 사이에 필연적인 연관성은 없다. 책상이라는 이 가구가 최초로 만들어졌을 때, 우리는 이 물건을 걸상이라고 부르거나 다른 이름을 달아 부를 수도 있었는데, 최초로 호칭한 사람은 전적으로 자의적이었을 것이다. '책상'이라 부르든, 'desk'라 부르든, 'pupitre'라 부르든, 'schreibtisch'라 부르든 이 기표는 동일한 개념을 가리키고 있다. 역시 동일한 개념에 완전히 다른 기표로 의미화 할 수 있다. 이 모든 것이 기표와 기의 사이의 관계가 최초에는 자의적이었다는 것을 설명해주고 있다. 셰익스피어의 말처럼 "우리가 장미라고 부르는 것은 어떤 이름으로 불리든 여전히 향기로울 것이다."

그러나 이 같은 그지없이 많은 대응의 가능성이나 최초의 자의성은 관습화로 변했다. 그리고 이 같은 관습을 마음대로 변경할 수 없게 되었다. 그리하여 우리는 "책을 읽고 글을 쓰는데 사용하는 탁자"를 이구동

성으로 '책상'이라 부르고, 영어를 하는 사람들은 'desk', 프랑스어를 하는 사람들은 'pupitre', 독일어를 하는 사람들은……이라고 부르고 있다. 즉 첫 사람이 "책을 읽고 글을 쓰는데 사용하는 탁자"를 '책상'이라고 호칭하자, 두 번째, 세 번째 사람도 책상이라 호칭했고, 나중에 모든 사람이 첫 사람의 호칭을 따라하는 바람에 이 같은 명명 방식이 고정된 것이다. 영국인이든 프랑스인이든 독일인이든 상황은 마찬가지였다.

주목할 만한 것은, 후인들이 '책상'이라는 기표와 '책상'이라는 개념 사이의 관계를 자의성에서 동기부여로 진화시켰다는 점이다. 이 같은 동기부여는 본질적으로 일종의 약정에 지나지 않지만, 오히려 한 집단이 공통으로 장기간 누적한 일종의 약정이 된데서, 그 누구든지 이 같은 약정을 변경할 수 없게 되었으며, 공동으로 생활하는 문화 환경에서 모든 사람들의 공동유산으로 되었다. 기표와 기의는 자연적으로 연결된 것이 아니라, 여러 민족들이 각기 장기간 공동으로 약정하고 집단적인 훈련을 거치면서 학습하고 전수한 결과라는 것을 알 수 있을 것이다.

바로 이렇기 때문에 어떤 학자는 기표와 지시대상의 관계('책상'이라는 말의 소리와 객관세계에 존재하는 '책상'이라는 가구)는 자의적이지만, 기표와 기의의 관계('책상'이라는 말의 소리와 '책상'이라는 개념)는 도리어 필연적이고 동기부여가 되어서 어느 누구든지 그 관계를 마음대로 변경할 권력이나 능력이 없다는 것이다.[15] 사실 이는 기표와 기의의 관계가 최초의 자의성으로부터 일반화(오랜 관습을 통해 은연중에 관습화로 전환한 후의 '비 자의성')된 '동기부여'를 강조한 것에 지나지 않는다. 우리

---

15) 롤랑 바르트 저, 李幼蒸 역, 『기호학 원리』, 앞의 책, 143쪽.

가 주목할 것은 사람들이 '자의성'으로부터 '비 자의성'으로 전환하는 과정을 중시하지 않고, 뒷날의 결과인 '비 자의성', 즉 기표와 기의 사이의 관계가 근거 있는 관습이라는 이 사실만 받아들이면서, 최초의 '자의성', '비 동기부여'에는 관심을 기울이지 않았을 뿐만 아니라 이 같은 관습을 아무도 모르는 상황에서 슬며시 동화시켰다는 점이다. 더욱이 언어기호를 '비언어기호'와 비교해 본다면, 기표와 기의가 자연스레 접착되어 있어서 떼어 놓을 수 없는 관계라는 점이다. 즉 롤랑 바르트가 말한 이른바 '이질적 동형성(同構)'이 그것이다.[16]

기호 사용자들이 이런 현상을 알아차리기 어려운데서, 관습의 관계가 더욱 엄폐적으로 동화될 수 있었다. 문자기호가 생겨서부터 사람들은 이 같은 관습화를 당연한 것으로 여기고 전부 받아들였고, 관습이 사실은 기호의 사회화, 역사화, 문화화의 표현이라는 점을 알아차리지 못한데서, 기호학이 이런 자의성으로 인해 질의와 주목을 받게 했다. 그러나 이는 본문의 뒷부분에서 밝히는 '동화 메커니즘'의 첫 번째 방면의 의미—기표와 기의의 관습화일 따름이다.

3. 기표와 기의의 관계가 진화할 수 있는 사회성

사실 상술한 '자의성'에서 '비 자의성'으로의 과도가 바로 기호의 사회화 과정이었고, 기호에 문화와 역사라는 라벨이 붙는 과정이었다. 이른

---

16) 사실 이질 동형성은 문화 현상에서 더욱 일반화 되고 더욱 은폐되어 있다. 여성주의 연구학자들은 한때 이 개념과 이론을 부권 사회에서 여성의 목소리를 없애는 현상을 연구하는데 운용함으로써 여성 연구에서 독특하고 효과적인 시각을 열어놓았다.

바 관습화가 기호의 사회화여서 기표와 기의의 대응관계는 사회요소, 문화요소, 역사요소, 민족요소, 지역요소 등의 제약을 받았다. 즉 기표와 기의의 내포는 역사발전 속에서 사회와 문화가 발전하고 변화함에 따라 끊임없이 변화했다. 양복을 기호로 할 때, 서방세계에서는 공식적인 장소를 의미하지만, 중국에서는 다른 역사시기에 분명히 다른 기호의 기능을 연역하면서 각기 다른 기의와 대응시켰다. 문화대혁명시기의 양복은 부르주아계급의 부패하고 타락한 생활을 의미했기에 스크린에 나오는 대다수 악역들은 양복을 입고 있었다.

개혁개방 초기, 양복은 시대적 유행과 개방의 상징이 되어 누구나 장소를 가리지 않고 다투어 입었다. 많은 직종에서도 양복 스타일의 의상을 제복으로 갖추어 입었는데, 그 제복은 마치 "우리 업종은 개혁을 했다"고 사회에 선언하는 듯 했다. 그러나 오늘날 현대적 생활방식이 변화됨에 따라 양복이 대표하는 의미 역시 변화되었는데, 만일 여가활동을 하는 장소에 양복을 입고 나타나면 '촌뜨기'라는 표시가 되었다.

물질이 극히 풍요로운 현대 소비사회에서 의상은 추위를 막아주던 원래의 기능이 약화되었지만 기호 기능은 오히려 뚜렷해졌다. 예를 들면 '치피랑(七匹狼)'[17]의 브랜드 의상은 다채로운 인생을 나타내고 있다. 여러 해 전, 초록색 군복, 인민복(中山裝), 그리고 붉은색 등은 한 때 흔들 수

---

17) 치피랑 : 대만의 음반 기획사 UFO그룹에 소속된 가수들을 총출동시킨 기획 영화로, 국내에도 많은 팬을 거느렸던 왕걸(王杰)을 비롯해 자동차 사고로 안타깝게 생을 마감한 싱어송라이터 장우생(張雨生), 3인조 걸그룹 성성월량태양(星星月亮太陽), 록밴드 동방쾌차합창단의 요가걸(姚可傑) 등 한때 중음권을 호령했던 대만 뮤지션들이 주연과 조연, 단역을 가리지 않고 등장한 영화이다. 20대 청춘남녀의 사랑을 그린 이 영화의 주인공 역시 모두 일곱 명이라는 사실을 기억한다면, 우연한 선곡은 아닐 것이다. 또 그 곡이 지난 일을 후회하기보다 앞을 향해 달려가겠다는 청춘의 밝은 의지를 노래했다.

없는 뚜렷한 기호 의미를 가지고 있었으며, 기호의 상징적 의미는 우리의 생활, 나아가 우리 가치관에까지 영향을 주었다. '아가씨'는 옛날 부잣집에서 하인들이 주인 집 딸을 호칭하는 말이어서 존중의 뜻이 들어 있었음이 틀림없다.

개혁개방 후 우리는 한때 '동무'라는 호칭을 '아가씨'라는 호칭으로 대체하여 일종의 진보적인, 열린 이념을 나타냈다. 몇 해 전까지 '접대원'이라는 호칭은 거칠고 교양이 없으며 무례하다는 뜻이 포함되어 있었다. 최근 몇 년 동안 식당에 가서 여성 접대원을 보고 큰소리로 '아가씨'라고 부르면 못 들은 척 대꾸도 하지 않지만, 접대원이라 부르면 곧바로 달려온다. '아가씨'라는 호칭이 유흥업소 같은 곳에서 몸을 파는 여인을 가리키는 새로운 뜻이 들어있기 때문이다. 이런 사례들은 동일한 기표라도 사회적 언어 환경, 문화적 언어 환경, 역사적 언어 환경이 다름에 따라 완전히 다른 대상을 지시할 수 있으며, 관습화의 과정이 곧 기호의 역사적 변천 속에 상이한 동기를 품고 있는 각종 문화적 특성, 사회적 특성을 기호에 넌지시 밀어 넣어 그 기의를 변화시킨다는 것을 말해준다.

물론 기호의 이와 같은 사회성은 끊임없이 변화하는 일면이 있는가 하면 안정적인 일면도 있다. 예를 들면, 웨딩드레스가 기호 사회화의 안정된 방향으로 나아가는 대표적이고 극단적 사례라고 할 수 있다. 웨딩드레스는 일종의 옷이기는 하지만, 그의 두드러진 기호 기능은 몸을 가리는 물건이라는 자체 기능을 말살했다. 그리하여 오직 한 가지 상황에서만 웨딩드레스를 입을 수 있을 뿐, 언제 어디서든지 입을 수 있는 옷이 아니라는 사회적 공감대가 형성되었다. 기호의 상징적 작용, 사회화 요소는 웨딩드레스가 "몸을 가리는 물건이라는 원래의 의미를 떠나, 단지 하나의 의미만 표현하도록 했다."[18]

양복이나 웨딩드레스의 사례는, 기표와 기의의 관습적 관계는 발전하고 변화할 뿐만 아니라 안정적이라는 것을 말해주고 있다. 기호로서의 양복은, 그 기표와 기의의 관계가 고정불변이 아니라 끊임없이 변화되었다. 20년 전 우리가 양복을 입고 바닷가에 가 휴가를 보낸다면 일종의 스마트한 모습이었지만, 오늘 날 양복을 입고 골프를 친다면 남의 웃음거리가 될 것이다. 그러나 웨딩드레스가 가지고 있는 기의는 줄곧 안정적이어서 쉽게 도전할 수 없는데, 그가 지니고 있는 기의는 언제나 하나인 신부라는 의미이다.[19] 이 역시 문화는 안정적인 특성이 있을 뿐만 아니라, 진화하는 특성이 있다는 것을 말해주고 있다.

4. '비교 교체 검정방법' 각도에서 본 기표와 기의 관계의 문화적 의미

기호학의 한 가지 기본 원칙이, 문화를 결합하는 가운데서 상호 간의 상이한 요소의 차이로 인해 의미가 생성된다는 점이다. 그리고 그 차이는 기호의 기표와 기의의 비교를 통해 이루어지거나 기의와 기의의 비교를 통해 이루어진다. 경제학에서 노동과 임금이 등가 결합이 되는 것과 마찬가지로 언어학 중의 기표와 기의 역시 유사한 등가결합(소쉬르가 등가라고 했음)을 이룬다. 즉 의미작용을 생성한다. 경제학에서 가치를 생산하려면 한편으로 등가교환을 해야 한다. 하지만 서로 근사하지 않

---

18) 曾慶香, 『新聞敍事學』, 北京, 中國广播電視出版社, 2005, 148쪽.

19) 결혼식 때 웨딩드레를 입지 못한 아쉬움을 풀려고 결혼한 지 여러 해 후에 웨딩드레스를 입고 웨딩 사진을 찍는 것이 바로 웨딩드레스의 이 같은 기호 기능을 강조하는 행위라 할 수 있다.

은 사물인 노동과 임금의 가치를 교환해야 한다. 다른 한편 상이한 가치를 교환해야 한다. 하지만 10만원 연금과 100만원 연금처럼 근사한 사물의 가치를 교환해야 한다. 기호학에서 기호의 의미를 탐구하려면 한편으로 등가관계가 생성되어야 한다. 하지만 서로 근사하지 않은 사물인 기표와 기의가 관계를 생성해야 한다.

다른 한편 상이한 가치를 비교해야 한다. 하지만 근사한 사물인 상이한 기표와 상이한 기의를 비교해야 한다.[20] 이것이 바로 롤랑 바르트가 내놓은 비교 교체 검증법이다. "비교 교체 검증법이란 (기표) 방면을 인위적으로 표현하여 변화를 유발한 다음 이 같은 변화가 내용(기의) 방면에 상응하는 변화를 유발하는지의 여부를 관찰하는 것이다.…… 두 개 기표의 상호 치환(置換, 바꾸어 놓는 것 - 역자 주)이 두 개 기의의 상호 치환을 유발하는지의 여부를 실증하는 것이다."[21] 예를 들면 샤넬 NO5 향수 광고에 등장하는 카트린 드뇌브와 다바오(大寶) 영양크림 광고에 등장하는 방직 여공이라는 이 두 개의 기표는 프랑스 귀족계급의 생활과 중국 현대 서민층 생활의 두 문화를 지시하고 있다.

만약 이 두 개의 기표를 상호 치환(置換) 한다면 반드시 원래의 기표와 기의 사이의 관계에 대한 문화적 의미가 변화될 것이므로, 방직 여공은 값이 엄청 비싼 샤넬 N°5 향수의 이미지를 대변하기 어렵게 되겠지만, 다바오 영양크림은 카트린 드뇌브라는 대스타의 이미지로 인해 미운 오리새끼로부터 일약 아름다운 백조로 변화할 수 있는 것이다. 즉 두 개의

---

20) 롤랑 바르트는 '가치 항목(價項)'이라는 개념을 상세히 천명하려 애를 썼다. 필자의 생각에는 가치 항목이란 한 기호와 다른 기호의 관계이다.

21) 롤랑 바르트 저, 李幼蒸 역, 『기호학 원리』, 앞의 책, 152쪽.

기표가 치환됨으로써 두 개의 기의, 두 개 문화의 치환을 유발할 수가 있다.

기표와 기의의 관계가 원래부터 일종의 인위적이고 사회적이고 교육적이고 부여된 관계이기 때문이다. 물론 이데올로기의 결과이기도 하다. 샤넬 N°5 향수와 프랑스 귀족계급 사이에는 자연적인 연계가 없다. 그러나 카트린 드뇌브라라는 매개물을 통해 프랑스 귀족계급의 사회 속성을 샤넬 N°5 향수에 이식하여, 계급 속성이 없던 제품에 계급성을 부여했다.[22] 다바오 영양크림과 서민층의 가치관 역시 그 어떤 자연적 연계는 없었다.

이 두 가지 제품을 각기 귀족성과 서민성으로 인정하게 된 데는 전적으로 기표와 기의의 관계가 최초의 자의성에서 사회가 발전함에 따라 점차 문화 이데올로기로 고착되었고, 따라서 그 누구도 마음대로 변경할 수 없는 인류의 공동 유산이 되었던 것이다.[23] 만일 우리가 '비교 교체법'을 실시하여 방직 여공에게 샤넬 N°5 향수의 광고 모델을 하고, 카트린 드뇌브라에게 다바오 영양크림 모델을 하게 한다면, 두 제품의 사회성과 문화적 의미는 변경되게 된다. 물론 두 제품의 상품성도 변경되는 것이다.[24]

---

22) 이 구절과 관련되는 가치 항목과 의미 이전 문제는 3장에서 상세히 논술하려 한다.

23) 費爾迪南德索緒爾, 沙巴利, 阿薛施藹 등 저, 高明凱 역『普通語言學敎程』, 北京, 商務印書館, 1980, 108쪽.

24) 이른바 소비문화란, 제품에 문화성, 사회성을 부여하여 제품의 상품성을 향상하는 것이다.

제2장

의미 구축과 커뮤니케이션의 함축적 의미
그리고 방식별 메타언어

제2장
의미 구축과 커뮤니케이션의 함축적 의미
그리고 방식별 메타언어

1. 지시적 의미와 함축적 의미, 그리고 메타언어[25]

지시적 의미와 함축적 의미를 이해하기 전에 우리는 의미작용(意指組合)이란 개념을 우선 짚고 넘어가야 한다. 의미작용이란, 기표로 기의를 지시하고 기표로 기의를 표현하는 행위결합이며, 또한 기표와 기의가 하나로 결합하여 기호로 되는 일종의 결합 과정이다. 예를 들면, '책상'이란 기표는 "독서하고 글을 쓰는데 사용하는 탁자"라는 기의와 결합되어야 만이 '책상'이라는 기호를 이루어낸다. 'desk'란 기표는 'piece of furniture(not a table) with a flat or sloping top and drawers at which to

---

25) 메타(meta)라는 말은 '더불어(with)' 또는 '뒤에(after)'를 뜻하는 그리스어이다. 따라서, 메타언어는 문자 그대로 해석하면 하나의 언어를 가진 언어, 또는 하나의 언어 다음에 오는 언어를 가리키거나, 다른 언어 뒤에서 그 단어를 지칭하는 언어를 말한다. 즉, 다른 언어에 관한 언어이다. 다시 말해서 언어를 대상으로 하는 서술(敍述)이나 논의에 사용되는 언어. 이차원적(second order) 언어라고도 한다. 어떤 주어진 언어를 대상으로 하는 언어를 이차원적 언어라고 하고 그 대상언어를 일차원적 언어라고 한다. 이차원적 언어, 혹은 그것을 대상으로 하는 보다 고차원적인 언어를 통칭하여 고차언어 혹은 메타언어(metalanguage)라고 한다. - 역자 주

read, write or do business, eg one for office or school use'라는 기의와 결합되어야 'desk'란 기호를 이루어내어 영어권 사람들이 사용할 수 있게 한다. 이 두 가지 예가 결합하는 과정을 의미작용 혹은 의미화라고 한다. 롤랑 바르트는 모든 의미작용(의미화, signification combination[26]은 하나의 표현 수평면(E)과 하나의 내용 수평면(기의C)을 모두 포함하고 있으며, 의미작용은 도리어 두 개의 수평 사이의 관계(R)와 같다고 설명했다. 예를 들면 도표 2-1-1에서 왼쪽의 장방형은 기표E를 표시하고, 오른쪽 장방형은 기의C를 표시하며, 두 개의 장방형을 갈라놓은 중간의 세로 선은 의미 행위인 R를 표시하는데, ERC 결합이 바로 하나의 기호인 것이다.

E	R		C

도표 2-1-1 지시적 의미

하나의 단순한 ERC 결합은 하나의 지시적 의미작용일 뿐이다. 하지만 하나의 ERC 결합 자체가 다른 하나의 ERC 결합의 일부분으로 변경될 때 두 번 째 결합에는 첫 번째 결합을 포함하거나 두 번째 결합이 첫 번째 결합의 파생이 된다. 문제는 첫 번째 결합이 두 번째 결합 중의 일부분으로 되려면 두 가지 상황이 벌어진다. 즉 두 번째 결합의 기표E가 되거나 기의C가 된다.

---

26) 기표 자체가 일종의 결합 행위이기 때문에 필자는 (signification combination) 을 '의미 체계'라고 번역하기보다 '의미작용'(意指組合)이라고 번역하는 것이 의미라는 본뜻에 더 적합하고 그 뜻을 이해하는데 훨씬 이롭다고 생각한다.

첫 번째 상황은, 하나의 결합(E1R1C1)[27]이 다른 하나의 결합(E2R2C2)의 기표로 표현 면 E2가 될 때, 다차원적 복합 결합(E1R1C1) R2C2거나 혹은 2차원 결합 E2R2C2, 1차원 결합 E1R1C1로 표시할 수 있으며, 또한 도표 2-1-2로 표시할 수도 있다.

E2	R1		C2
E1	R1	C1	

도표 2-1-2 함축적 의미

이것이 함축적 의미작용인데, 비록 기표와 기의, 그리고 양자를 결합한 의미작용을 포함하고는 있지만, 그중 첫 번째 방면의 결합 E1R1C1은 지시적 의미 방면을 구성하고, 두 번째 방면의 결합 E2R2C2는 함축적 의미를 구성한다. 다시 말하면, 하나의 함축적 의미작용인 기표 표현 면 E2 자체는 사실 다른 하나의 의미작용인 E1R1C1를 구성한다. 이로부터 함축적 의미는 복합적인 의미작용을 형성한다는 것을 알 수 있다. 그러나 이 결합이 아무리 복잡하다 해도 언제나 최초의 지시적 의미인 기표를 가지고 있는데, 이 기표를 매개적 기호로 하여, 함축적 의미가 형성되기 전에 지시적 의미가 전달한 정보를 동화한다. 이 점은 뒷부분에서 상세히 논하고자 한다.

앞에서 서술한 것처럼, 자연적이든 사회적이든, 물질적이든 의식적이든, 유형적이든 무형적이든 모든 것이 우리 인류에 의해 기호화 된데서,

---

27) 이 구절과 아래 문장에 나오는 E1R1C1,E2R2C2, E3R3C3,E4R4C4는 주차 구분이 없으며, 논설 중에 나타나는 선후 순서에 따라 호칭할 뿐이다.

'이것'이 '저것'을 대표하고, '이것'이라는 기표가 '저것'이라는 기의를 가지게 되었다. 하지만 이는 지시적 의미 방면의 기의일 뿐이어서 인류사회의 기본적 교류에만 사용할 수 있다. '이것'이 함축적 의미 측면을 가지고 있는 '기의'로 될 때만이 사회에 광범위하게 커뮤니케이션되어 이 기호의 사회적 의미가 분명해질 수 있다. 기호학은 함축적 의미 측면의 기의를 연구한다.

두 번째 상황은, 하나의 결합(우리는 잠시 E3R3C3라고 칭한다)이 다른 하나의 결합(우리는 잠시 E1R1C1라고 칭한다)의 기의 표현 면 C1이 될 때 다차원의 복합적 의미작용 E1R1(E3R3C3)이거나 2차원 결합 E1R1C1이거나, 1차원 결합 E3R3C3이 될 수 있다. 또는 도표 2-1-3으로 표시할 수도 있다.

E1	R1		C1		
		E3	R3		C3

도표 2-1-3 메타언어

이와 같이 결합 E3R3C3은 위에서 말한 것처럼 함축적 의미 중의 표현 평면이 된 것이 아니라, 다른 한 결합 E1R1C1의 내용 평면으로 되거나 기의로 되었다. 이것이 이른바 메타언어이다. 즉 메타언어 결합의 내용 평면(C1) 자체가 다른 의미작용(E3R3C3)으로 구성된 것이다.[28]

함축적 의미와 메타언어는 두 가지 다른 의미작용으로서 두 가지 다른

---

28) 롤랑 바르트는 『신화론』에서 함축적 의미와 메타언어를 헛갈리다가 후에 『기호학 원리』에서 양자를 구분했다. 그러나 메타언어에 관한 논술이 그리 명백하지 못하다.

모식으로 의미를 구축하고 있다. 함축적 의미는 사람들에게 연상을 불러일으킬 수 있는 기의2와 기표1 사이의 어떤 연관되는 부분을 찾아내는 것을 통해 이루어진다. 예를 들면 도표 2-1-4에서, 텔레비전에 나오는 슈퍼 여가수 리위춘(Chris Lee李宇春)은 일약 스타로 된 국민 여가수를 연상하게 된다. 도표 2-1-5에서, 베토벤 '교향곡 9번'은 인간의 감정이나 사상이 속박에서 완전히 벗어나는 느낌을 연상하게 한다.

E2		R2		C2 일약 스타로 됨
E1 텔레비전에 나오는 리위춘		C1 후베이성에서 온 20세 처녀		
R1				

도표 2-1-4 기호로서 텔레비전에 나오는 리위춘의 함축적 의미

E2		R1		C2 인간의 감정이나 사상이 속박에서 벗어남
E1 베토벤 '교악곡 9번'	R1		C1 이 곡의 모든 음표와 리듬	

도표 2-1-5 기호로서의 '교향곡 9번'의 함축적 의미

메타언어는 기표1과 기표3 사이의 연관성을 찾거나, 하나의 논리 확장을 추론하거나, 해석 관계를 구축하는 것을 통하여 의미를 구성한다.

도표 2-1-6이 제시하는 메타언어는 우리들에게, 리위춘은 가수 오디션에 참가한 모든 처녀들의 미래를 암시하고 있다. 그리고 도표 2-1-7은 음악 자체를 기표로 하여, 기의(예를 들면 상심, 광란, 격앙, 분방 등)를 묘사하는 언어 역시 일종의 의미작용을 이루면서 하나의 메타언어를 성립하고 있다.

메타언어는 기표1과 기표3 사이의 연관성을 찾거나, 하나의 논리 확장을 추론하거나, 해석 관계를 구축하는 것을 통하여 의미를 구성한다.

도표 2-1-6이 제시하는 메타언어는 우리들에게, 리위춘은 가수 오디션에 참가한 모든 처녀들의 미래를 암시하고 있다.

그리고 도표 2-1-7은 음악 자체를 기표로 하여, 기의(예를 들면 상심, 광란, 격앙, 분방 등)를 묘사하는 언어 역시 일종의 의미작용을 이루면서 하나의 메타언어를 성립하고 있다.

E1 텔레비전에 나오는 리위춘	R1		C1
	E3 오디션에 참가한 모든 처녀들 R3		C3

도표 2-1-6 기호로서 텔레비전에 나오는 리위춘의 메타언어

E1 베토벤 '교악곡 9번'	R1		C1
	E3 이 교향곡을 해석하는 언어	R3	C3

도표 2-1-7 기호로서의 '교향곡 9번'의 메타언어

만약 상술한 두 가지 복합적 의미를 재결합한다면, 즉 함축적 의미와 메타언어를 하나로 결합한다면, 도표 2-1-8, 도표 2-1-9가 본문에서 이해해야 하는 신화[29]가 되는데, 본문의 뒷부분에서 중점적으로 논술하고자 한다.

---

29) 롤랑 바르트가 해석한 신화는 지시적 의미를 토대로 하여 형성된 함축적 의미이지만, 본문에서 이해하는 신화는 함축적 의미와 메타언어의 결합이다.

E2	R2		C2 일약 스타로 부상
E1텔레비전에 나오는 리위춘	R1	C1 후베이성에서 온 20세 처녀	
	E3 오디션에 참기한 모든 처녀들	R3	C3

도표 2-1-8 텔레비전에 나오는 리위춘의 신화 커뮤니케이션

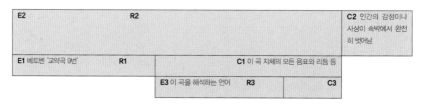

도표 2-1-9 기호로서의 '교향곡 9번'의 신화 커뮤니케이션

2. 기표의 다양성과 함축적 의미의 역사성

 '의미작용(의미화)' 혹은 '의미작용(의미화)'을 설정하는 과정이란, 사람들이 주어진 이데올로기 작용 하에서 기표와 기의를 결합시킴으로써, '기표'를 통해 '기의'를 커뮤니케이션하는 과정을 뜻한다. 이 같은 의미관계를 설정하는 것이 바로 기호가 '이것으로 저것을 대체할 수 있는 본질'을 구체적으로 드러내는 것이다. 언어 커뮤니케이션 환경이 다름에 따라 사람들의 '의미작용'하는 의도에도 차이가 생겨나 기표와 기의의 의미관계도 통일을 이루기가 아주 어렵다. 예를 들면, 같은 기의를 여러 개의 기표를 통해 표현할 수 있고, 같은 기표 역시 서로 다른 기의로 풀이할 수 있다. 전자의 상황은 기표를 다양하게(다양성) 하는데 편리하고, 후자의 상황은 기의의 의미를 다양하게(다의성) 하는데 편리하다.

권위 있는 기호 학자들은 주의력을 대부분 기의의 '다의성'을 연구하는 데 두었으며, 기표의 '다양성'을 겨냥한 보기 드문 뛰어난 논술을 했다. 사실 롤랑 바르트도 그의 저서에서 기표의 다양성과 관련된 문제를 언급한 적이 있다. '하나의 기의는 여러 개의 기표를 가질 수 있다… 나는 천개의 이미지를 찾아내어 프랑스의 제국 성질을 의미화 할 수 있다.'[30] 아쉽게도 이 관점을 생동적인 커뮤니케이션 현상과 결합시켜 심도 있게 가일 층 연구하지는 않았다. 과학기술이 진보하고, 매개체가 진화되고, 문화가 융합됨에 따라 정보를 전달하는 기호로서의 기표는 더욱더 풍부해지고 다채롭게 변했다. 문자, 언어, 미술, 음악, 무용, 건축, 극 등 전통적인 예술 장르는 신흥 커뮤니케이션 기술의 영향으로 말미암아 더욱 많은 참신한 기호 기표 체계를 파생시켰으며, 사진, 녹화 그리고 영화와 텔레비전의 후반 제작기술이 혁신되면서 더욱 다채로운 영상 기호 기표 체계가 만들어졌다. 디지털 망 정보기술이 갱신되고 텔레비전, 인터넷, 휴대전화 등 정보 단말기가 날로 갱신되면서 기표가 변화 다단한 이미지를 드러내는데 더욱 편리한 매개체 역할을 하고 있다.

사실 정보매체로서의 기호 기표체계만 날로 풍부해진 것이 아니라, 문화 자체도 방대한 기호 체계를 이루고 있다. 어느 한 사람, 한 가지 습관, 하나의 동작, 하나의 우화, 한 지역, 한 가지 색깔, 토템기능을 가지고 있는 물건이나 동물 등을 그 중의 기표체계라고 할 수 있다. 기표의 변화무쌍함은 영원히 마를 줄 모르는 인류의 창조력에서 비롯된 데서 시대적 느낌과 역사적 감각으로 넘쳐 있다. 상이한 시대의 문화는 상이

30) 롤랑 바르트 저, 『신화론』, 상해인민출판사, 1999, 179쪽.

한 기표 표징을 가지고 있다.

　당시, 송사, 원곡, 명·청 소설 등 어떤 종류의 문예 형식이든 모두 각기 상이한 기표체계를 가지고 있다. 바로 이 같은 기표의 가변성과 창조성이 문화에 생명력을 끊임없이 주입하고 있는 것이다. 사회의 변화 흔적 역시 풍부한 기표 체계를 통해 반영되고 있다. 중국의 근 반세기에 걸친 발전 중에서 매 연대마다 상이한 기표 체계가 존재했다. 1970년대 '홍위병', '마오 주석 어록', '녹색 군복', '지식청년' 등은 한 세대 사람들의 집단적 기억으로 남았고, 1980년대 '음력설 전야제(春晚)', '샤하이(下海)', '광저우(廣州)', '덩샤오핑', '덩리쥔(鄧麗君)', '자전거', '재봉틀', '손목시계' 등은 주민들의 일상생활을 기록하는 키워드가 되었다. 1990년대 '아시안게임', '홍콩', '3·15 소비자의 날 야회', '컬러 TV', '냉장고', '전화', '무선 호출기', '류후이팡(劉慧芳)', '4대 천왕(四大天王)', '소호대(Little Tiger, 小虎隊)', '충야오(瓊瑤) 등은 시대적 표징이 되었고, 21세기에 들어선 후에는 '세계무역기구 가입', '원촨 대지진', '정리 실업', '멜라민', '대작 영화', '시청률', '웨이보(微博)', '슈퍼 여가수 오디션(超女)', '부용 누나(芙蓉姐姐)', '타오바오(淘寶)', '하이얼(海爾)', '사치품', '강제 철거', '여객기 실종(失聯)' 등이 중국의 온갖 사회현상을 이해할 수 있는 기표의 표징으로 되었다.

　매 연대마다 특정된 정서와 시대적 정신이 있었다. 그 의미를 전달하려면, 즉 기의 가치를 전달하려면 헤아릴 수 없이 많은 기표를 통해 지칭해야 했으며, 그 것들을 모아 특정된 연대의 문화기호라는 기표 체계를 이루어야 한다. 하나의 체계 사이의 기표는 상호 잇닿아 있고 연관되면서 사람들이 풍부한 연상을 할 수 있는 '연상의 장'을 제공해줄 뿐만 아니라, 기표가 진일보적으로 발전 변화하고 혁신할 수 있는 근거를 제공해준다.

상이한 체계 사이의 기표는 분류 기능을 가지고 있는데, 바로 이 같은 분류기능으로 인하여 상이한 종류의 예술 형식, 문화 형태, 사회 풍모를 구분할 수 있는 것이다. 오늘 날 우리가 더욱 주목할 점은, 문화체계 사이에 상통관계(풀 코뮤니온)가 형성되어 피차간의 기표를 상호 차용하면서 자기 문화양식을 혁신하거나 교체한다는 것이다. '제조'와 '재조', 그리고 '차용'은 기표가 지속적으로 다양해지는 3대 수단이 되어 기표가 흥청거릴 수 있는 상황을 창출하고 있다.

기표의 다양성은 동일한 기의가 상이한 사회 언어 환경 속에서 상이한 기표와의 상호 대응에서도 구현되고 있다. 예를 들면 '사랑'이라는 기의를 중국 고대인들은 '원앙', '견우와 직녀'를 통해 표현했고, 서양인들은 '큐피드', '로미오와 줄리엣'으로 표현했으며, 현대인들은 '장미꽃', '다이아몬드반지'로 표현하고 있다.

중국에서 '유행'이라는 기의를, 80년대에는 '선글라스', '나팔바지', '디스코', '가라OK'로, 90년대에는 '와이셔츠', '청바지', '로큰롤', '커피숍'으로 표현했으며, 21세기에 들어서서는 '탱크탑', '어그부츠', '요가', '사욕(沙灘浴)' 등으로 표현했다. 기업에서 회사 이미지를 홍보하고 브랜드를 홍보할 때 기존의 취지를 고수하려면 'LOGO', '광고', '이미지 대변인(광고 모델)' 같은 것을 끊임없이 새롭게 교체하는 것을 통하여 기업이 가지고 있는 기호 기표를 전달할 필요가 있다.

중국 여성의 본보기를 수립하고자 1990년대에는 '류훼이팡(劉慧芳)'과 같은 고생과 원망을 다 감내하는 여성이 모델이었고, 오늘 날에는 자기가 하고 싶은 일을 열심히 하는 '리위춘'과 같은 여성이 모델로 되고 있다. 이런 기표와 기의 사이의 끊임없이 진화하는 의미 관계가 바로 함축적 의미의 역사성을 구현하는 것이다.

함축적 의미를 설정하는 것은, 모종의 특정 의도를 실현하기 위해 의식적으로 기표에 기의를 부여하거나 기의를 위해 기표를 찾는 과정이다. 이 과정은 아주 강한 이데올로기 성향을 띠고 있지만, 도리어 매체의 전략적 언사의 발화에 의해 저절로 자연스레 존재하면서, 생동적이고 유혹적이며 다양한 기표 체계 속에 그 기만성과 강제성을 감춰놓는다. 함축적 의미의 역사성을 강조하는 것은 함축적 의미의 설정이 특정 시대의 사회 문화적 체계를 참조하기 때문이며, 이렇게 해야 만이 그 중에서 상응하는 기표와 기의를 선택하고 결합하여 만족스런 커뮤니케이션 효과를 거둘 수 있기 때문이다.

이 같은 특정된 역사성은 어느 정도 언어환경의 모호함을 제거하고 기의의 다의성을 약화함으로써 기호가 더 한층 정확하게 커뮤니케이션되도록 하고 있다. 또한 이같은 역사성으로 말미암아 상이한 시대의 문화가 자체 스타일을 현시할 수 있었고, 사회적 풍모가 자기 특색을 띨 수 있었다. 어쩌면 의미관계라는 '역사적' 시각에 입각해야 만이 진화하는 기호의 궤적 속에서 파란만장한 문화적 변천을 터득할 수 있고, 시대별로 문화가 추구한 정신적 내포를 보다 깊이 발굴할 수 있으며, 따라서 이데올로기적 역사 교체를 더욱 자세히 명석하게 조명할 수 있지 않을까 생각한다.

제3장

여러 개 함축적 의미로 이루어진 기표의 본질
– 커뮤니케이션에 편승

제3장
여러 개 함축적 의미로 이루어진 기표의 본질
- 커뮤니케이션에 편승

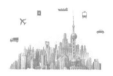

1. 여러 개 함축적 의미로 이루어진 기표의 '의미이식'

롤랑 바르트는『기호학 원리』에서 여러 개의 함축적 의미로 이루어진 기표(connotateurs, 숨指項)와 관련된 내용을 잠깐 언급했을 뿐, 그 작용과 의미를 진일보 하게 상세히 진술하지 않았다. 특히 여러 개 함축적 의미로 이루어진 기표의 의미를 이식하는 문제에 관하여 제대로 진술하지 않았다. 그러나 문제의 키워드가 바로 여기에 있었는데, 여러 개 함축적 의미로 이루어진 기표(숨指項)의 결합에 편승(이용)해야 만이 '의미이식'을 실현하고 새로운 의미를 구축하며 이데올로기의 커뮤니케이션을 달성할 수가 있다. 만약 '의미이식'문제를 제시하지 않는다면 여러 개의 함축적 의미로 이루어진 기표(숨指項)의 결합에 관한 연구는 그 가치가 크게 떨어질 수 있다.

혹은 여러 개 함축적 의미로 이루어진 기표의 결합에 관하여 연구를 하는 의의가 '의미이식'체계를 제시하는데 있다고 말할 수 있다. 따라서 이 글에서 여러 개 함축적 의미로 이루어진 기표 및 그 '의미이식'문제를 가일 층 구체적으로 연구하고자 한다.

여러 개의 함축적 의미로 이루어진 기표(나타내는 측면)는 여러 개의 지시적 의미(直接意指)의 결합 즉 여러 개의 기호(표기와 소기의 결합)로 이루어졌는데, 이와 같이 여러 개 기호로 구성된 기표를 여러 개의 함축적 의미로 이루어진 기표(含指項, connotateurs)라고 한다. 단일의 여러 함축적 의미로 이루어진 기표는 여러 개의 지시적 의미로 이루어진 기호의 결합체로서, 이 같은 함축적 의미를 가진 기표만이 단일의 여러 개 함축적 의미로 이루어진 기표를 가질 수 있다.

허다한 광고 화면은 여러 개 함축적 의미로 이루어진 기표로 되었는데, 샤넬 N°5와 같은 광고[31]가 그것이다. 프랑스 유명 여배우 카트린느 드뇌브(凱塞琳 德納芙)와 샤넬 N°5가 하나의 화면에 병치되는데, 이 화면은 두 개의 기표로 이루어졌다. 하나는 카트린느 드뇌브의 영상(기표1)이고, 다른 하나는 샤넬 N°5의 영상(기표1)이다. 이 두 개의 기표 역시 각기 자기의 기의 즉 기의1과 기의1'을 가지고 있다. 하지만 그들 역시 하나의 공통의 기의 즉 기의2를 가지고 있다. 이 화면이 바로 여러 개의 함축적 의미로 이루어진 기표(含指項)로서, 두 개의 지시적 의미기호를 포함하고 있는 결합체일 뿐 아니라, 이 두 개의 지시적 의미는 공통으로 유일의 여러 개 함축적 의미로 이루어진 기표를 가지고 있는 것이다. 도표 3-1-1을 참고.

---

31) 이 사례는 뤄강의 「스핑크스의 수수께끼」(『소비문화 독본』, 중국사회과학출판사, 2003, 25-26쪽)에서 발췌함.

E2	R2	C2 귀족적 미
E1 카트린느 드뇌브　　R1	C1 프랑스 유명 연예인	
E1' 샤넬 N°5 R1'	C1' 한 가지 프랑스 산 향수	

도표 3-1-1 여러 개의 함축적 의미로 이루어진 기표(含指項)

　문제의 키워드는 이 여러 개의 함축적 의미로 이루어진 기표 중에 카트린느 드뇌브의 귀족 기질을 샤넬 N°5라는 제품에 이식하는 '의미이식'이 발생했다는 점이다. 그 당시 프랑스에서 카트린느 드뇌브는 고귀하고 우아한 고전적 미를 가진 대표자(기의2)이자 프랑스 여성미를 대표하는 롤 모델이었다. 이 같은 미는 명백한 사회적 속성을 가지고 있었다.

　그리고 샤넬 N°5 향수는 본래부터 아무런 사회적 속성이 없는 제품에 지나지 않았지만, 이 광고는 두 개의 기표를 한 화면의 기호 중에 병치함으로써 카트린느 드뇌브의 우아한 기질의 향수로 전환시켰다.

　이는 하나의 사회적 행위일 뿐 양자 사이에는 원래부터 어떤 필연적 연계는 없었다. 하지만 여러 개의 함축적 의미로 이루어진 기표가 이런 인위적인 사회적 속성을 향수라는 일종의 자연 속성으로 전환시킴으로써 샤넬 N 5의 엄청난 가격을 붙일 수 있는 구실을 만들어 주었고, 이 제품에 계층을 구분하게 하는 사회적 기능을 지니도록 했다.[32]

　광고는 시청자들에게 만약 샤넬 N°5 향수를 한 병 구입하면 카트린느 드뇌브와 같은 우아함과 아름다움을 가질 수 있다는 강력한 암시를 주었는데, "어떤 제품의 브랜드를 선택하느냐에 따라 그 여성의 이미지가 달라진다"는 것이 '의미이식'의 결론이었다. 중학교 시절 영어를 배울 때

---

32) 이것이 바로 소비문화의 속임수이다.

우리는 "You are what you eat"라는 말을 배운 적이 있다. 오늘과 같은 소비시대에는 이 말을 "You are what you consume"이라고 이해할 수 있다.

이것이 바로 기호학의 대가 롤랑 바르트가 등한시하여 상세히 성명하지 않은 여러 개 함축적 의미로 이루어진 기표(含指項) 중의 '의미이식'에 관한 상상이다. 이른바 '의미이식'은 기성의 과학적 개념이 아니라 함축적 의미를 가진 기표에 발생한 한 가지 현상으로서, 필자는 여기서 이 현상을 이렇게 묘사해본다.

하나의 '지시적 의미(E1 R1 C1)'를 토대로 하여 달성한 '함축적 의미[(E1 R1 C1)R2C2]'의 기의(C2)를 함축적 의미를 가진 기표(含指項) 중의 다른 한 '지시적 의미(E1'R1'C1')'의 기표에 이식한다면, 새로운 함축적 의미의 결합(E1' R1' C1')R2 C2}을 서둘러 산생시킬 수 있다. 역시 이와 같은 방법으로 의미에 이식할 수 있다. 즉 문화 범주에 속해 있는 사물을 어느 한 가지 제품의 자연 속성으로 전환시킴으로써, 함축적 의미의 결합 속에 내포되어 있는 이데올로기를 커뮤니케이션할 수 있다는 것이다. 즉 '의미이식'의 본질이 바로 이데올로기를 구축하는 것이다. 이 문제는 이 책의 제6장에서 깊이 있게 논술하고자 한다. 사실 여기서 말하는 이른바 '의미이식'은 두 번째 이식이다. 첫 번째 '의미이식'은 기의1과 기표1 사이에서 진작에 발생했기 때문이다.

1985년에 만든 다른 한 편의 샤넬 N°5 향수 광고 역시 여러 개의 함축적 의미로 이루어진 기표이다. 샤넬 N°5 향수를 써 본적이 있는 한 미녀가 식지를 입술에 대고 건장하고 흉악하게 생긴 늑대를 향해 조용하라며 '쉬' 하고 소리를 내자 그 늑대가 고분고분 얌전하게 그 자리에 소리 없이 앉는다. 샤넬 N°5 향수가 만들어지기 전까지는 미녀의 붉은 치마 아래에 무릎을 꿇고 있는 것은 남자였으며, 남자는 사람이자 문명 있는 동물을 상징했다. 하지만 샤넬 N°5 향수를 가지고 있는 미녀에게 있어서 문명적인 것을 정복하든, 야만적인 것을 정복하든 전혀 문제될 것이 없다. 그렇지 않으면 샤넬 N°5 향수의 매력이 야만적인 것을 문명적인 것으로 전환시키는데 있다는 것이 이 광고가 담고 있는 뜻이라 할 수 있다.

이 광고는 두 차례나 의미의 변위가 생긴다. 하나는 미녀 스타의 우아함을 샤넬 N°5 향수에로 이식한 것이고, 하나는 미녀 스타와 샤넬 N°5 향수의 문명적인 의미와 고귀함을 늑대에게로 이식한 것이라는 점이다. 도표 3-1-2를 보자.

E2		R2	C2 문명과 고귀함
E1 미녀 스타	R1	C1 프랑스 여 연예인	
E1' 샤넬 N° 5	R1'	C1' 프랑스 산 향수	
E1' 늑대	R1'	C1' 흉악하고 탐욕스런 늑대	

도표 3-1-2 함축적 의미를 가진 기표

샤넬 N°5 향수 광고와 비슷한 사례는 다바오(2345大寶) 영양크림 텔레비전 광고로서, 역시 함축적 의미를 가진 기표를 통하여 방직 여공의 소박미를 다바오 영양크림에 이식했다.(도표 3-1-3을 보라.) 만약 방직 여공을 AQSWDEFRGHIOP 드뇌브를 대체한다면 샤넬 N°5 향수는 다른 기의를 얻으면서 별개의 사회적 속성과 상업적 가치를 얻게 될 것이다.

단순한 지시적 의미를 상이한 문화적 언어 환경의 역사적 분위기에 이식하고, 또한 기타 지시적 의미 기호와 결합하여 상이한 함축적 의미를 가진 기표를 만든다면 상이한 '의미이식'이 발생하면서 상이한 이데올로기를 구축하게 된다는 것을 알 수 있다. 기호를 새로운 소비 경향으로 하는 현대 사회에서 브랜드마다 모두 한 가지 스타일이나 신분에 대응해야 하며, 한 가지 의미에 대응해야 한다.

E2		R2	C2 소박미
E1 방직 여공	R1	C1 방직업에 종사하는 여 종업원	
E1' 다바오 R1'	영양크림	C1' 북경 산 염가 영양크림	

도표 3-1-3 함축적 의미를 가진 기표

1986년 1월 28일 미국 우주왕복선 '챌린저'(挑戰者)호가 발사되어 폭발하기 전, 미국의 주요 방송사에서 생중계하던 텔레비전 화면에는 발사대에 놓여있는 우주왕복선의 모습이 롱 테이크화 되어 있었는데, 배경은 푸른 하늘을 한 대낮이었다. 이 화면에서 기호의 기표(E1)는 '과학 진보'를 의미하면서, 우주에서 인류의 운명 그리고 냉전 중에서 미국이 소련보다 우위라는 등의 의미(C2)를 나타낸다.

즉 함축적 의미(E1 R1 C1)R2 C2가 구축되는 것이다.(도표 3-1-4를 참조) 하지만 '챌린저'호가 발사되어 공중에서 폭발한 후, 우주왕복선을 나타내던 텔레비전 화면의 기호로서의 기표1의 기의1은 물질적 객체로서의 우주왕복선으로 회복되면서 기의2(과학 진보, 우주에서 인류의 운명 및 냉전 중에서 미국이 소련보다 우위라는 것을 의미하던 것)가 즉시 괴멸된다. 그뿐만 아니라 우주 패권을 쟁탈하고자 '인간의 생명을 무시'하고 '인간의 생존 권리를 기술과 정치의 희생물로 간주'하는 새로운 기의(C3)도 따라서 부각된다. 즉 새로운 함축적 의미(E1 R1 C1)R3C3이 구축된다.(도표 3-1-5를 보라.) 한 국가의 이데올로기와 융합할 수 있는 새로운 기의를 확정하기 위해 이 사건을 보도할 때 텔레비전 기호 프로듀서는 '챌린 저'호 영상이 나오는 화면의 좌측에 성조기를 조기로 해 게시해 놓았다. 그리하여 "숭고한 나랏일을 위해 안타깝게 목숨을 잃었다"는 새로운 기 의(C4)가 '챌린저'호라는 기호1(E1R1C1)에 붙게 되었다.

이는 앨런 세트(艾倫 塞特)의 『기호, 구조주의와 텔레비전』 중의 한 편 의 글에서, 미국 텔레비전이 '챌린저'호 우주왕복선 폭발사건에 관한 기 사를 응용한 사례이다.[33] 앨런 세트는 글에서 여러 개의 함축적 의미로 이루어진 기표로부터 '의미이식'을 서두르지 않았고, 따라서 새롭게 생 겨난 기의의 각도에서 논술하지는 않았지만, 사실상 기호1(E1 R1 C1)과 기호1'(E1' R1' C1')을 하나의 함축적 의미를 가진 기표로 결합한데서 도 표 3-1-6에서처럼 여러 개 함축적 의미로 이루어진 기표 중 하나의 함 축적 의미(E1' R1' C1') R4C4의 기의 C4로 할 수 있었으며, 다른 하나의 함축적 의미인 E1 R1 C1)R4C4를 구축하여 기표1인 챌린저'호 우주왕복 선에 이식함으로써 새로운 기의 C4의 내연적 의미를 확정할 수 있었다. 동일한 기표1이라 하더라도 상이한 문화적 언어 환경, 즉 상이한 여러 개의 함축적 의미로 이루어진 기표 중에서 얻은 의미가 확연히 다를 수 있다는 것을 알 수 있다.

E2	R2	C2과학 진보 등
E1 '챌린저' 호 R1	C1 물질적 객체로서의 우주왕복선	

도표 3-1-4 함축적 의미

---

33) 앨런·세트(艾倫·塞特), 「기호, 구조주의와 텔레비전」, 앞의 책, 13-15쪽.

E3	R3	C3과학 진보 등
E1 '챌린저' 호 R1	C1 물질적 객체로서의 우주왕복선	

도표 3-1-5 함축적 의미

E4	R4	C4과학 진보 등
E1 '챌린저' 호 R1	C1 물질적 객체로서의 우주왕복선	
E1' 조기로 된 성조기	C1'	
R1'		

도표 3-1-6 함축적 의미

롤랑 바르트도 한 가지 사례를 든 적이 있다.

'어느 날 나는 이발관에서 〈파리-매치〉(Paris-Match라는) 필사본을 얻었다. 잡지 표지에는 "프랑스 군복을 입은 젊은 흑인이 두 눈을 치켜뜨고 경례를 하는 모습"이 실려 있었는데, 아마도 프랑스 국기를 응시하고 있는 것 같았다.'[34]

유감스럽게도 롤랑 바르트 역시 여러 개의 함축적 의미로 이루어진 기표에 서둘러 '의미이식'을 성사시키는 각도로부터 상세한 분석을 진행하지 않았다. 사실 기호의 기표로서의 잡지 표지는 바로 하나의 여러 개의 함축적 의미로 이루어진 기표였다. 도 도표 3-1-7에서처럼 표지에 분명하게 나타난 기표1 즉 "경례를 하고 있는 흑인 사병"과 표지 밖에 함축되어 있는 기표1, 즉 '프랑스 국기'를 포함해서 말이다.

여러 개 함축적 의미로 이루어진 기표의 결합이 있었기 때문에 함축적

34) 롤랑 바르트 저, 『신화론』, 앞의 책, 175쪽.

의미(E1'R1'C1')R2C2 중의 기의C2 즉 '프랑스 국기'의 내연적 의미인 "나라에 충성하고 나라를 지켜야 한다"는 의미를 기표1(E1)인 흑인 사병의 몸에 이식할 수 있었으며, 또한 일반화 체계(일반화 체계 관련 상세한 논술은 5장을 보라)를 통하여 잡지 표지의 내연적 의미 즉 "한 프랑스 흑인 사병이 경례"를 하는 기의1을 "프랑스는 위대한 제국으로서 인종 차별이 없이 모든 백성들에게 평등한 권리를 부여하기 때문에, 그들은 깃발 아래에서 나라에 충실히 봉사할 수 있었다.

　　이른바 식민주의를 비방하는 자들에게 있어서 압제자들이 시도 때도 없이 열광적인 충성심을 드러내는 것보다 흑인 사병의 충성심을 보여주는 것이 더욱 훌륭한 답이 될 수 있다"는 기의2로 진화될 수 있었던 것이다.[35]

E2	R2	C2 모든 인종들이 충성하는 프랑스 제국
E1 경례를 하는 흑인 사병 R1	C1 한 프랑스 흑인 사병이 경례를 하고 있다	
E1' 프랑스 국기 R1'	C1' 한쪽에 특수한 도안이 그려진 깃발	

도표 3-1-7 여러 개 함축적 의미로 이루어진 기표

2. 편승은 커뮤니케이션의 본질, 협력은 커뮤니케이션의 경지

　　앞에서 서술한 여러 개의 함축적 의미로 이루어진 기표에서 발생하는 '의미이식' 현상은 본질적으로는 편승의 커뮤니케이션인데, 카트린느 드

---

35) 위의 책.

뇌브의 아름다움을 이용하여 샤넬 N°5 향수의 고귀함을 커뮤니케이션했고, 방직 여공의 현숙함을 이용하여 다바오 영양크림의 경제적인 실용성을 커뮤니케이션했으며, 조기를 한 성조기를 이용하여 나라를 위해 헌신한 '챌린저'호 희생자들의 뜻을 커뮤니케이션했다. 사실 편승적인 커뮤니케이션은 예전부터 있었다. '어머니는 자식이 귀하게 됨에 따라 귀해지고(母以子貴), 아내는 남편이 잘됨에 따라 잘된다(妻以夫榮)'와 같은 속언이 그것이다.

우리가 자주 사용하는 말도 있는데, 이를테면 호가호위(狐假虎威), 구장인세(狗仗人勢), 추염부세(趨炎附勢)와 같은 성어는 세력에 기대어 남을 업신여긴다는 뜻을 가지고 있다. 이밖에 새로운 매체가 생겨나는 것 역시 과학기술의 힘을 이용하여 새로운 커뮤니케이션 효과를 이룬 것이다. 따라서 편승은 모든 커뮤니케이션의 본질이라 볼 수 있다.

편승을 달성하기 위한 선결 조건은 편승한 기호에 광범위하게 인지된 기의의 가치가 있어야 할 뿐 아니라, 사회적 속성을 가지고 있는 함축적의 의미의 기의여야 한다. 편승적인 커뮤니케이션의 목적이 바로 기호 A의 '지명도'와 '사회적 속성'을 이용하여 기호 B를 커뮤니케이션함으로써 B의 기표와 A의 함축적 의미의 기의를 하나로 결합하여 새로운 의미 관계를 형성하는 것이다. 편승적인 커뮤니케이션은 제품 광고와 마케팅 전략에서 폭 넓게 이용되고 있다.

제품 포지셔닝, 마케팅 포지셔닝은 제품의 함축성(내포)을 결정하며, 또한 어떠한 기표에 편승하여 제품에 새로운 의미 관계를 구축할 것인가 하는 것도 결정하게 된다. 편승하는 대상이 다름에 따라 커뮤니케이션의 의미도 달라진다. 앞에서 서술했듯이, 카트린느 드뇌브를 이용하여 제품의 '고귀함과 섹시함'을 커뮤니케이션했고, 방직 여공을 이용하여 제품의 '질박함과 친근감'을 커뮤니케이션했다. 기업이 텔레비전 프로의 타이틀을 사고 행사나 경기를 협찬하는 것도 마찬가지로 그것의 영향력을 이용하여 기업의 영향력을 커뮤니케이션함으로써 특정된 기업 이미지를 구축하고 기업의 경쟁력을 향상시키려는 것이다.

이 뿐만 아니라 한 개의 도시, 하나의 민족, 한 개의 국가도 대외에 커뮤니케이션을 할 때 기성 기호의 영향력을 이용하여 그 함축성을 풍부히 함으로써 이미지를 형상화한다. 이를테면 역사적 명인, 명승고적, 현대 스타, 유명 기업, 빅뉴스 등 사회적 문화자원을 이용하여 내적 품질을 커뮤니케이션하여 그 매력을 향상시키고 문화적 경쟁력을 향상시키는 등도 모두 커뮤니케이션 편승의 전형적인 사례들이다. 커뮤니케이션의 편승을 본질이라 할 수는 있지만 경지라 할 수는 없다. 커뮤니케이션의 편승은 의미의 일방적 커뮤니케이션이기 때문이다. 커뮤니케이션의 경지는 협력이며, 협력은 상호 편승하는 가운데서 의미의 쌍방향 커뮤니케이션이므로, 협력이야말로 커뮤니케이션의 지혜이자 경지라 할 수 있다. 이른바 매체 융합, 학과 교차, 통합 마케팅 커뮤니케이션, 1 더하기 1은 2보다 크다, 강자와 강자와의 협력 등이 강조하는 것 모두가 상호 편승 즉 커뮤니케이션의 협력이다. 합리적인 커뮤니케이션이 달성할 수 있는 효과는 '윈-윈'이고 '호혜'이다. 커뮤니케이션 협력의 최적의 효과는 두 기호 모두가 각자의 함축적 의미의 기의를 가지고 있으며, 두 개의 기의가 상호 융합하고 피차 협력할 수 있는 것이다.

사치품, 패션잡지와 스타의 결합이 바로 커뮤니케이션 협력의 전범을 성공적으로 활용한 사례이다. 사치품의 커뮤니케이션은 그 마케팅 전략에 있어서 언제나 고급이라는 이미지를 강조해왔기 때문에 홍보대사 대다수가 세계적 스타였다. 스타의 시범 기능은 두 말 할 것도 없이 사치품이 불타나게 팔릴 수 있는 이유 중 하나로 되었다.

이 같은 브랜드가 처음 만들어졌을 때에는 흔히 스타의 힘을 이용하여 제품을 커뮤니케이션할 수도 있다. 하지만 브랜드가 점차 알려진 후 스타들은 브랜드의 힘에 편승하여 자신을 커뮤니케이션하면서, 양자가 완벽한 '공영'을 달성하게 된다. 샤넬 측에서 중국의 유명 영화배우 저우쉰을 중국 수석 홍보대사로 초빙할 때, 구찌(Gucci) 측에서 중국 유명 영화배우 리빙빙을 아시아태평양 지역 홍보대사로 초빙할 때, 이 두 스타의 독특한 기질과 국제적 지명도가 마음에 들었기 때문이다. 저우쉰의 자유분방하고 세련되며 현대적인 특질이 샤넬의 개성적 특징을 부각시켰다면, 샤넬의 명품 브랜드 영향력 역시 저우쉰에게 특수한 영예를 부여했는데, 이처럼 사치품 홍보대사로 되느냐 하는 것은 스타들의 '몸값'을 가늠하는 주요 지표가 되었다.

도표 3-2-1에서 밝힌 것처럼, 저우쉰의 함축적 의미의 기의가 C2 즉 '자유분방하고 세련되며 현대적'인 특질이라면, 도표 3-2-2에서 밝힌 것처럼, "샤넬의 함축적 의미의 기의는 C2" 즉 "고귀하고 사치스러우며 고급"이라는 이미지이며, 또한 함축적 의미의 관계가 자연화 되는 바람에 기표와 기의는 자연스러운 관계로 되었다. 이 양자를 병치할 때 '저우쉰'과 '샤넬'은 앞에서 언급한 것처럼 "여러 개의 함축적 의미로 이루어진 기표"가 되어 기의가 상호 편승하면서 상대측에 다양한 내포를 부여하여 도표 3-2-3에서 밝힌 것처럼 새로운 기의 C3 즉 "자유분방하고 세련되고 현대적이고 사치스럽고 고급스러운" 이미지를 형성했다. 이때의 C3은 C2와 C2'를 하나로 합쳐져서 한편으로는 광고 전략의 전환을 달성했다. 즉 소비자들에게 샤넬을 소비하면 저우쉰처럼 매력적인 여성으로 될 수 있다는 일종의 소비 논리를 전달했으며, 다른 한편으로는 저우

쉰에게 샤넬에 내포되어 있는 "고귀하고 사치스러우며 고급"이라는 브랜드 이미지를 부여하는 바람에 그녀의 인기도가 크게 향상되었던 것이다. 패션잡지의 표지인물도 그러하다. 스타를 잡지 표지에 실으면, 잡지로 말하면 발행량을 늘릴 수 있음과 동시에 잡지의 질과 신뢰도를 유지할 수 있고, 스타로 말하면 최고의 잡지 표지에 오른다는 것은 그 인기도를 입증할 수 있는 기회이기도 한 것이다. 양자는 상호 편승하면서 함께 패션지의 커뮤니케이션 효과를 만들어냈던 것이다.

E2		R2		C2 자유분방, 세련, 현대적
E1 저우쉰	R1		C1 자연인으로서의 저우쉰의 기본 속성	

도표 3–2–1 함축적 의미

E2		R2		C2' 고귀, 사치스러움, 고급
E1' 샤넬 R1'			C1' 일종 프랑스 패션, 화장품 브랜드	

도표 3–2–2 함축적 의미

E3		R3		C3' 고귀, 사치스러움, 고급
E1 저우쉰	R1		C1 자연인으로서의 저우쉰의 기본 속성	
E1' 샤넬	R1'		C1' 일종 프랑스 패션, 화장품 브랜드	

도표 3–2–3 여러 개 함축적 의미로 이루어진 기표

텔레비전 프로그램을 기획함에 있어서도 커뮤니케이션 협력의 경지를 점점 많이 구현하고 있다. 후난(湖南) 위성텔레비전의 버라이어티 쇼 프로그램 "나는 가수다"를 예로 들 수 있는데, 가수들의 지명도와 인기가 이 프로그램이 '추구하는 점'이자 시청률을 보장할 수 있는 키포인트이며, 프로그램의 지명도는 역시 스타들이 자기 이미지를 향상시킬 수 있는 훌륭한 계기로 부상했다. 도표 3-2-4에서 밝힌 것처럼, '출연하는 가수' E1 자체가 인기가 있는 스타들이고 대다수가 '실력파' 가수들이다.

때문에 '노이즈 마케팅'이나 '선정성'을 주요 '볼거리'로 하는 기타 리얼리티 프로그램보다 '고품질'의 의미를 부여하고 있다. 동시에 '나는 가수다' 프로그램 E1은 홍보를 할 때에도 '자신의 도전 정신'을 강조하면서, 출연하는 가수들의 용기 있는 '자기 도전'이라는 이미지를 커뮤니케이션하고 있다.

가수들의 몰입하면서 발휘하는 뛰어난 프로정신, 프로그램의 취지인 용감성과 진정성 이 양자가 상호 편승한데서 프로그램은 큰 성공을 이끌어냈다. 프로그램은 일단 방송되기만 하면 즉시 동시간대 버라이어티 쇼 시청률 1위를 차지했으며, 나아가 타위완 가수들도 출연하면서 타이완 지역에서도 큰 인기를 얻으면서 정치적 화제로 떠올랐다.

프로그램에 출연한 적이 없는 많은 유명 가수들까지도 이 무대에 한 번 등장하여 가요계에서의 자기 인지도를 입증해 보고 싶다는 생각을 밝힐 정도였다.

E2		R2	C2 고품질, 프로 정신, 자기 도전, 용감성, 진정성
E1 출연 가수 R1		C1 자연인으로서의 인기 가수의 속성	
E1' R1'	'아는 가수다'	C1' 후난 텔레비전 한 가지 버라이어티 쇼 프로그램	

도표 3-2-4 여러 개 함축적 의미로 이루어진 기표

브랜드 마케팅을 하고 상업 경쟁을 할 때, 업체의 '강자와 강자의 연합' 역시 '협력'적인 커뮤니케이션 효과를 연출하고 있는데, 이탈리아 패션 브랜드 '아르마니'(Armani)와 독일 고급차 브랜드 메르세데스-벤츠

(Mercedes-Benz) 의 협력이 성공적인 모델이다. 아르마니 창시자이자 디자이너인 조르지오 아르마니는 벤츠사에 CLK 500 슈퍼카 한정판을 디자이너해준 적이 있었고, 벤츠사는 상해 미술관에서 개최한 '조르지오 아르마니 회고전'을 후원하고 또한 미술관 입구에 슈퍼카를 전시해놓았다.

'아르마니'는 최고급 패션 브랜드로서 '심플함, 대범함, 우아함, 정교함, 소탈함'이란 스타일을 상징하고, 디자이너인 마르마니 또한 세계적인 디자이너 최고상을 여러 번 받은 데서 '아르마니'라는 브랜드는 대표적인 성공 모델로 인정받고 있다. '벤츠'도 마찬가지로 자동차 업계의 고급 브랜드로서 '권위적, 호화로움, 심플함, 현대적' 등 품질을 상징하면서 많은 성공한 사람들이 총애하는 차종이다. '아르마니'와 '벤츠' 모두 고정적인 함축적 의미의 기의를 가지고 있다. 도표 3-2-5와 3-2-6에서 밝힌 것처럼, C2와 C2'는 각기 '아르마니'와 '벤츠'의 함축적 의미의 기의를 표시하는데, 양자는 어느 정도의 공통성을 가지고 있다. '아르마니'를 '벤츠'와 병치해 놓을 경우 도표 3-2-7에서 밝힌 것처럼 두 기호의 함축적 의미의 기의는 상호 호응하고 상호 융합한다. '아르마니'는 '벤츠'에 편승하여 더욱 고급스러워지고 더욱 현대적이 되며, '벤츠' 역시 '아르마니'에 편승하여 더욱 우아해지고 더욱 정교해졌을 뿐만 아니라 디자이너도 더욱 훌륭해졌다. 양자의 융합은 피차간의 브랜드 이미지를 향상시킴과 아울러 각자의 경제효과를 상승시켰다.

아르마니 브랜드를 사랑하던 고객들은 이로 하여 벤츠에 눈길을 돌리게 되었고, 벤츠 소유자들은 아르마니 패션을 구입하여 자신의 품위를 과시하게 되었다. 따라서 패션과 자동차는 사람들이 자기 신분을 확정하는 기호로 되었고, 고객들은 함축적 의미의 기의를 소비, 즉 제품이 가지고 있는 기호의 가치를 소비하는 것으로서 개성을 과시하면서 사회적 정체성을 회득하게 되었다. 이것이 브랜드 이미지를 구축하고 커뮤니케이션하는 근본적 의미이기도 하다.

E2		R2	C2 심플, 대범, 우아, 정교, 소탈
E1 아르마니	R1	C1 일종 패션 브랜드로서의 기본 속성	

도표 3-2-5 함축적 의미

E2		R2	C2' 권위, 호화, 심플, 현대
E1' 벤츠	R1'	C1' 일종 독일 차 브랜드	

도표 3-2-6 함축적 의미

E3		R3	C3심플, 대범, 우아, 정교, 소탈, 권위, 호화, 심플, 현대
E 아르마니	R1	C1 일종 패션 브랜드로서의 기본 속성	
E1' 벤츠	R1'	C1' 일종 독일 차 브랜드	

도표 3-2-7 여러 개 함축적 의미로 이루어진 기표

이로부터, 협력적인 커뮤니케이션 효과와 영향력은 커뮤니케이션의 최고 경지로서 의미의 이식을 실현할 수 있을 뿐 아니라, 의미를 두 개 심지어 여러 개의 기호 사이에 상호 교류하고 상호 편승하면서 커뮤니케이션의 강자와 강자의 연합을 실현하고 기호 간의 '호혜공영'(互惠共贏)을 달성함으로써 보다 강한 신화적 성향을 지니고 있는 발화(發話, 담론) 체계로 될 수 있다는 것을 알 수 있다.

제4장

함축적 의미와 메타언어의 은유와
환유와의 대응 관계

제4장
함축적 의미와 메타언어의
은유와 환유와의 대응 관계

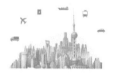

　함축적 의미와 메타언어 모두의 의미를 구축하는 패러다임이 다름으로 인해 세계를 재설계할 수 있는 커뮤니케이션 효과를 가지고 있다고 한 이상, 이 두 가지 패러다임의 의미를 커뮤니케이션할 때 사람들에게 어떤 방식으로 믿음을 주는지? 그 심층적 메커니즘은 어떤 방식으로 운영되는지? 새로운 함축적 의미를 구축할 때 어떻게 기의2를 기표1에 침투시키는지? 메타언어는 나아가 이 같은 침투를 어떻게 널리 보급하는지? 인지언어학은 우리들에게 은유와 환유[36] 이 두 가지 사고방식의 도움을 받는다고 제시했다.

---

36) 환유는 대체(轉喩 혹은 제유)라고도 한다. 본 논술에서 다른 이해가 생기는 것을 피하고자 일괄적으로 환유라는 개념을 사용했다.

1. 로만 야콥슨에게 하는 질의

 오랫동안 은유와 환유는 줄곧 수사학, 언어학, 문학 이론 내지 철학 등 분야에서 논쟁이 끊이지 않는 난제이기는 하지만, 많은 연구학자들이 러시아 출신의 미국 언어학자이자 프라하학파의 창시자인 로만 야콥슨의 논단(論斷)을 준칙으로 삼고 있다. 야콥슨은 실어증에 관한 연구를 통하여, 인류의 언어는 그 발전에 있어서 두 개의 축 방향 즉, "은유와 환유라는 양 극"이 있다고 밝혔다. 야콥슨의 학설은 우리가 은유와 환유를 이해하고 함축적 의미와 메타언어를 이해하며, 뒷부분에서 논술하게 되는 자연화 메커니즘(自然化机制)과 일반화 메커니즘(普遍化机制)을 이해하는데 계시를 준 것은 분명하다. 하지만 그의 모호한 부분이 우리가 은유와 환유를 설정하고 구분하는데 장애를 준 것도 사실이다. 은유와 환유를 가일층 이해하고 야콥슨의 문제를 지적하려면, 야콥슨의 견해를 그대로 인용할 수밖에 없다.

 "실어증(aphasia)은 그 표현이 다양하기는 하지만 모두 우리가 방금 묘사한 두 가지 극단적 유형에 불과하다. 그 어떤 실어증이든 사실 정도가 다른 모종의 손상이다. 선택하고 대체하는 능력에 결함이 생겼다거나 무장 구성 능력(contexture)이 파괴된 환자들이다. 앞 유형의 실어증 환자들은 메타언어 행위에 문제가 생겼고, 뒤 유형의 환자들은 언어단위 등급 체계를 유지하는 능력이 퇴화되었다. 전자는 유사성 관계가 취소되었고, 후자는 인접성 관계가 취소되었다. 유사성 장애 실어증은 은유를 실현할 수 없고, 인접성 장애 실어증은 환유를 진행할 수 없다.

 발화(discourse, 話語)는 두 가지 다른 어의(의미) 경로를 따라 발전할 수 있다. 이는 한 가지 화제(topic)는 유사성 관계거나 인접성 관계를 통하여 다음의 화제를 이끌어낸다는 것을 설명한다. 유사성과 인접성은 각기 은유와 환유 중에서 가장 집중적으로 구현되기 때문에 '은유 과정'이라는 술어로 유사성을 칭하는 것이 가장 합당하다면, '환유 과정'을 가지고 인접성을 설명하는 것이 가장 합당하다.

실어증에서, 이 두 가지 과정은 상호 속박을 받거나 심지어 완전히 정체될 수 있다. 이 같은 사실은 실어증을 연구하는 언어학자들에게 많은 깨달음을 주었다. 하지만 정상적인 언어행위 가운데서 이 두 가지 과정은 줄곧 효력을 발휘한다. 물론 자세히 관찰한다면, 문화 패러다임이 다르고 개성이 다르고 언어 스타일이 다름에 따라 흔히 그중 한 측(은유 과정이 아니라 환유 과정)이 다른 한 측의 우위를 취득할 수 있다.

어느 한 유명한 심리학 테스트에서, 하나의 명사를 몇몇 어린이들에게 제시한 다음 머리에 떠오르는 최초의 언어가 무엇인가를 말해보라고 했다. 테스트에서 완전히 상반되는 선호 언어가 줄곧 존재했는데, 모든 대답은 자극물에 대한 대체가 아니라 그에 대한 보충이었다. 그 다음 한 가지 상황에서 자극물과 보충어가 어울려 전형적인 모종의 구법 구조를 구성했는데, 흔히는 하나의 문장(sentence)이었다. 이 두 가지 유형의 반응을 각기 '교체적 응답'(치환, 替換型反應)과 '용언형 응답'(調語型反應)이라 칭했다.

자극물 '오두막집'(hut)에 관한 한 가지 응답은 '다 타버리다'(burnt out)이었고, 두 번째 응답은 '일종의 허술한(불쌍한) 작은 집'(is a poor little house)이었다. 이 두 가지 응답 모두 용언형이다. 하지만 첫 번째 응답은 순 서술형으로 된 순서적인 문맥(context)을 만들어냈고, 두 번째 응답은 주어 '오두막'과 상관된 이중 연계가 존재하면서, 위치상의 인접성(혹은 구법 인접성)과 어의(의미)상의 유사성을 만들어냈다.

동일한 자극물은 다음과 같은 교체적 응답을 초래했다. '오두막집'을 반복, 동의어 '움막집'(cabin)과 '오막살이집'(hovel), 반의어 '궁전'(palace) 및 은유 '동굴'(den)과 '땅굴'(burrow)이었다. 두 단어가 가지고 있는 상호 대체 능력은 위치의 유사성이라는 예증이다. 뿐만 아니라 이 같은 모든 대답이 어의(의미) 유사성(혹은 상충성相悖性) 상에서 주어와 연계되어 있었다. 하지만 그 자극물로 인한 환유 응답, 즉 '초가지붕'(thatch), 지푸라기(쓰레기, litter)와 '가난'(poverty) 등은 위치 유사성과 어의(의미) 인접성을 결합시키면서 대조를 이루었다."[37]

　로만 야콥슨의 실어증에 대한 연구를 통하여, 실어증 환자는 두 가지 문제가 존재한다는 것을 알 수 있다. 혹은 교체할 수 있는 선택할 수 있는 동의어(혹은 반의어)를 찾을 수 없어서 유사성, 교체적 응답, 은유를 구축할 수 없거나 언어 구성 능력을 상실하여 한 마디 말도 제대로 할 수 없어서 인접성 상대성(relativity)·보충성(補足性) 용언형 응답, 환유를 구축할 수 없다는 것을 알 수 있다.

　널리 알려진 것처럼, 기호를 사용하는 행위를 포괄한 인류의 언어 행위에 대하여 말할 때, 선택하고 교체하는 관능은 유사성에 의존, 즉 교체적 응답으로서 유사성을 찾는 것이 곧 은유를 구축하는 것과 마찬가지이며(equivalence), 문장을 만드는(contexture) 능력은 인접성 상대성 보충성 관계에 의존하는 용언형 응답으로서 인접성을 찾는 것이 곧 환유를 구축하는 것과 마찬가지이다.

　필자는 로만 야콥슨이 제기한 "언어의 두 개 축 방향"이라는 논단이 우

---

37) 로만 야콥슨, 『은유와 환유 양극』 (서양 문예이론 명작 선집 하권), 북경징대학출판사, 1985, 430-431쪽.

리가 언어 의미의 변화와 발전을 탐구하는데 훌륭한 방법과 원칙을 제공했기에 찬성한다. 하지만 그의 일부 구체적인 논술은 관련 명제를 혼동하는 문제가 존재한다.

첫 번째 문제는, 그가 든 사례 중에서 그는 오두막과 가난은 환유 관계라고 했는데, 필자는 가난은 오두막의 함축적 의미를 가진 기의라고 생각한다. 예를 들면 도표 4-1-1처럼, 모종의 문맥(語境)에서 가난과 오두막은 은유 관계이다.

함축적 의미/은유	E2		R2		C2 가난	
	E1 오두막	R1		C1 판자로 지은 초라한 집	메타언어 /환유	
	E3 모 지역	R3		C3		

도표 4-1-1 함축적 의미/ 은유와 메타언어/ 환유의 신화 포괄

두 번째 문제는, 야콥슨은 선택하고 교체하는 관능, 즉 교체적 관계의 은유가 메타언어에 영향을 준다고 생각했다. 하지만 필자는 은유가 함축적 의미와 대응하기에 교체적 관계의 은유는 함축적 의미에 영향을 준다고 생각한다. 때문에 메타언어에 영향을 주는 것은 환유이다.

세 번째 문제는 유사성이나 인접성을 개념(詞項, 기호) 간의 어의 관계를 겨냥한 말인지, 아니면 위치 관계를 겨냥한 말인지, 야콥슨이 때로는 이렇게 설명하고 때로는 저렇게 설명하여 모호성을 유발했다.

필자는 이른바 유사성 혹은 인접성은 개념(詞項, 기호) 간의 위치 관계를 겨냥한 말, 즉 개념(詞項)의 어법 기능, 구조 기능, 용언 기능을 겨냥한 것으로서, 어의(의미)적인 유사성이나 상충성(相悖)을 가지고는 은유나 환유를 구분할 수 없다고 생각한다. 혹은 유사성은 주로 두 단어(기호)가 가지고 있는 상호 대체하는 기능을 가리키는 것으로서, 위치적으

로 유사성을 가진다면 어의적으로 유사하거나 또는 완전히 상반되면서 유사체(類似體)와 대응할 수 있다. 인접성은 주로 두 단어가 가지고 있는 상호 연합 기능을 가리키는 것으로서, 위치적으로 인접성(혹은 구법 상에서 인접성을 가짐)을 가지면서 인접 단락과 대응할 수 있다. 정상적인 언어 행위에서 유사성은 은유를 통해 이루어지고 인접성은 환유를 통해 진행된다. 은유는 교체 관계 즉 교체적 응답을 나타내면서 유사체와 대응한다. 환유는 보충적 관계를 나타내는데, 개념(詞項)은 보어와 같이 한 문구를 구성, 즉 용언형 응답을 하면서 인접 단락과 대응한다.

필자와 야콥슨의 서로 다른 세 가지 견해 가운데서 주요 의견차이라면, 야콥슨은 은유가 메타언어와 대응한다고 생각했고, 필자는 메타언어가 대응하는 것은 환유라고 생각하는 것이다. 물론 우리가 롤랑 바르트의 메타언어에 관한 범위 확정(메타언어의 개념에 관한 내용은 제2장 1절에서 이미 서술했다)을 찬성한다는 전제조건이 따라야 한다. 이 같은 견해는 뒤에서 논술하게 되는 존 피스크의 견해에서도 입증된다.

2. 은유는 기호의 함축적 의미의 기의 간에 존재하는 유사성

하나의 기호는 다른 한 기호와 만약 관계를 가지려면 두 가지 상황에서만 가능하다. 하나는, 기호의 함축적 의미의 기의(C2) 간에 유사성이나 상충성, 즉 기호의 함축적 의미(connotation) 간의 유사성이나 상충성이 존재해야 한다. 다음은 기호의 지시대상 간에 논리적 관계, 즉 상호 간에 의미적으로 유사성도 상충성도 존재하지 않는다 하더라도 모종의 연계나 모종의 상관성이 존재해야 한다. 즉 야콥슨이 말한 이른바 인접성이 존재해야 한다는 말이다. 그리고 기호의 기표와 지시적 의미 측면(층위)의 기의(C1)가 유사성이나 상충성 혹은 상관성이 존재하지 말아야 한다. 두 번째 상황을 환유라 하는데 다음 절에서 재차 논하고자 한다. 첫 번째 상황이 바로 은유(the metaphor), 즉 두 기호가 모종의 문맥에서 만들어낸 함축적 기의가 모종의 유사성 특징이나 상충성적인 특징을 가지고 있을 경우, 기호 갑으로 기호 을을 대체할 수 있고, 상징적인 단어로 묘사하는 대상을 대체하는 것을 가리킨다. 예를 들면 태산(泰山)으로 장인(丈父) 어른을 대체하고, 철창으로 교도소를 대체하며, 사장(보스, 老板)이라는 호칭으로 사장이 아닌 사람을 조롱하는 것 등이다.

또는 느낄 수 있는 표기를 가지고 형언하기 어려운 대상을 비유할 수도 있다. 예를 들면 비익조나 연리지(連理枝)를 가지고 남녀나 부부 사이의 깊은 사랑을 비유하고, 진진결맹(秦晋結盟)이라는 고사성어로 두 나라의 두터운 혼인관계를 비유하며, 천국이라는 말로 죽은 후에 영혼이 축복받는 곳을 비유하는 것 등이다. 이와 같은 양자 사이의 관계를 은유라고 한다.

"공경하거나 의지할 수 있는 사물"을 태산의 함축적 기의로 구축하고, "공경하고나 의지할 수 있는 사람"을 장인의 함축적 기의로 구축한다면, 태산과 장인 이 두 기호는 유사한 함축적 기의를 가지게 된다. 즉 기호 태산을 가지고 기호 장인을 대체하고 묘사할 수 있으며, 양자는 은유 관계가 성립되는 것이다. 도표 4-2-1과 4-2-2에서 밝힌 것과 같다.

E2		R2	C2 공경하거나 의지할 수 있는 사물
E1 태산	R1	C1 산동 경내에 소재한 산	

도표 4-2-1 함축적 의미

E2		R2	C2 공경하거나 의미할 수 있는 사람
E1 장인	R1	C1 아내의 아버지	

도표 4-2-2 함축적 의미

"감금당하여 자유를 잃은 상황"을 철창이나 교도소의 함축적 기의로 각기 구축한다면, 철창과 교도소 이 두 기호는 유사한 함축적 기의를 가지게 된다. 즉 기호 철창을 가지고 기호 교도소를 대체하고 묘사할 수 있으며, 양자는 은유 관계가 된다. 도표 4-2-3과 4-2-4에서 밝힌 것과 같다.

E2		R2	C2 감금, 자유 잃음
E1 철창	R1	C1 쇠창살로 만든 창문	

도표 4-2-3 함축적 의미

E2		R2	C2 감금, 자유 잃음
E1 교도소	R1	C1죄인을 가두는 곳	

도표 4-2-4 함축적 의미

'영원히 헤어지지 않는 것(永不分离)'을 비익조, 연리지와 사랑의 함축적 기의로 각기 구축한다면, 비익조, 연리지와 사랑 이 세 개의 기호는 유사한 함축적 기의를 가지게 된다. 즉 기호 비익조와 연리지를 가지고 기호 사랑을 묘사하고 대체할 수 있으며, 그들은 은유 관계가 된다. 도표 4-2-5, 4-2-6, 4-2-7에서 밝힌 것과 같다.

E2		R2	C2 영원히 헤어지지 않는 것
E1 비익조	R1	C1 암컷과 수컷이 붙어 늘 함께 나는 새	

E2		R2	C2 영원히 헤어지지 않는 것
E1 연리지	R1	C1 뿌리가 다른 나뭇가지가 서로 엉켜 마치 한 나무처럼 자라는 현상	

도표 4-2-6 함축적 의미

E2		R2	C2 영원히 헤어지지 않는 것
E1 사랑	R1	C1 남녀 간의 깊은 사랑	

도표 4-2-7 함축적 의미

'상호 충성'이 결맹과 혼인의 함축적 기의가 될 때, 결맹과 혼인 이 두 기호는 유사한 함축적 기의를 가지게 되면서 기호 결맹으로 기호 혼인을 대체하고 묘사할 수 있으며, 양자는 은유 관계가 된다. 도표 4-2-8과 4-2-9에서 밝힌 것과 같다.

E2		R2	C2 상호 충성
E1 진진결맹	R1	C1 진(秦)과 진(晉) 두 나라 군주들이 여러 대에 걸쳐 통혼	

도표 4-2-8 함축적 의미

E2		R2	C2 상호 충성
E1 혼인	R1	C1 혼사	

도표 4-2-9 함축적 의미

'사회적 지위가 있는 사람'을 사장이라는 함축적 기의로 구축하고, 그리고 '사회적 지위가 없는 사람'을 사장이 아닌 사람의 함축적 기의로 구축한다면, 사장과 사장이 아닌 사람 두 기호는 상반되는 함축적 기의를 가지게 되며, 사장이라는 호칭을 가지고 사장이 아닌 사람을 대체하고 묘사함으로써 우스갯소리를 하거나 조롱을 하고 심지어 빈정거리며 풍자할 수 있다. 이럴 경우 양자는 은유 관계가 된다. 도표 4-2-10과 4-2-11에서 밝힌 것과 같다.

E2		R2	C2 사회적 지위가 있는 사람
E1 사장	R1	C1 사기업 재산 소유자	

도표 4-2-10 함축적 의미

E2		R2	C2 사회적 지위가 없는 사람
E1 사장이 아닌 사람	R1	C1 돈도 자산도 없는 사람	

도표 4-2-10 함축적 의미

새로운 기의가 구축되고 동시에 두 기호 공통의 함축적 기의가 될 때, 즉 두 기호가 유사한(혹은 상반되는) 함축적 의미를 가질 경우 공통의 기의를 가지게 되면서 기호 갑으로 기호 을을 대체하고 묘사할 수 있게 되며, 두 기호의 사이는 곧 은유 관계가 된다.

지시적 의미 측면의 기의(C1)이든 함축적 기의 측면의 기의(C2)이든 모두 기호 사용자의 심적 표상으로 되지만, 지시대상(所指事物)은 기호가 지시하는(언급하는) 객관 세계가 된다. 따라서 은유 중의 함축적 기의의 유사성은 두 기호가 지시하는 현실적 현상과 모종의 실질적 연계를 가지고 있는 것은 아니며, 두 기호의 기의 가치와 연계를 가지고 있는 것도 아니다. 이와는 반대로 현실 속에서 그들은 흔히 아무런 실질적 연계를 가지고 있지 않는데, 이 같은 유사성은 사람들이 사물을 대할 때의 시각적 유사함에 지나지 않으며, 기호 사용자의 그 어떤 심리거나 의식 활동(의지)의 유사함에 지나지 않는다.

예를 들면 기호 기표로서의 태산(泰山)과 장인 양자 사이에는 그 어떤 유사성이 존재하지 않으며, 두 기호의 지시대상인 객관 세계 중의 태산과 장인 사이에도 그 어떤 실질적인 연계가 존재하지 않지만, 기호 사용자가 장인과 태산 모두 공경하고 의지할 수 있는 대상이라고 생각한데서 유사성이 비롯되었는데, 이 같은 유사성은 애초부터 분리되어 있던 두 사물 간에 새로운 연계를 구축하고, 본디부터 아무런 연관도 없던 두 영역 간에 새로운 연계를 구축하기 위해 '새로운 관계를 제시하고', '다시 만들어진 현실'을 조직(결성)한데 지나지 않는다.[38] 따라서 기호의 함축적 기의의 유사성이지, 지시대상의 유사성은 아니다. 예를 들면 한 가지 성으로서의 사랑과 식물의 일종으로서의 장미꽃은 아무런 연관이 없는 두 영역이다.

하지만 장미꽃이 사랑의 상징이라는 의미는 피부색이 다른 전 세계 사람들이 공통으로 받아들이는 "다시 만들어진 현실"이다.(도표 4-2-12와 4-2-13을 볼 것) 이 같은 유사성은 기호 사용자의 상상에 지나지 않지만, 이 같은 상상이 바로 기호 간의 함축적 기의에 연계를 발생시켰다. '푸른 천사', '녹색의 밤', '하얀 서광' 등과 같은 말을 예로 든다면, 천사가 푸른 색일 수 없고, 밤이 녹색일 수 없으며, 서광이 하얀 색일 수 없기 때문에 색깔과는 실질적인 연계가 없다. 문맥으로만 본다면 오류이지만 사실은 일종의 의도적인 실수라고 할 수 있으므로, 상식적으로는 상호 부적합

---

38) 넬슨 굿맨, 『예술의 언어들』.

한 사물 사이에 모종의 '연대감'(kinship)을 구축한 다음 이 '연대감'에 편 승하여 상대방에 설득력이 풍부한 해석을 형성하려는 것이다. 넬슨 굿 맨이 말한 것처럼, "문맥으로 볼 때는 오류"이지만 이는 또 하나의 '은유 적 진리'인 것이다.

E2		R2	C2 아름답다
E1 장미꽃	R1	C1낙엽 관목,가시가 많음, 꽃은 흔히 붉은색임	

도표 4-2-12 함축적 의미

E2		R2	C2 아름답다
E1 사랑	R1	C1 남녀 간의 사랑	

도표 4-2-13 함축적 의미

이 같은 '문맥의 오류', '범주 오류'가 바로 함축적 기의의 유사성이 구 축되는 과정인데, 언어의 일상적인 지칭 기능을 희생(예를 들면 한 가지 색깔로서의 녹색, 도표 4-2-14를 보라.)시켜 계류한 다음 다른 한 가지 내 포(녹색에 숨어있는 생명의 의미)를 두드러지게 하는 것이다. 다시 말하 면, 언어의 첫 번째 지칭 C1의 의미를 약화시키고, 두 번째 지칭 C2의 의미를 나타냄으로써 모종의 현상에 대한 다른 한 가지 해석을 유발하 는 것이다.(예를 들면 녹색 주택단지 같은 것)

E2		R2	C2 생명
E1 녹색	R1	C1색깔의 일종	

도표 4-2-14 함축적 의미

괜찮은 은유는 유사함을 단순하게 표현만 하는 것이 아니라 그 어떤 유사함을 구축하고 기호 함축적 기의 간의 유사성을 구축한다. 아리스 토텔레스의 말을 빌린다면, "괜찮은 은유를 만들려면 그 유사성을 볼 수 있어야 하며", 겉으로 보기에는 아무런 연관도 없는 사물 내부의 그 어떤 본질적 유사성을 찾아내야 한다. 예를 들면 주택단지와 어느 한 가지 색깔은 관련성이 거의 없는 두 사물이지만 '녹색 주택단지'라는 은유에서 두 사물 모두 생명과 관련되는 공통된 성향이 있다는 점을 찾아냈다.

그런데 '녹색 주택단지', '녹색 식품', '녹색 건축자재', '녹색 올림픽', '녹색 시청률'과 같은 유사성이 수 없이 많이 복제되는 바람에 이 같은 은유 역시 메시지 수용자들의 신경을 더는 자극하지 않게 되면서 양호한 커뮤니케이션 효과를 거둘 수 있게 되었다. 따라서 명실상부한 은유는 혁신적인 유사성을 가지고 있는 것이다.

위에서 논한 것처럼, 은유의 유사성은 기호 지시적 의미 측면의 기의 간의 유사성이 아니고, 지칭 C1과 다른 한 지칭 C1의 유사성이 아니며, 또한 기호의 지시대상 간의 실질적인 연계가 아니라 일종의 인위적이고 창조적인 함축적 기의 간의 유사성, 즉 한 C2와 다른 한 C2 간의 유사성이라 할 때, 이 같은 유사성은 메시지를 전수하는 양측의 원관념(本体)와 보조관념에 대한 이해 속에 존재하며(예를 들면 사랑과 장미꽃의 유사성이 바로 양자 모두 아름다운 사물이라고 여기기 때문이다), 이 같은 유사성이 성립될 수 있은 것은 어느 정도의 사회, 문화, 역사, 교육에 의한 결과인 문화의 유사성이나 교육의 유사성에서 비롯된 것이다.

은유란 기호의 표층 의미(지시적 의미의 기의)를 파괴하여 모종의 '왜곡'(비틀어진, twist)된 의미, '왜곡'된 유사성을 원래의 범주(E1)에 억지로 부여하는, 고의로 범하는 일종의 '문맥의 오류'이자 '범주의 오류'이므로 그 목적은 어느 한 가지 새로운 메시지(C2)를 강화하고 부각하려는데 있다고 할 수 있다. 이 같은 메시지는 사실 세계에 관한 일종의 새로운 견해이며, 새로운 함축적 기의를 구축하는 것이다. 그렇기 때문에 이 같은 유사성을 구축하는 것이 이데올로기를 구축하고 커뮤니케이션을 하는 것이다. 기호의 첫 번째 지칭(C1)이 취소되거나 경시되었다고는 하지만 세상을 말(言說)하는 다른 한 가지 능력(C2)은 오히려 속박에서 벗어날 수 있었던 것이다. 은유는 일종의 발화(話語)의 전략으로서 그 대상이 언어 범위를 뛰어넘어 현실에 대한 일종의 견해나 세계에 대한 일종의 견해와 관련되며, 이를 통해 기호는 자체의 일상적인 묘사 기능을 취소했지만 다시 묘사할 수 있는 특수한 기능을 담당하게 되었다는 것을 알 수 있다. 개혁개방 초기, "시간은 곧 돈이고, 효율은 곧 생명이다"라는 슬로건이 바로 "그 동안의 손실을 미봉하자"는 사회적 분위기에 관한 다른 한 가지 표현이 아니었던가? 그리고 요즘 많이 떠도는 "돈 벌 줄도 알고 쓸 줄도 안다"는 유행어 역시 사회적 자본을 지속적으로 누적하고 소비해야 하는 필요성 때문에 아닌가? 양자 사이에 모순이 없는 것은 아니지만 모두가 어느 한 시기의 사회적 가치관과 상부상조하면서 어느 한 시기의 사회적 분위기에 대한 한 가지 표현이자 은유인 것이다.

존 피스크가 말한 것처럼 "(주로 가치를 통제하는) 사회와 커뮤니케이션하는 한 가지 방식이며… 우리 사유를 훈련시키는 한 가지 방식이다." 바로 낱말(字面) 해석(C1)과 은유 해석(C2) 간의 긴장(tension) 중에서, 그리고 한 기호의 함축적 기의(하나의 C2)와 다른 하나의 기호의 함축적 기의(다른 하나의 C2)의 상상적 유사성 중에서 사물이 다시 묘사되기 때문에 이 같은 우회적인 방식을 가지고 세계를 더한층 설명할 수 있는 것이다.

물론 발화 전략의 한 가지로서의 은유가 이데올로기의 위협과 회유 하에서 '지나친 부호화'를 하면서 자연스레 이데올로기의 꼬나풀 역할을 하는 것을 경계할 필요가 있다.

3. 환유는 기호의 지시대상 간에 실질적 연관성이 존재하고 논리적 연장이 존재한다

위에서 이미 서술했지만, 은유의 유사성은 흔히 원관념과 보조관념 간에 실질적 연관이 없고, 기호의 함축적 기의 간에 유사성이 존재하는 것을 말한다. 하지만 환유는 기호의 지시대상 간에 모종의 실질적 '연관성'이 존재하고, 현실 세계에서 두 가지 진실한 현상 간에 모종의 연계가 존재하는데, 이 같은 연계는 사람들의 마음속에 늘 나타나고 동시에 고정화(固定化)되기에 갑 유형의 현상을 보면 을 유형의 현상을 연상하게 된다. 예를 들면 우리는 흔히 '중앙 텔레비전 방송(CCTV)을 본다', '북경 교통방송을 듣는다', '1채널을 본다', '2채널을 본다'고 말한다.

중앙 텔레비전 방송, 북경 교통방송, 1채널, 2채널은 텔레비전 방송, 라디오 방송, 채널의 명칭으로서 텔레비전 프로를 방송하는 지역을 말하는데, 중앙 텔레비전방송에서 내보내는 프로, 북경 교통방송에서 내보내는 프로, 1채널에서 내보는 프로, 2채널에서 내보내는 프로와는 의심할 필요가 없는 연관성을 가지고 있다. 그리하여 사람들은 중앙 텔레비전 방송, 북경 교통방송, 1채널, 2채널이라는 말을 가지고 해당 방송 프로를 지칭하는데 습관화되어 있다. 즉 '중앙 텔레비전 방송'과 '중앙 텔레비전방송에서 내보내는 프로' 두 개념(詞項, 기호)의 지시대상 간에 논리적 연장이 존재하고, '북경 교통방송'과 '북경 교통방송에서 내보내는 프로' 두 개념(기호)의 지시대상 간에 논리적 연장이 존재하며, '1채널'과 '1채널에서 내보내는 프로' 두 개념(기호)의 지시대상 간에 논리적 연장이 존재하므로(2채널도 마찬가지임) 그들 사이는 환유 관계이다. 우리가 '연경'(燕京, 연경 맥주)을 마신다, '아디다스'를 입었다고 말한다 해도 남들의 오해를 사지는 않는 것은 환유가 자기 뜻을 표현하고 남들이 이해하도록 우리를 도와주게 때문이며, '연경'과 '연경 맥주' 두 개념(기호)의 지시대상 간에 논리적 연장이 존재하고, '아디다스'와 '아디다스 브랜드 의상' 두 개념(기호)의 지시대상 간에 논리적 연장이 존재하기 때문이다.

존 피스크는, "환유의 기본적 정의는 '부분으로 전체를 나타내는' 것"[39]이며 "환유는 그가 나타내는 대상의 일부분"[40]이라고 여기면서, 이 같은 견해를 설명하려고 많은 사례를 들었다. 예를 들면, '범죄 드라마의 길거리 풍경이 바로 환유이므로 렌즈 속에 담겨진 거리가 결코 거리 자체를 나타내는 것이 아니라 특정된 도시의 생활 형태인 도시 내부의 비열함, 존경할 만한 시골이거나 도심의 혼잡함을 나타내는 일종의 환유인 것이다."[41] 하지만 존 피스크의 견해를 가지고는 환유에 관한 그의 기타 예증을 설명하기가 아주 어려웠다. "제임스 모나코(James Monaco,1977)는 영화를 예로 들면서 어떻게 환유를 이용할 것인가를 설명했다. 예를 들면 베개 위에 수표가 놓여 있고, 수표 옆에 한 여인이 울고 있는 장면을 촬영한다면, 직업이 창녀라는 것을 나타내는 환유이다."[42]

39) 존 피스크, 장진화 등 역,『커뮤니케이션과 기호학 이론』(일명, 커뮤니케이션학이란 무엇인가), 장진화 등 역, 대만, 웬류출판사업주식유한회사, 1995, 127쪽.

40) 위의 책, 128쪽.

41) 위의 책, 127쪽.

42) 위의 책, 128쪽.

앞에서 든 예에서 이해할 수 있듯이, 촬영된 거리 풍경이 일부분이지만 전반적으로 도시 전체 분위기를 나타낸다면, 후에 든 예에서는 어느 것이 부분이고 어느 것이 전체인지를 구분하기가 힘들다. 예를 들면 '연기'는 '불'의 환유이고, '먹장구름'은 '폭풍우'의 환유이며, '방장'은 사찰을 주재하는 스님의 환유이다. 그러나 여기에서 무엇이 부분을 나타내고 어느 것이 전체를 나타내는가? 사실 부분으로써 전체를 나타낸다는 것은 일종의 논리적인 연장이라면, 점층적 관계(遞進關系, progressive relationship) 역시 일종의 논리적 연장이라고 할 수 있다. 환유의 논리적 연장에는 존 피스크의 '부분과 전체'도 포함된다. 예를 들면 "탁자에 바나나, 사과, 수박 등 여러 가지 과일(?)이 놓여있다"에서 기호 바나나, 사과, 수박의 지시대상과 기호 과일의 지시대상은 논리적 연장이 존재하브로 '부분과 전체'를 나타내는 환유이다. 점층적 관계의 논리적 연장도 포함된다. 예를 들면 "캐나다 해변에 사는 바닷새는 여름에 짝짓기를 하고 알을 낳으며, 새끼들을 먹여 키운다"에서 기호 '짝짓기', '알을 낳다', '먹여 키운다'의 지시대상이 바로 일종의 점층적 관계이다. 그리고 '연기'의 지시대상은 기호 '불'의 지시대상의 논리적 연장이고, 기호 '폭풍우'의 지시대상은 기호 '먹장구름'의 지시대상의 논리적 연장이다. 이 같은 논리적 연장이 바로 로만 야콥슨이 말한 인접성인데, 이 같은 논리적 관계를 파악한다면 전후 문맥의 언어 구조를 조직할 수 있는 능력을 갖춘 것이며, 그런 능력이 없다면 일종의 실어증에 걸린 것이다.

논리적 연장을 가지고 구축한 환유의 커뮤니케이션 효과는 기호 사용자가 여러 논리적 관계를 가지고 있는 관련 사항(相關項)을 선택하는 것과 밀접히 관련되어 있다. 논리적 관계가 존재하는 관련 사항은 틀림없이 많겠지만, 어느 사항을 선택하여 환유를 구축하느냐에 따라 커뮤니케이션 효과가 다를 수 있다.

존 피스크는 『커뮤니케이션과 기호학 이론(Introduction to Communication Studies)』에서 다른 한 가지 유명한 사례를 들었다.

"최근의 텔레비전 프로 '편집인'(The Editors)에서 시위대에 관한 두 장면을 생방송했다. 하나는 시위대가 질서정연하게 한쪽에 서 있는 가운데 그중 두 사람이 트럭 운전기사와 이야기를 나누는 장면이었고, 다른 하나는 한 무리의 노동자들이 경찰들과 폭력적 충돌을 일으키는 장면이었다. 두 장면 모두 같은 날 같은 시위대에서 벌어졌다는 것이 이 사건의 주안점이다. 그날 저녁 텔레비전 뉴스에서는 물론 두 번째 장면이 방송되었다. 환유의 선택이 우리가 구축한 사건의 기타 부분을 결정하게 되었고, 뉴스 중의 환유가 시청자들에게 이와 같은 행사를 편파적이고 불완전하게 각인시키는 바람에 노동조합에서 방송사에 항의를 하는 일이 자주 생긴다."[43]

"본 장에서 언급한 '편집인' 프로는 음악가 노동조합에서 동맹파업을 할 때 BBC 앞에서 시위하는 장면을 방송한 적이 있었다. 시위 장면에는 경찰이 얼씬 거리지도 않았고, 시위자들은 유머러스했을 뿐만 아니라 점점 많이 모여드는 시민들 앞에서 공연을 벌이기도 했으며, 또한 거의 반나체의 한 무리 무녀들이 달려와 응원을 했다. 그리고 시위대 대변인은 문화가 있고 예술적 수양이 있는 중산층이었고, 전반 행사가 흥미진진하게 진행되었다."[44]

---

43) 위의 책, 128쪽.
44) 위의 책, 132쪽.

존 피스크는 "환유는 고도의 자의성(任意性)을 가진 일종의 선택이다. 하지만 선택의 자의성은 흔히 가려지거나 최소한 사람들에게 등한시된다."[45]고 밝혔다. 텔레비전 드라마에서 나오는 길거리 풍경이든 텔레비전 뉴스에서 나오는 시위 장면이든 모두 게이트키퍼(把關人)가 미리 설정해놓은 것이므로, 메시지 수용자는 시위자들과 마찬가지로 아무런 잘못이 없다. "현실을 재현함에 있어서 반드시 환유가 포함된다."[46] 기호의 사용자는 어느 한 부분을 선택해야 만이 전체 현실을 재현할 수 있기 때문이다. 그리고 선택된 그 부분은 우리가 구축한 사실의 기타 부분에 영향을 주고 그 것을 좌우지하게 된다. 존 피스크가 걱정한 것처럼 "경찰을 선택하든 시위를 하는 기타 기호를 선택하든 기타의 미토스(迷思)를 건드릴 수가 있다."[47] 행복한(쾌활한) 영국 경찰관(bobbies)을 선택하지 않고 탐욕스러운 경찰(pigs)이나 어리석은 경찰(the fuzz), 불량 경찰(filth)을 선택한다면 다른 하나의 영국 경찰계를 구축했을 것이며, 시위 중에 충돌하는 화면을 선택하지 않고 흥미진진한 장면을 선택했다면 물론 시위하는 다른 한 가지 뉴스를 구축했을 것이다. 그 어떤 뉴스거나 사실을 구축하든 실지로는 모두 신화이다. 이에 관련한 내용은 뒷부분에서 상세히 논하려 한다.

관련 사항(相關項)에 대한 선택이 다름에 따라 환유도 다르며, 환유가 다름에 따라 서로 다른 '사실'과 '신화'를 구축하게 된다는 점을 알 수 있

---

45) 위의 책, 128쪽.

46) 위의 책, 127쪽.

47) 즉 mysth(mythos)의 음역이다. 역자는 일부러 신화라고 번역하지 않고 미토스라고 번역했는데, 그 목적은 신화(Myth)가 지니고 있는 기존의 의미와 구분하려는데 있었다.

다. 만약 환유가 선택한 부분을 가지고 전체를 지칭할 수 있다면, 다정 다감하고 로맨틱한 샹젤리제거리를 선택하여 파리를 지칭하느냐 아니면 더럽고 문란한 팔레에라(巴勒維拉)를 가지고 파리를 지칭하느냐가 환유가 지니고 있는 신비함이다. 만약 환유가 어느 한 관련 사물을 가지고 다른 한 사물을 지칭할 수 있다면, 돈을 선택하여 매춘부의 생활을 지칭하느냐 아니면 성병 진료소를 선택하여 매춘부의 생활을 지칭하느냐 역시 매춘부에 대한 한 가지 태도를 표현한 것이 아닌가? "부분으로 전체를 나타내든", "두 가지 현상 간에 어떠한 연관성이 존재하든" 환유는 우리가 기호 배후에 숨어있는 객관 세계 중의 사물의 연관성을 이용, 즉 기호의 지시대상 간의 논리적 연장을 이용하여 세계를 인식하고 세계를 설명하면 수단이다.

한 마디로 말하여, 허다한 경제 현상을 정치적 각도로부터 입각해야만이 이해할 수 있고, 허다한 정치적 문제를 경제적 시각으로부터 입각해야 만이 더욱 분명하게 알 수 있는 것처럼 수사학에서 논쟁이 끊이지 않는 은유와 환유에 관한 문제는 기호학 각도로부터 입각해야 만이 은유와 환유의 본질을 손쉽게 파악할 수 있는 것이다.

4. 은유와 환유는 모두 인류의 인지적 시각

은유든 환유든 모두 발화의 한 가지 전략이다. 이 세상을 살아가려면 우리는 많은 생각을 해야 하고, 많은 감정을 쏟아내야 하며, 많은 사람들의 비위를 맞춰줘야 하고, 많은 일을 묘사해야 하며, 많은 생각을 표현해야 하고, 많은 음모를 유세해야 하는데, 분명 우리가 가지고 있는 어휘가 모자라 좁은 언어에 의한 교통 상황이 용솟음치는 사상 및 감정의 물결을 자주 막히게 하면서 말에 조리가 없고 말을 자세히 하지 못하며 의미 전달이 정확하지 않는 일이 늘 발생한다.

그리하여 우리는 천방백계로 제한된 어휘에 보다 다양한 의미를 적재하여 더욱 풍부한 사상과 감정을 전달하려고 시도했다. 이에 우리는 어의를 새롭게 파생시킬 수 있는 은유와 환유라는 방법을 찾아냈다. 일종의 규약으로서의 언어는 비록 무미건조하지만, 언어 실천으로서의 발화는 언제나 생생하고 활발하고 개방적임과 아울러 온갖 방법과 능력을 다하여 이 세상을 말하려 한다. 그리고 이 모든 것은 은유나 환유가 그 사이에서 지휘하여 관계를 순조롭게 처리하기에 가능하다. 이로부터 은유와 환유는 두 가지 수사 방식일 뿐만 아니라 더욱이는 인류의 인지 방식이자 표현 방식이라는 것을 알 수 있다.

인간의 기본적인 인지 방식이자 표현 방식인 은유와 환유는 언어 그리고 기타 기호에서 표현될 뿐만 아니라, 인간의 사유에 깊이 각인되어 인간의 사유에 시시각각으로 영향을 미친다. 특히 이 같은 사유는 인간의 추상적 사유를 형상적 사유로 전환하도록 도와주는데, 사람들이 이미 알고 있는 익숙한 경험을 가지고 미지의 추상적 사물을 경험하고 이해하게 하여 추상적 사물에 대한 이해를 형상화한다. 뿐만 아니라 은유와 환유는 인류의 문화에 깊이 이식되어 있어서 겉으로 보기에는 은유와 환유 모두 인간의 경험을 논거로 하는 것 같지만, 실질적으로는 사회, 문화, 역사에 의거하기 때문에 은유와 환유 자체는 모든 사회, 문화, 역사의 좋고 나쁨을 가리지 않고 형상화시킨다. 평범하면서도 지나치게 활용되고 있는 은유와 환유들, 사람들의 마음을 주재하는 거대 은유(超隱喩)들은 사실 한 가지 문화적 경관, 한 가지 사회적 현실, 한 가지 역사적 상황을 반영한 것이라고 생각할 수 있다.

5. 함축적 의미와 메타언어는 곧 은유와 환유 두 가지 발화 축 방향의 등가

은유와 환유는 인간의 인지 방식일 뿐만 아니라 양자의 구축 메커니즘은 메시지가 지시체(指涉)를 생성하는 기능에 관한 비밀을 밝혀주기도 한다. 로만 야콥슨이 제기한 등가원리에 따르면, 은유든 환유든 모두 한 가지 등가이며, 바로 이 같은 등가에 편승하여 함축적 의미와 메타언어가 구축된다.

이에 존 피스크는 다른 견해를 내놓았다.

"함축적 의미는 결코 은유가 아니며 은유를 통하여 구축되는 것도 아니다. 함축적 의미 역시 사물 간의 특질 상상력의 이식이기는 하지만, 그것은 측면 간의 유사한 점을 강조하면서 차이점은 줄인다."[48]

하지만 필자는, 은유와 함축적 의미 모두가 사물 간의 유사한 특질의 상상력을 이식할 수 있으며, 사물 간에 정반대되는 특제한 상상력을 완전히 이식할 수도 있다고 생각한다. 이를테면 아이러니 같은 것이 그것이다. 따라서 함축적 의미는 은유를 통하여 구축되고, 은유는 함축적 의미를 달성하는 수단이다. 예를 들면 '장미꽃'은 '사랑'의 은유이자 '장미꽃은 사랑의 의미'라는 함축적 의미를 구축한 것과 같다. 도표 4-5-1에서 밝힌 것이 그것이다.

---

48) 존 피스크, 『커뮤니케이션과 기호학 이론』, 앞의 책, 131쪽.

E2		R2		사랑 C2
E1 장미꽃	R1	C1한 가지 식물		

도표 4-5-1 은유/함축적 의미

마찬가지로 메타언어 또한 등가원리에 따라 구축된 일종의 연계이다. 앞에서 서술한 것처럼, 메타언어 역시 복합적인 결합이며, 함축적 의미와는 정반대될 뿐이다. 기의1(제1 계통의 내용은 평면 자체이다)은 다른 하나의 의미 결합(E3R3C3)으로 구성되었고, 그리고 기표1과 기표3은 흔히 환유 관계이다. 존 피스크의 이해에 따른다면 부분과 전체의 관계라 할 수 있다. 이는 도표 4-5-2에서 밝힌 것과 같다.

E1	R1			C1
		E3	R3	C3

도표 4-5-2 메타언어

우리는 앞에서 서술한 롤랑 바르트와 존 피스크가 든 예를 가지고 도표 형식으로 분석했다. 이는 도표 4-5-3과 4-5-4에서 밝힌 것과 같다.

E1한 흑인 사병	R1			C1
		E3 전체 프랑스 흑인 R3		C3

도표 4-5-3 환유/메타언어

E1 행복한 경찰관	R1			C1
		E3 영국 경찰계 R3		C3

도표 4-5-4 환유/메타언어

여기서 흑인 사병의 모습을 기표로 할 때, 사진이 소재한 문화적 언어 환경이 의미하는 것은 그 개인뿐만이 아니라 전체 프랑스 흑인을 의미한다. 마찬가지로 행복한 경찰관의 의미 역시 한 경찰관으로서의 개인이 아니라 전체 영국 경찰계를 의미한다.

이로부터 메타언어와 환유는 방법은 달라도 결과는 같은 등가적 구축으로서 양자는 서로를 목적으로 하고 서로를 수단으로 한다는 것을 알 수 있다. 앞에서 논술한 것처럼, 지표적 기표(지표적 상징, 引得符号) 역시 환유에 의존하여 메타언어의 의미 패러다임을 구축함으로써 메시지 수용자들이 기호의 기표와 지시대상(기의가 아님)이 확실히 어느 한 시간대에 동시에 나타난다는 것을 믿도록 한다. 연기는 불의 지표적 기표(도표 4-5-5)이고 늑대의 발톱 자극이 늑대의 지표적 기표(도표 4-5-6)인 것과 같은 것이다.

E1 연기	R1		C1
	E3 불	R3	C3

도표 4-5-5 지표적 기표/ 환유/ 메타언어

E1 늑대 발톱 자국	R1		C1
	E3 늑대	R3	C3

도표 4-5-6 지표적 기표/ 환유/ 메타언어

위에서 서술한 등가원리를 구축하는 과정을 통하여 우리는, 은유는 함축적 의미와 대응하고 환유는 메타언어와 대응한다는 결론을 얻어냈다.

또한 앞에서 서술한 은유와 환유에 관한 분석을 통하여 우리는 상호 간의 대응 관계가, 교체적 응답-위치적 기호(개념) 간의 유사성 관계-유사체-은유이며, 용언형 응답- 위치적 기호(개념) 간의 인접관계(毗連關系)-인접 단계(鄰接段)-환유-메타언어라는 결론을 얻어냈다.

제5장

기호를 만드는 메커니즘과
'신화' 커뮤니케이션 메커니즘

제5장
기호를 만드는 메커니즘과
'신화' 커뮤니케이션 메커니즘

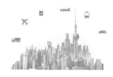

자연화 메커니즘과 일반화 메커니즘의 공통 활용이 곧 기호가 의미를 생성하는 심층 메커니즘이다. 소위 자연화 메커니즘은 우연적 사건을 보기에는 필연적 사실로 되게 하는 것이며, 일반화 메커니즘은 개별적 현상이 보편적 의의를 가지게 하는 것이다. 하지만 이는 문면(文面)적인 이해에 불과하기에 학리적으로 깊이 이해하려면 그레도 위에서 분석한 기호학 중의 일부 주요 개념의 도움을 받아야 한다.

1. 메커니즘1- 자연화 메커니즘

자연화라는 개념은 의미가 아주 깊으므로 신화의 형성, 이데올로기의 커뮤니케이션에 아주 중요한 작용을 하였다. 하지만 롤랑 바르트든 장 보드리야르(jean baudrillard)든 사용만 했을 뿐 학리적인 상세한 해석을 하지 않았다. 그 후의 기호 연구자 대다수가 이 개념이 가지는 큰 의의를 의식하기는 했지만, '자의성'(任意性), '사회성(관습화, 랑그, 사회적 규칙?)', '은폐성'(遮蔽性) 등 다른 말들을 가져다 대체했을 뿐이다. 그리고 이 모두는 자연화의 한 측면에 대한 묘사에 그치면서, 어떠한 자의성이고 어떻게 은폐하며 누구와 누구의 관습인가 하는 것들을 가 일층 분석하지 않았다.

사용된 상황을 가지고 이해한다면, 이른바 자연화란 사물의 표면 현상에 은폐된 본질이다. 그러하다면 현상은 어떻게 본질을 은폐하는가? 다시 말하면 본질을 은폐하는 현상의 메커니즘은 어디에 있는가? 여기서 필자는 세 가지 측면(차원)으로부터 이 개념을 해석하려 시도했는데 신화의 형성, 이데올로기의 커뮤니케이션 메커니즘을 보다 정확한 이해하는데 도움을 줄 수도 있을 것이다. 이 세 가지 측면의 의미를 두 가지 관계에 대한 은폐와 한 가지 방법에 관한 운영이라 개괄할 수 있다.

자연화의 첫 번째 측면의 의미는 기표1과 기의1 간의 관습화이다. 앞에서 서술한 것처럼 이 같은 관습이 원래는 자의적이지만 이런 자의적 관계에 대한 은폐가 곧 첫 번째 측면에서 해야 할 일이다. 즉 자연화를 실행하는 첫 걸음은 도표 5-1-1에서 밝힌 것처럼 기표1과 기의1 간에 진행된다. "기표와 기의 간의 관계를 고정화하여 사람들에게 그것이 한 가지 자연적 관계라는 인식을 각인시킴으로써 그 기표를 말하기만 하면 머리 속에 그 기의가 떠오르거나 기의를 보기만 하면 즉시 기표를 말할 수 있게 한다."[49] 즉 사회적으로 관습화가 된 기표와 기의가 사람들의 의식 속에 당연한 일(관계)로 전환시켜 어째서 이 식물을 다른 이름으로 지칭하지 않고 장미꽃이라 지칭하느냐고 더는 캐묻지 않게 하며, 이는 사실 한 가지 인위적인 의미 상관성이라는 점, 나아가 최초의 의미 상관

49) 曾慶香, 『新聞敍事學』, 北京, 中國广播電視出版社, 2005, 153쪽.

성인 '자의성', '은폐성'이라는 점을 전혀 의식하지 못하게 하는 것이다. 그렇기 때문에 기표1과 기의1 간의 관습화인 자연화의 첫 번째 측면에서 기표1과 기의1 간의 관계를 의미 상관성의 결합이 아니라 한 가지 사실로 간주하는 것이다. 더욱이 언어구조 속의 '동형'(isologie, 同构) 현상[50]은 더욱 자연화의 한 층면을 은폐시킨다.

E 장미꽃　　R	C 식물의 일종

도표 5-1-1 자연화 메커니즘의 첫 번째 측면

자연화의 두 번째 측면의 의미는 자연화의 첫 번째 측면의 의미를 토대로 하고, 나아가 도표 5-1-2에서 제시한 것처럼 어느 한 언어 환경에서 기의2와 기표1 간의 자의적 관계를 은폐시켜 유사성을 부각시키는 것이다. 기의2와 기표1 간의 유사성은 그들 간의 자의적 관계를 은폐하면서 함축적 의미를 구축했다. 다시 말하면, 메시지 수용자들로 하여금 기표2가 기표1과 기의1로 공동 구성되었다고 하는 것에 대해 더는 주목하지 않고 곧장 기의2를 향해 달려가 선택의 여지가 없이 기의2를 전면 수용하게 하는 것이다.

장미꽃(기표1)을 더는 주목하지 않게 되는 것은 우선 장미꽃이 한 가지 식물(기의1)이기 때문이고, 곧바로 장미꽃(기표1)을 향해 달려가는 것은 사랑(기의2)이라는 이 메시지를 상징하기 때문이며, 기표(기표1)로서의 파괴된 장미꽃과 기의(기의1)로서의 한 가지 식물 간의 '자연적' 혹

---

50) 8장 제2부분을 참조할 것

은 '분명한' 연계는 오히려 장미꽃과 사랑의 '유사성'을 강조하면서 메시지 매개(기표2)의 형성과정(E1R1C1)을 은폐함으로써 함축적 의미가 형성되는 과정에서의 사회, 역사, 문화, 이데올로기 성질을 은폐시키게 된다. 사실 장미꽃이 사랑을 나타내는 것은 사람들의 일종의 상상이고, 일종의 아름다운 소망이며, 일종의 세계에 대한 의향이지만, 오히려 깊이 고려하지도 않고 전부 받아들이는 것이다. 자연화의 두 번째 측면의 의미가 자연화의 첫 번째 측면 의미를 토대로 한다고 한 이상, 역시 첫 번째 측면의 의미에 대한 이용이자 무시, 혹은 포기이자 반동이라고 할 수 있다.

E2	R2	C2 사랑
E1 장미꽃　　R1	C1 식물의 일종	

도표 5-1-2 함축적 의미/ 자연화 메커니즘

이른바 한 가지 방법의 활용이라는 것 역시 자연화의 세 번째 측면에 대한 이해, 즉 은유를 활용하여 함축적 의미를 구축하는 방법으로서, 자연화 메커니즘 중 은유의 작용을 강조하는 것이다.

이 같은 방법은 우리가 이미 여러 번 논술했으므로, 은유의 활용으로 인해 기의2와 기표1 간의 자의적 관계가 은폐되지만 오히려 그들 간의 인위적인 유사성을 자연적으로 형성시킨 것으로 간주하게 되면서 함축적 의미가 지니고 있는 역사적 의미, 사회적 의미, 문화적 의미, 정치적 의미, 교육적 의미가 은폐되는 바람에 모든 것이 당연한 현상으로 받아들이게 때문에, 은유의 함축적 의미에 대한 구축은 자연화 활용 메커니즘의 일부분이며, 또한 자연화의 심층적 메커니즘이라는 점을 우리는 여기서 강조하고 싶은 것이다. 특히 은유가 더는 문학적인 한 가지 수사법 형식으로만 되는 것이 아니라 사람들의 인상적인 발화, 일상적인 사유에 깊이 스며들어 사람들의 일상적인 인지 방식, 사유 방식으로 되면서 누구도 주의를 기울이지 않게 되었으며, 은유가 구축한 함축적 의미에 휘말려든 이데올로기에 대해서 누구도 의문을 제기하지 않게 되었을 뿐만 아니라 오히려 한 가지 사회적 상식, 즉 존 피스크가 말한 것처럼 '이데올로기의 상식'으로 되어 사람들이 보편적으로 당연한 사실로 받아들이게 되었다는데 주목할 필요가 있다.[51]

이로부터 자연화는 한 가지 기호 전략으로서, 이 전략을 통하여 어떤 의미는 은폐되고 어떤 의미는 부각된다는 것을 알 수 있다. 그리고 의미가 은폐되거나 부각되는 전략을 달성하려면 상술한 것처럼 두 가지 절차를 거쳐야 한다. 첫 번째 설차는, 기표1과 기의1을 셜합, 즉 기표1과 기의1 간에 관습화가 성립한다. 두 번째 절차는 기표1과 기의2 간의 유사성을 부각시키고 그들 간의 자의적 관계, 황당무계한 관계가 은폐되거나 인위적이고 사회적인 것이 은폐되면서 함축적 의미가 구축되고 이데올로기가 커뮤니케이션된다. 그리고 그중 두 번째 절차, 즉 함축적 의미는 은유를 통하여 구축되는 것이다.

2. 메커니즘2- 일반화 메커니즘

자연화와 마찬가지로 일반화라는 개념 역시 롤랑 바르트는 살짝 언급

---

51) 존 피스크, 『커뮤니케이션과 기호학 이론』, 앞의 책, 127쪽.

했을 뿐, 깊이 있는 상세한 해석을 하지 않았다. 하지만 자연화 메커니즘이 대중들이 커뮤니케이션을 하여 그 효과를 획득하는 중요한 모략의 하나인 것처럼 일반화 메커니즘 역시 매체가 농락하는 다른 하나의 중요한 수단이다. 만약 우리가 환유나 메타언어를 일반화 메커니즘과 결합시킬 경우 환유와 메타언어는 공통의 목적을 추구하여 유사한 방법을 활용, 즉 일반화 메커니즘을 활용한다는 것을 발견할 수 있다. 우리는 앞에서 서술할 때 인용한 롤랑 바르트와 존 피스크가 든 예를 가지고 재차 도표의 방식으로 분석을 했다.

롤랑 바르트가 든 예에서(도표 5-2-1) 한 흑인 사병과 전체 프랑스 흑인의 관계는 존 피스크의 '부분과 전체의 관계'라는 견해이든, 우리의 한 가지 '논리적 연장'이라는 견해이든 모두가 환유의 관계이다. 그리고 '어느 한 흑인 사병'을 기표의 기의(C1)로 삼아 '전체 프랑스 흑인'을 기표로 조성된 하나의 의미 결합(E3R3C3)으로 한다면 메타언어의 개념에 부합되며, 한 의미 결합 E3R3C3이 다른 한 의미 결합 E1R1C1의 기의 C1로 된다. 여기서 기표1(어느 한 흑인 사병)과 기표3(전체 프랑스 흑인)의 등가로 구축된 환유는 의미 결합 E3R3C3과 기의1의 등가로 구축된 메타언어 [E1R1(E3R3C3)]와는 대응한다. 그리고 두 개의 등가로 구축된 공통 목적은 모두 어느 한 흑인 사병과 전체 프랑스 흑인 간의 부분과 전체라는 관계를 헷갈리게 하여 사람들에게 프랑스에 대한 어느 한 흑인 사병의 충성이 당연히 프랑스 제국에 대한 전체 프랑스 흑인들의 충성을 대표한다는 착각을 주려는 것이다.

이것이 바로 일반화 메커니즘이다. 같은 이치지만, 존 피스크가 든 예에서(도표 5-2-2), 어느 한 행복한 경찰관은 경찰관 자신만 의미하는 것이 아니라, 전체 경찰계라는 다른 한 기의도 의미하는데, 환유와 메타언어는 바로 행복한 경찰관과 전체 영국 경찰 간의 구별을 약화시킴으로써 사람들에게 전체 영국 경찰들이 모두 행복하다는 착각을 주게 된다.

이로부터 일반화 메커니즘은 환유나 메타언어의 구축을 통하여 어느 한 개별적 현상을 일반성을 띤 대표적인 현상으로 보이게 한다는 것을 알 수 있다. 다시 말하면 일반화 메커니즘을 실행한다는 것은 환유를 활용하거나 메타언어의 결합을 통하여, 프랑스 제국에 대한 어느 한 흑인 사병의 충성을 프랑스 제국에 대한 전체 유색인종들의 충성으로 일반화하고, 어느 한 경찰관의 행복을 전체 영국 경찰계의 행복으로 일반화한 것처럼, 이미 자연화한 함축적 기의를 일반화하여 개별적 현상이 보편적 의미를 가지게 하는 것이다.

함축적 의미/	E2		R2		C2 충성
은유/자연화	E1 어느 한 흑인 사병 R1		C1 구체적인 사람		메타언어/환유/일반화
	E3 전체 프랑스 흑인	R3	C3		

도표 5–2–1 메타언어/ 일반화 메커니즘

함축적 의미/	E2		R2	C2 행복
은유/자 연화	E1 경찰관(bobby) R1		C1 구체적인 사람	메타언어/환유/일반화
	E3 여국 경찰계 R3		C3	

도표 5–2–2 메타언어/ 일반화 메커니즘

모든 환유가 일반화 메커니즘을 가지고 있는 것이 아니라 환유 중의 '부분과 전체' 만이 일반화 메커니즘을 가지고 있으며, 비점층(非遞進) 논리적 연장이야말로 일반화 메커니즘의 '공범'이라는 점을 여기서 지적할 필요가 있다.

3. 신화의 두 측면–은유/ 함축적 의미/ 자연화 메커니즘과 환유/ 메타언어/ 일반화 메커니즘

위에서 한 논술로부터 우리는 다음과 같은 결론을 얻어냈다.

은유/함축적 의미는 자연화 메커니즘의 정수이며, 일반화 메커니즘은 환유/메타언어에 의존하여 이루어진다. 혹은 은유/함축적 의미가 자연화를 만들고, 환유/메타언어가 일반화를 조성한다. 그리고 롤랑 바르트가 한시도 잊지 않았던 핵심 개념인 신화는 은유/함축적 의미/자연화 메커니즘, 환유/메타언어/일반화 메커니즘과 어떠한 관계인가?

롤랑 바르트, 존 피스크, 테렌스 호옥스(Terence Hawkcs) 등 기호 학자들에게는 신화(myth)가 한마디로 지시적 의미(直接意指)를 기초로 하여 형성된 함축적 의미이다. 하지만 우리는 함축적 의미는 신화의 한 측면일 뿐 완전한 것은 아니라고 생각한다. 신화를 완전하게 전면적으로 이해하려면 반드시 메타언어/환유/일반화 메커니즘을 이해해야 한다. 우리는 여기서 위에서 한 연구방법을 계속 이용하여 정의하기 어려운 방식에 대해서는 개술을 했지만, 주요한 범주에서 대해서는 여전히 순차적으로 나누어 상세히 서술했다.

필자는 한 가지 발화 전략으로서의 신화가 함축적 의미와 메타언어라는 두 가지 측면을 포함하고 있다고 생각한다. 함축적 의미는 은유를 통하여 구축되고, 메타언어는 은유에 의존하여 이루어지는데, 함축적 의미/은유는 자연화의 심층적 메커니즘이고, 메타언어/환유는 막후에서 일반화를 조종한다. 그렇기 때문에 신화는 두 가지 측면 혹은 두 가지 메커니즘을 포함하고 있다고 말할 수 있다. 하나는 은유를 활용하여 함축적 의미를 구축함으로써 상관성이 없는 사물 간에 유사성 관계를 구축하여 자연화 메커니즘이 작용을 발휘하게 한다. 다른 하나는 환유를 활용하여 메타언어를 구축하고, 상관성을 부각함과 아울러 추상적 개념을 구체적 사물로 대체하는 성질로 발전시킴으로써 연상을 유발시키고 등가를 유발하여 일반화 메커니즘을 시행하는 것이다. 다시 말하면 신화는 함축적 의미 상관성과 메타언어 결합의 공통 행위이자 은유와 환유의 공통 행위이며, 자연화 메커니즘과 일반화 메커니즘의 공통 행위이다. 은유/함축적 의미/자연화이든 환유/메타언어/일반화이든 이 같은 구축이나 메커니즘은 새로운 유사성과 상관성을 창조하는 것을 통하여 새로운 등가를 구축함으로써 새로운 신화를 창조하고 새로운 메시지를 커뮤니케이션한다. 아래에 몇 가지 예를 들면서 이 두 가지 측면 내지 두 가지 메커니즘이 공통으로 발휘하는 작용을 설명하려 한다.

도표 5-3-1에서 밝힌 것처럼 신화는 우리들에게 다음과 같은 것을 시사해주었다.

우리가 상해라는 이 도시의 번화함을 말할 때 언어로 표현하든 영상으로 표현하든 전체 도시를 묘사할 수는 없기 때문에, 난징루(南京路)나 와이탄(外灘)과 같은 어느 한 거리거나 어느 한 구역만을 선택하여 묘사하면서 그 구역과 도시 전체의 번화함 간의 유사성을 부각, 즉 함축적 의미 측면에서 그 구역의 기의는 현대 도시이며, 그리고 더는 도시의 방위, 크기, 역사 등 구체적인 것만이 아니라 와이탄 한 구역이 현대 도시의 은유가 됨과 아울러 어느 한 사회적 언어 환경에서 광범위한 공감대가 생성되어 사람들이 보편적으로 받아들이게 되면서 자연화 메커니즘이 형성되었던 것이다.

그 구역과 전체 도시는 '부분과 전체'의 관계로서 상관성을 가지고 있다. 즉 일종의 환유 관계이다. 한 의미 결합(E3R3C3)이 다른 한 의미 결합(E1R1C1)의 기의를 표현하는 측면(C1)의 메타언어 결합으로 될 때, 그 구역은 전체 도시를 대표하면서 일반화 메커니즘이 작용을 발휘하게 되는데, 그가 전달하는 메시지가 더는 와이탄의 번화함이 아니라 현대적인 전체 상해를 나타내는 것이다.

함축적 의미/ 은유/자 연화	E2		R2		C2 번화함	
	E1 와이탄	R1	C1 구체적 구역			메타언어/환유/일반화
	E3 상해시	R3	C3			

도표 5-3-1 은유/함축적 의미/자연화 메커니즘과 환유/ 메타언어/일반화 메커니즘 두 측면의 신화 포괄

도표 5-3-2는 중국 미디어대학교의 학생 모집 홍보영상을 기호학에 근거하여 도표로 나타낸 것으로서, 중국 미디어대학교에 입학하면 명예와 부(명리)를 함께 얻을 수 있다는 의미를 신화가 제시하고 있다. 신화의 첫 번째 절차는 왕즈(王志), 바이옌송(白岩松), 최이용위안(崔永元), 천루위(陳魯豫), 리용(李咏), 리샹(李湘) 등 방송 매체에 종사하는 유명인들을 홍보 모델로 내세우는 것이다. 일반인들 마음속에는 그들이 단지 어느 한 구체적인 개인을 가리키는 것이 아니라 명예와 부를 함께 얻은 유명인의 대명사로 각인되어 있다.

즉 유명 인사라는 함축적 의미를 구축하며 함축적 의미 중에 천루위 등 유명 방송인과 명리(명예와 부) 사이에 이 같은 인위적인 유사성을 부각함으로써 천루위 등을 명예와 부를 함께 얻은 사람들의 은유로 되

게 함과 아울러 대중 매체가 신속히 발전할 수 있다는 메시지가 사회의 폭 넓은 인정을 받을 수 있었다. 신화의 두 번째 절차는 이 같은 유명 방송인들 모두 중국 미디어대학교 졸업생이라는 점을 부각하는 것이다. 존 피스크의 견해인'부분과 전체'의 관계이며, 본문에서 여러 번 강조한 상관성이나 논리적 연장의 일종이다. 즉 환유의 관계를 구축한 것이다. 환유의 운용은 이 같은 상관성을 강화하여 천루위 등이 전체 중국 미디어대학교 학생들의 당연한 대표로 되게 했다.

즉 메타언어 결합 중의 한 의미 상관성(E3 R3 C3)을 다른 한 의미 상관성(E1 R1 C1이나 E1' R1' C1' 혹은 E1" R1" C1")의 기의가 표현하는 측면으로 되게 함으로써 추상적 개념으로 구체적 사물을 대체하는 관계를 형성하여 일반화 메커니즘을 시행했다. 이는 사람들에게 중국 미디어대학교에 입학하기만 하면 왕즈, 천루위 등처럼 하루아침에 유명해져 명예와 부를 함께 얻을 수 있는 암시를 주었다. 이렇게 되어 명예와 부를 함께 얻은 천루위 등의 자연화 메커니즘 은유와 전체 중국 미디어대학교 학생들의 일반화 메커니즘 은유라는 이중적 역할 하에서 중국 미디어대학교에 입학하면 명예와 부를 함께 얻을 수 있다는 신화가 구축되었다.

함축적 의미/ 은유/자 연화	E2		R2		C2 명예와 부 함께 얻음
	E1 천위루	R1	C1 북경에서 자란 35세 여성		
	E1' 왕즈	R1'	C1' 북경에서 자란 40세 남성		메타언어/환유/일반화
	E1" 리샹	R1"	C1" 후난성에서 자란 한 여성		
			E3 전체 중국 미디어 대학교학생 R3	C3	

도표 5-3-2 은유/함축적 의미/자연화 메커니즘과 환유/ 메타언어/일반화 메커니즘 두 측면의 신화 포괄

그 어느 나라의 의장병이든지 권세나 무력에 굴복하지 않는다는 그 나라 군대의 신화를 구축하기 때문에 도표 5-3-3에서 제시한 신화는 이해하기 쉽다. 그리고 도표 5-3-4는 중화인민공화국 수립 50주년 때 텐안먼 열병식의 전형적 장면을 기호학적으로 도해한 것이다. 특히 열병식 앞의 한 쌍의 기수(護旗兵)가 쌍둥이 자매[52]였다는 점에 주목할 필요가 있는데, 이 절묘한 배치는 쌍둥이 자매의 기호학적 의미를 강화하는 역할을 했다.

몸매가 거의 같을 뿐만 아니라 생김새마저 똑같은 그들 쌍둥이 자매의 정연하고도 획일적인 행동거지가 어떻게 훈련되었을 지가 궁금할 정도였다. 정연하고 획일적이라는 것은 훈련이 잘 되었다는 것을 의미하고 훈련이 잘 되었다는 것은 권세나 무력에 굴복하지 않는다는 것을 의미하며 권세나 무력에 굴복하지 않는다는 것은 너무나 견고하여 부술 수가 없다는 것을 의미한다.

함축적 의미/은유/자 연화				
E2	R2		C2 권세나 무 력에 굴복하지 않음	
E1 의장대	R1	C1		메타언어/환유/일반화
		E3 그 나라 군대 R3	C3	

도표 5-3-3 은유/함축적 의미/자연화 메커니즘과 환유/ 메타언어/일반화 메커니즘 두 측면의 신화 포괄

52) 이 예증은 리옌, 『미디어 비평』(절강대학교출판사, 2009, 33쪽)의 예에서 힌트를 얻음.

함축적 의미/ 은유/자 연화	E2		R2		C2훈련이 잘 되어 정연하고 획일적임
	E1 쌍둥이 자매	R1	C1 북경에서 자란 25세의 여사병		
	E1' 쌍둥이 자매	R1'	C1 북경에서 자란 25세의 여사병		메타언어/환유/일반화
			E3 전체 중국군인	R3	C3

도표 5-3-4 은유/함축적 의미/자연화 메커니즘과 환유/ 메타언어/일반화 메커니즘 두 측면의
신화 및 함축적 기표(여러 개 기호로 구성된 기표) 포괄

자연화 메커니즘은 최종 메타언어/일반화 메커니즘에 편승하여 그의
함축적 기의를 마케팅 해야 만이 신화가 커뮤니케이션 효과를 거둘 수
있으며, 메타언어의 기의C3 역시 최종 반드시 함축적 기의C2를 지향해
야 만이 함축적 기의C2가 널리 보급(일반화)될 수 있다. 즉 자연화 메커
니즘과 일반화 메커니즘이 협력해야 만이 신화를 구축하여 커뮤니케이
션 할 수 있다.

4. 스타 꿈의 신화–기호학의 각도에서 텔런트 쇼(오디션 프로그램) 분석

우리는 한창 전환기에 처해 있는데, 신구 교체가 빈번하고 신속하여
나타나는 것도 빠르고 도태되는 것도 빠른 것이 전환기의 한 가지 주요
특징이라 할 수 있다. 이와 같은 언어 환경에서 사람마다 눈앞의 성공과
이익에 급급하면서 하루아침에 스타나 성공한 사람이 되지 못해 안달아
하고 있다. 서둘러 꿈을 이루려는 하이틴들이든 자녀가 훌륭한 인물이
되기를 바라는 부모들이든 텔레비전이라는 이 커뮤니케이션 위력이 가
장 큰 매체에 미친 듯이 몰려들면서 이 신기를 매체를 통하여 하루아침
에 성공하고 유명해지고 벼락부자가 되어 운명이 바뀌어 지기를 망상하

거나 갈망하고 있다.

텔레비전은 하루아침에 스타나 성공한 사람들과의 격차를 없애줄 수도 있고, 만들어 줄 수도 있다. 하지만 이는 '홍루몽-오디션 프로그램'(紅樓夢選秀) '슈퍼 걸'(超級女聲) '비상6+1'(非常6+1) '몽상 중국'(夢想中國) '성광대도'(星光大道) 등 인기 프로그램이라는 언어 환경에서만 가능하다. 그리고 어떻게 하루아침에 유명해져 벼락출세를 하느냐 등등의 이런 프로그램들이 전하는 사람을 유혹하는 메시지는 기호학의 도움을 받아야 만이 이런 매체의 신화를 간파할 수 있는 것이다.

도표 5-4-1에서 밝힌 것처럼, 한 기표(E1)로서의 리위춘(李宇春, 2005년 '슈퍼 걸' 프로그램에 출연해 전국 대상 획득, 미국 '타임지' 표지에 오름-역자 주)은 지시적 의미 측면의 의미는 스촨성(四川省)에서 온 20대 젊은 여성(C1)에 지나지 않는다. 즉 도표에서 제시한 E1R1C1 결합(기호1)에 지나지 않는다. 하지만 리위춘이 '슈퍼 걸' 프로그램에서 우승을 한 그 시각부터 E1R1C1 결합(기호1)은 새로운 문화적 언어 환경 속에 놓이면서 기표2로 진화했고, 동시에 새로운 기의(C2)를 획득해 하루아침에 유명해지면서 함축적 의미를 구축하게 되었다.

이로부터 리위춘은 하루아침에 유명해진 대명사로 되면서 새로운 은유가 탄생되었다. 이와 같은 은유/함축적 의미는 포장과 대대적인 홍보를 통하여 점차 대중들이 당연히 인정하는 '사실'로 전환, 즉 텔레비전이라는 매체는 평범하고 하찮은 사람도 인기를 한 몸에 받는 사람으로 만들 수 있으며, 텔레비전 스크린에 오른다는 것은 스타가 된 것이나 다름없다는 자연화 메커니즘이 작용을 발휘하게 되었다.

함축적 의미/ 은유/자 연화	E2		R2		C2 하루아 침에 유명 해짐
	E1 리위춘	R1	C1스환성에서 온 20대 젊은 여성		
			E3 '탤런트 쇼' 프로에 참가한 모든 여자애들 R3	C3	메타언어/환유/일반화

도표 5-4-1 은유/함축적 의미/자연화 메커니즘과 환유/ 메타언어/일반화 메커니즘 두 측면의 신화 포괄

그렇다고 신화가 여기서 끝난 것이 아니다. 텔레비전 매체는 대중들에게 이는 하느님이 리위춘 한 사람에게 치우친 사랑이라는 믿음을 주는 데만 만족하지 않고, 환유를 통하여 시청자들도 리위춘이 될 수 있다는 암시를 주었다. 메타언어 E1 R1(E3 R3 C3)의 결합에서, 리위춘의 오늘이 바로 '슈퍼 걸' 프로에 참가한 모든 여자애들의 내일이라는 암시를 주면서, 일반화 메커니즘이 가동, 즉'탤런트 쇼' 프로에 참가한 여자애들 누구나가 리위춘이 될 수도 있다는 강렬한 느낌을 받게 했던 것이다.

도표 5-4-2에서 밝힌 것처럼 '홍루몽-오디션 프로그램'도 마찬가지이다. 텔레비전 드라마 '홍루몽'을 재촬영하기 위해 펼쳐진 오디션 프로그램이 큰 인기를 끈 것은 '홍루몽'이라는 대작의 매력이 오랫동안 지속되고 있다는 의미가 결코 아니며, 오디션에 참가한 많은 사람들이 '홍루몽'이라는 대작을 읽었거나 이해했다는 의미도 아니다. 오히려 이 현상은 텔레비전 매체의 자연화 메커니즘과 일반화 메커니즘의 힘을 입증한 것으로, 즉 오디션에 합격된 배우들의 경력이 하루아침에 유명해진 스타들과 유사성을 가지는 은유의 관계라는 것을 입증해주었다.

이와 같은 은유와 함축적 의미의 상호 인과 관계는, 스크린에 오르면 성공하고 명예를 얻을 수 있다는 자연화 메커니즘과 호응한다. '홍루몽' 오디션에 합격된 배우들은 또 오디션 프로그램에 참가한 모든 여자애들

과 상관성을 가진다. 존 피스크가 말한 '부분과 전체의 관계' 즉 환유의 관계가 성립된다. 이 같은 환유와 메타언어는 상호 바탕으로 하여 오디션 프로그램에 참가하면 배우로 선발될 수도 있다는 일반화 메커니즘을 함께 구축했다. 이렇게 되어 신화가 구축되었다.

그 당시 드라마 '홍루몽'이 인기리에 방영되자 남주인공 가보옥(賈寶玉) 역을 맡은 배우와 두 여주인공 임대옥(林黛玉)과 설보채(薛寶釵) 역을 맡은 배우는 일약 스타덤에 올랐다.

함축적 의미/ 은유/자 연화	E2	R2	C2 하루아 침에 유명 해짐
	E1 '홍루몽' 배우로 뽑힌 사람 R1	C1 구체적인 사람	
		E3 오디션에 참가한 모든 여자애들 R3	C3	메타언어/ 환유/일반 화

도표 5-4-2 은유/함축적 의미/자연화 메커니즘과 환유/ 메타언어/일반화 메커니즘 두 측면의 신화 포괄

'홍루몽- 오디션 프로그램' '슈퍼 걸' '비상6+1' '몽상 중국' '성광대도' 등 텔레비전 프로그램은 자연화 메커니즘을 바탕으로 하여 대중매체가 가지고 있는 개별적 성공을 일반화할 수 있는 기능을 활용하여 이익을 얻으려는 매체의 욕망과 성공을 갈망하는 대중들의 욕망을 교묘하게 결부함으로써 대중들은 매체의 필요에 만족을 주고, 매체의 일반화 메커니즘 역시 대중들이 텔레비전에 출연하여 운명을 바꿔보려는 지나친 욕망과 영합했다.

탤런트 쇼(오디션 프로그램)라는 프로그램의 목표(把戲)를 한마디로 개괄한다면, 우선 은유 기능을 활용하여 대중매체에 출연하면 성공한 사람이 될 수 있다는 의미를 암시함으로써 함축적 의미의 상관성을 구축

한 다음, 환유 기능을 활용하여 성공을 갈망하는 모든 젊은이들이 참여
하기만 하면 스크린에 오른 성공한 일부 사람들처럼 될 수 있다는 메타
언어의 결합을 구축했다. 즉 먼저 은유 기능을 부각시킴으로써 성공을
가지고 관중들을 유혹한 다음, 최종 환유 기능을 재강조하여 시청자들
이 전화로 탤런트 쇼에 등록을 하도록 부추겼다. 따라서 자연화 메커니
즘과 일반화 메커니즘 모두를 이룩할 수 있었다. 모든 탤런트 쇼 프로가
함축적 의미와 메타언어를 통하여 강력한 커뮤니케이션 효과를 구축하
고 있는 것이다.

제6장

매체, 기호를 생산하는
여론의 메커니즘에 편승

제6장
매체, 기호를 생산하는
여론의 메커니즘에 편승

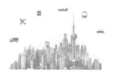

커뮤니케이션 효과를 결정하는 것이 예술적 매력이라 하기보다는 매체의 힘이라고 하는 것이 더 적절할 것이다. 매체를 이해할 수 있는 한 가시 독특한 삭노가 바로 기호라 할 수 있다. 텔레비선 매체가 문사 매체보다 시청자들에게 진실감을 주는 것이 우위라고 할 수 있다. 이 같은 진실감은 텔레비전 영상 기호인 기표와 기의의 관계에서 비롯된다.

우리가 이미 알고 있지만, 음성 언어 기호로 말하면 기표가 곧 우리가 들을 수 있는 소리이며, 문자 언어로 말하면 기표가 곧 우리가 보고 있는 글자이다. 그러나 텔레비전 영상 기호로 말하면 기표가 텔레비전 화면 자체이다. "우리가 가장 직접적으로 접촉할 수 있는 최소 단위가 바로 기술적으로 화면이라고 확정한 물건"[53]이기 때문이다.

기의는 화면이 시청자들의 내면에 남겨놓은 표상이거나 화면의 아이

---

53) 엘렌 세트(Allen Saite, 艾倫 塞特), 「기호, 구조주의와 텔레비전」, 『발화 채널 재통합』(일명, '문화 연구의 이론과 방법들'), 중국사회과학원출판사, 2000, 16쪽.

디어, 즉 화면이 나타낸 내용이다.

1. 언어 상상예술(想象藝術)과 텔레비전 시각예술의 차이점은 기호

'귀로 들은 것은 허이고, 눈으로 본 것만이 실이다'(耳听爲虛,眼見爲實)는 말이야 말로 언어 커뮤니케이션과 영상 커뮤니케이션 이 양자의 근본적 차이점인 허와 실을 가장 단도직입적으로 생동적으로 밝힌 말이라 할 수 있는데, 눈에 보이는 것이 실상이라면 상상은 당연히 허상이라 할 수 있다. 이 같은 차이는 양자의 매체가 같지 않은데서 비롯되었고, 매체의 차이는 기호의 차이에서 가장 두드러지게 나타나면서, 상상예술과 시각 예술이라는 두 가지 서로 다른 형태의 예술을 만들어냈다.

명작 소설을 드라마로 각색한 것이 가장 설득력 있는 예라고 할 수 있다. 드라마 '홍루몽'이 소설 『홍루몽』보다 더욱 애절하고 감동적이지 않았던가? 드라마 '수호전'이 소설 『수호전』보다 더욱 사람들을 황홀한 경지로 이끌지 않았던가? 소설은 드라마보다 심미적 내포가 더욱 풍부하며, 신문 뉴스도 흔히 텔레비전 뉴스보다 심도가 더욱 깊을 수 있다. 하지만 우리는 '세상은 텔레비전의해 반영'이라는 전복적인 명제[54]를 따를 수밖에 없다. 내용적으로 볼 때 텔레비전 커뮤니케이션이 애초부터 문자·라디오 방송 등 기타 전통 매체보다 우월한 것은 결코 아니었다. 하지만 우리는 '세상은 신문의 반영'이라거나 '세상은 방송의 반영'이라는 말을 감히 하지 못했다. 이는 완전히 매체 자체에 대한 경배 때문이었

---

54) 전통적인 정설은 '예술은 생활의 반영' 즉 '텔레비전은 세상의 반영'이다. 그러나 '세상은 텔레비전의 반영' 이라는 말이 이 정설을 뒤엎으면서 매체의 신화를 부각시켰다.

다. '세상은 텔레비전의 반영'이라는 명제가 대놓고 '예술은 생활의 반영'이라는 정설에 감히 도전한 것은 텔레비전 매체 자체의 힘을 입증하는 것이며, 기호가 바로 이와 같은 힘의 내적 구성이었던 것이다. 소설 『홍루몽』은 문자의 기본 기호(元틍)로부터 생성된 상상에 힘입어 독자들에게 오랫동안 여운이 남는 심미적 감각을 발생시켰다. 그러나 만약 축구 경기에 대한 묘사를 문자만 가지고 하면서, 독자들로 하여금 조마조마하고 위급하며 뜨거운 열기로 가득한 치열한 월드컵 경기 장면을 언어 기호만 가지고 상상하게 하는 것은, 시청자들이 직접 경기장에서 축구를 관람하는 듯 하는 생동적인 느낌을 전해주는 텔레비전 영상보다 현장감이 훨씬 못할 수 있기 때문이다. 라디오 방송에서 해설원이 축구 경기를 아무리 뛰어나게 해설한다 해도 특별한 이유가 없다면 텔레비전의 축구 생방송을 마다하고 라디오 방송을 청취할 축구팬들은 없을 것이다. 축구 경기 자체가 멋져서 텔레비전 시청률이 점차 올라간 것이 아니라, 영상(텔레비전) 기호가 전해주는 진실감과 현장감이 축구 경기에 대한 시청자들의 크나큰 호응을 유발했다고 할 수 있다.

즉, 선수들이 골문을 향해 멋진 슛을 날리는 장면, 골인하면 선수들과 축구팬들이 열광하는 장면, 실점하거나 패하면 선수들이나 축구팬들이 눈물을 흘리는 장면, 감독이 괴로워하는 장면 등 순간순간의 수많은 장면들을 클로즈업·미디엄 쇼트 롱 숏롱 테이크줌 몽타주 슬로모션 등 다양한 촬영 기법을 동원하여 중계함으로써 진실감과 현장감을 조성해주었기 때문이다.

언어기호의 매력이 연상을 불러일으키면서 독자들에게 오랜 여운을 남기는데 있다면, 영상(텔레비전) 기호의 힘은 직관적 느낌이나 현장감을 주는데 있다고 할 수 있다. "버들가지 같은 가는 허리, 앵두 같은 예쁜 입술"이라는 표현이 우리에게 고전적 미인을 연상시킨다면, 텔레비전 화면에 나오는 미녀 사회자, 미녀 배우, 미녀 가수는 현대 여성들의 모습을 보고 싶어하는 시청자들의 열망을 직관적으로 현실감 있게 만족시켜주고 있는 것이다.

그러나 우리가 내용을 논하지 않고 매체의 각도로만 논할 경우, 어찌하여 영상(텔레비전) 기호와 언어기호는 커뮤니케이션 효과에서 이토록 큰 차이가 생기는가 하는데 주목할 필요가 있다. 즉 "기호학은 무엇이 텔레비전을 특색 있는 커뮤니케이션 매체로 되게 했느냐를 분별하고 묘사할 수 있게 했다"고 할 수 있는 것이다. [55]

2. 텔레비전 화면 기호의 기표와 기의 및 지시대상 간의 유사성

신문매체와 라디오 방송매체 모두 언어 기호에 의존하여 커뮤니케이션을 진행하기에 기호학의 각도에서 볼 때 문자 언어든 음성 언어든 기표와 기의 모두가 그 어떤 유사성이 없기 때문에 양자는 본질적인 구별이 없는 것이다. 영상(텔레비전) 기호는 이와는 다른데 "구조적으로 볼 때, 영상 기호에서 그 기표와 그 기의는 유사성이 존재한다"고 할 수 있는 것이다[56]

매체의 기술화 혁명은 영상(텔레비전) 기호로 하여금 새로운 표현력을 가지게 하면서 영상(텔레비전)기호에서 신기하게도 언어기호의 기표와

55) 엘렌 세트, 「기호, 구조주의와 텔레비전」, 앞의 책, 1쪽.
56) 엘렌 세트, 「기호, 구조주의와 텔레비전」, 앞의 책, 6쪽..

기의 및 지시대상 간[57]의 거리를 사라지게 했다. 언어 기호의 기표와 기의 및 지시대상 간에는 그 어떤 유사성도 존재하지 않는다. 예를 들면, 종이에 적은 '소'라는 단어나 우리가 발화한 '소'라는 소리 역시 언어기호 '소'의 기표로서 이 기호의 개념(기의)은 "머리에 긴 뿔이 나있고, 발굽은 둘로 갈라져 있으며, 꼬리는 가늘고 긴데 끝에는 술 모양의 털이 있는, 몸집이 큰 반추 포유동물"이며, 지시대상은 "초원에서 풀을 먹고 있는 소거나 들에서 밭을 갈고 있는 소"라는 구체적인 가축이다. 이 양자 사이에는 그 어떤 유사성도 존재하지 않으므로 피차간에 연계성을 가지려면 반드시 기호 사용자의 상상력에 의존해야 한다.

하지만 텔레비전의 "스크린에 나타난 진실이 현장의 진실과 같다"는 말이 있듯이 텔레비전(영상) 기호의 기표(화면)가 기의와 유사성이 존재할 뿐만 아니라 지시대상(기호가 가리키는 객관세계)과도 경이로울 성도의 유사성이 존재하여 시청자들로 하여금 보고 있는 기표(화면)를 곧 지시대상을 보고 있는 것으로 여기게 함으로써 시청자들이 기표(화면)를 통하여 지시대상(객관세계)으로부터 일종의 현장감과 몸소 겪는 느낌(체험)을 가지도록 한다. 월버 슈람(Wilbur Schramm)이 말한 것처럼, "그것은 그 어떤 상상적 노력도 필요 없이 기호로부터 현실적 경관(圖景)에로 비약할 수 있게 한다"고 할 수 있는 것이다[58]

사실, 이런 기표와 기의 및 지시대상 간의 유사성 즉 기호와 그의 개념 및 그가 나타내는 실체 간의 유사성은 촬영기술로 만들어진 것이며,

---

57) 지시대상이라는 개념과 기의라는 개념은 결코 같은 개념이 아니다. 기의는 기호의 심적 표상을 가리키지만, 지시대상은 기호가 가리키는 객관사물을 말한다.

58) 월버 슈람, 『매스커뮤니케이션』(傳播學槪論), 북경, 신화출판사, 1984, 139쪽.

기술이 지시대상을 기표로 진화시킨 것이다.

물론 텔레비전과 같이 '눈으로 보는 것만 실'이라는 것을 근본적 우위로 하는 영상매체는 동시에 영상 기호 기의의 무한성을 제한하기도 했다. 즉 직관적 느낌, 현장감은 얻었지만 상상력을 상실했다. 이를테면 임대옥이란 이 전형적 캐릭터가 몇 세대 독자들에게 무궁무진한 연상을 불러일으키면서 여러 가지 '두 번째 텍스트'가 생기고, 또한 각자의 '두 번째 텍스트'를 통해 "약간 찌푸린 듯한 초승달 같은 눈썹에 엷은 웃음이 흐르는 한 쌍의 눈에, 수심이 깃들어 애처롭게 보이는 오목오목한 보조개에 선천적으로 병약한 모습이 더하여져, 가냘프면서도 어딘가 처염(凄艶)한 아름다움이 엿보이었다. 그래서인지 눈에는 촉촉한 이슬이 그냥 맺혀 있는 듯하고 숨소리도 가냘픈 듯한 인상을 주었다. 그야말로 조용히 앉아 있을 때는 물에 비긴 아름다운 꽃송이 같지만 움직이면 봄바람에 하느작거리는 실버들 같았다."와 같이 신통하지만 언어로 표현할 수 없는 무엇인가를 체험하고 상상할 수 있은 데는 조설근의 뛰어난 문필 때문이지 임대옥 역을 맡은 배우의 연기 때문은 아닌 것이다.

상상예술로 말하면, 천 명의 독자가 햄릿을 읽었다면 천 명의 햄릿이 존재한다는 것이다. 조설근은 임대옥의 어느 한 점이나 어느 한 측면, 어느 한 전형적 특징을 그려만 낼뿐 완벽한 임대옥을 묘사할 필요가 없었다. 독자들이 자연히 알아서 그녀를 게슈탈트(전체 형태, 完型)로 처리하기 때문이다.[59] 그리고 이 같은 게슈탈트 처리는 상상력에 의존한다.

---

59) 게슈탈트 심리학의 게슈탈트 경향성이나 양호한 게슈탈트 경향성 원칙에 따르면, 지각의 조직 작용은 언제나 완벽한 경향성이나 게슈탈트 경향성이 있어서 우리로 하여금 불완전한 도형을 완전한 도형으로 지각하게 하면서 불확실한 도형을 명확한 도형으로 지각하게 한다.

그러나 텔레비전(영상) 기호는 오히려 시청자들로 하여금 이 캐릭터에 대한 상상을 임대옥 역을 맡은 배우의 찌푸렸다 웃었다와 같은 일거수일투족에서 그치게 한다. "인쇄된 문자를 현실적 영상으로 전환하는데 필요한 상상력이 텔레비전 시청자들에게 필요한 상상력보다 더 풍부하지 않다는 말인가?"[60] 이 또한 텔레비전(영상) 기호가 언어 기호와 다른 한 가지 측면, 즉 그의 포스트모더니티(postmodernity)인 것이다. 프레드릭 제임슨이 말한 것처럼 "텔레비전이라는 이 매체에서는 기타 모든 매체에 들어 있는, 다른 한 가지 현실에 이를 수 있는 거리감이 완전히 사라진 것이다. 이는 아주 기이한 과정이기는 하지만 이 과정이 바로 포스트모더니즘 정수의 전부라 할 수 있다."[61]

따라서 기호의 요소를 떠나서 어느 한 가지 문화 매체를 설명할 수 없다. 텔레비전(영상) 기호가 기표와 기의의 관계를 변화시키면서 커뮤니케이션 효과도 변화시켰다. 텔레비전 생방송 프로는 영상기호의 본질적 특징을 가장 충분히 구현하고 텔레비전 매체의 특성을 가장 잘 발휘하고 있다. 그리고 텔레비전 생방송을 지지하는 근간 역시 텔레비전(영상) 기호의 기표와 기의의 유사성이 가져다주는 진실감, 현장감에 있는 것이다. 이 같은 진실감과 현장감은 뉴스 프로에 특히 중요하다. 모든 프로 형식에서 뉴스가 실효성과 진실성을 가장 중요시하기 때문이다.

그리고 텔레비전 뉴스 생방송은 영상 기호의 본질적 특성과 뉴스 프로의 본질을 가장 긴밀하게 결합할 것을 요구한다. 하지만 예술 형태의 텔

---

60) 윌버 슈람, 『매스커뮤니케이션』, 북경, 신화출판사, 1984, 141쪽.

61) 장서우잉, 『19서양 논문사(文論史)』, 북경대학출판사, 1999, 469쪽.

레비전 프로로 말하면, 영상 기호가 메시지의 진실감이나 현장감, 직관적 커뮤니케이션에서 그 효과가 더욱 강하여 상상력이 크게 필요 없기 때문에 예술적인 운치나 신비로운 분위기가 기억에 별로 남지 않을 수도 있다. 이 같은 의미에서 말하면, '홍루몽 오디션'은 시각예술이 상상 문화에 대한 모독이라 할 수 있다. 연극배우들이 오디션 프로 참가자들에게 임대옥은 이렇게 운다는 등, 영화나 텔레비전에 나오는 인기 스타들이 보채는 이렇게 웃는다는 등, '홍학'(『홍루몽』을 연구하는 학문-역자 주) 연구학자들이 좀 뚱뚱한 모습이 보옥을 더 닮았다는 등, 좀 여윈 모습이 보옥을 더 닮았다는 등 달리 평가하는 동시에 '첫 번째 텍스트'를 토대로 하여 무수한 '두 번째 텍스트'를 끊임없이 재생하면서 감독이 최종 선정하게 되는 그 배우의 표정과 몸매를 고정시키는 바람에 '첫 번째 텍스트'의 영원한 상상 역시 끝나고 말았다. 사실 『홍루몽』의 매력은 무궁한 상상적 세계를 창조한데 있고, '첫 번째 텍스트'의 위대함은 '두 번째 텍스트'를 창조적으로 무수히 생성하는데 있다. 하지만 이 모든 것이 '홍루몽 오디션'에서 그치고 말았다. 매체는 우리의 상상 패러다임을 재수립해줌과 아울러 우리의 상상력을 압살했던 것이다.

이로부터 텔레비전 커뮤니케이션을 시각예술이라 하는 근본적 이유가 기호의 기표와 기의의 유사성으로 인해 시청자들이 기표를 기의 및 지시대상과 거의 동일시하고 있다는 것을 알 수 있다. 전파자 역시 여러 가지 기술적 수단을 활용하여 기표를 완벽하게 만듦으로써 더욱 진실하고 정확하게 지시대상을 재현할 수 있게 되었다.

언어 커뮤니케이션을 상상 예술이라 하는 근본적 이유는 기호의 기표와 기의의 비유사성 때문이다. 언어형식으로서의 기표로부터 머릿속에 형성된 기의에 이르기까지 전적으로 메시지 수용자의 상상에 의존하는데, 바로 이와 같은 비유사성이 상상을 할 수 있는 공간이나 가능성을 제공해주고 있다. 때문에 시각예술의 힘이 관중들에게 진실감을 주는데 있다면, 상상예술의 매력은 독자들에게 무궁한 연상을 가져다주는데 있다. 물론 텔레비전(영상) 기호와 언어기호 모두 진실성을 창조하는 능력을 가지고 있다. 텔레비전 기호가 볼 수 있는 진실을 창조한다면, 언어기호는 상상할 수 있는 진실을 창조한다고 할 수 있다. 볼 수 있는 진실이든 상상 속의 진실이든 모두 객관적 진실이 아니다. 하지만 모두 본질적 진실과 밀접히 관련되어 있다.

3. 지표적 기표가 만들어내는 '진실'

마샬 맥루한(Marshall McLuhan)은 "신규 매체(텔레비전)는 결코 우리와 '진실한' 과거 세계를 연결시켜 주지 않는데, 신규 매체가 곧 진실한 세계이기 때문에 과거 세계에서 남겨놓은 유물들을 마음대로 재형상화한다."[62] "텔레비전 시청자들에게 있어서, 뉴스는 실재 대체물이 아니라 자동적으로 실재계로 되며, 그 자체가 곧 직접적 현실이다."[63]고 밝혔다.

마샬 맥루한의 이 같은 말 중에서 우리는 텔레비전이 만들어내는 '진실'한 힘을 어렵지 않게 발견할 수 있다. 그리고 텔레비전의 모략이 상술한 기표와 기의의 유사성 외에도 지표적 기표의 운용이라는 다른 한 가지 모략이 있는데, 지표적 기표는 우리를 도와 텔레비전의 '진실

---

62) 『마샬 맥루한 문장 개요』(『麥克盧漢精粹』), 남경대학교출판사, 2000, 310쪽.

63) 『마샬 맥루한 문장 개요』, 위의 책, 310-211쪽.

성'을 밝혀내는 또 하나의 시각이다. 이른바 지표적 기표(지표적 상징, indexical)란 기표와 지시대상 간에 '어느 한 시점에서의 공동으로 나타나는(jointpresence)[64] 기호[65]를 말한다. 문자의 기본 기호로 말하면, 기표와 기의 및 지시대상 사이의 관계는 자의적이지만, 지표적 기표로 말하면 기표와 지시대상 사이에 모종의 확실한 연관성이 존재한다.

즉 그것들은 어느 한 시점에서 동시에 나타난 적이 있다. 예를 들면, 연기는 지표적 기표이다. 연기는 불을 의미하고, 기표로서의 연기와 지시대상으로서의 불이 어느 한 시점에 동시에 나타난 적이 있었기 때문이다. 발톱자국은 지표적 기표이다. 발톱자국은 모종의 동물이 나타났었음을 의미하고, 기표로서의 발톱자국과 지시대상으로서의 고양이가 동시에 나타난 적이 있었기 때문이다. 지표적 기표 역시 기존의 생황 경험을 전제로 하여 메시지를 구축한다는 것을 알 수 있다. 예를 들면, 늑대는 맹포한 야수여서 위험한 동물이라는 생각이 우리의 경험 속에 자리 잡고 있기 때문에 늑대 발자국(기표)을 보면 위험하다는 느낌(기의)이 들게 된다.

텔레비전으로 말하면, 기표와 지시대상이 어느 한 시점에 동시에 나타난 적이 있다는 이와 같은 지표적 기표의 필연성을 스턴트맨이나 전문 배우·특수 촬영·컴퓨터 그래픽스·다중 노출 등 방법을 통해 완전히 이루어질 수 있으므로, 연기가 반드시 불을 의미하는 것처럼 이런 필연

---

64) 엘렌 세트, 「기호, 구조주의와 텔레비전」, 앞의 책, 7쪽.
65) 기호를 언어 기호(symbolic), 영상 기호(iconic)와 지표적 기표(indexical) 세 가지로 나누고, 세 범주가 상호 배제하는 것은 아니다. 텔레비전에서 상술한 세 가지 기호를 자주 사용하는데, 텔레비전의 영상이 곧 이미지 범주에도 속하고 지표적 기표에도 속하며, 텔레비전 프로에서는 늘 화면이나 사운드 트랙(soundtrack) 중에 문자(언어 기호)를 사용한다.(엘렌 세트, 「기호, 구조주의와 텔레비전」, 앞의 책,6쪽.)

성도 일종의 관습화한 후의 자연화라 할 수 있느냐 하는 것이 문제이다. 만약 그러하다면 이것 역시 사회적 습득이라 할 수 있다. 만약 드라마에 나오는 마오쩌둥을 마오쩌둥과 외모가 흡사한 구웨(古月)가 역을 맡았다는 것을 시청자들이 분별하지 못한다면, 시청자들이 익숙히 알지 못하는 지시대상의 그런 상황에 대하여 텔레비전은 지표적 기표라는 관습화한 후의 자연화 특징을 활용하여 대대적인 수법을 벌이게 될 것이다. 그리고 허다한 텔레비전 영상은 바로 우리가 그것들을 지표적 기표라고 이해하도록 부추기는 방식으로 제작되는 것이다. 예를 들면 재난 후 폐허가 된 화면, 폭풍 전야의 화면 등이 그것이다. 지표적 기표는 흔히 환유와 밀접히 연관되어 있으며, 역시 인간의 훈련을 거친 한 가지 사유방식이자 인지방식이다.

엘렌 세트(Allen Saite)는 다음과 같이 밝혔다. 시청자들은 뉴스 유형의 프로를 대한다 하더라도 카메라(촬영)의 객관성이 지나치게 과장될 경우 기호가 전달하는 메시지에 주의력을 집중하면서 기표의 구체적인 생성과정을 등한시하게 된다. 기호학은 우리들에게, 텔레비전이 만들어내는 기표는 그의 관습화가 된 기의와 밀접히 연관되어 있다는 주의를 주고 있다.[66] 따라서 지표적 기표 이론은 우리들에게, 픽션으로 된 텔레비전 프로든 논픽션으로 된 텔레비전 프로든 텔레비전 화면 기호의 기표(소리와 영상)를 가지고 지시대상을 확인한다는 것은 믿음성이 없다. "지표적 기표는 언어 기호나 영상 기호와 마찬가지로 인위적인 영향을 받기 때문이다. 기표도 마찬가지로 사회 공동체(社群)의 반복적인 사용을

---

66) 엘렌 세트, 「기호, 구조주의와 텔레비전」, 앞의 책, 9쪽.

거칠 필요가 있으며, 사회 공동체도 기표가 영원히 잊어지지 않도록 인상을 증강할 필요가 있다.ʼ[67]

한 마디로 개괄하면, 텔레비전의 '진실'은 우선 영상 기호 기표와 기의 및 지시대상 간의 유사성 때문이며, 다음은 스턴트맨이나 전문 배우 특수 촬영 터 그래픽스 다중 노출 등 방법을 통하여 지표적 기표를 대량 위조한데서 텔레비전 프로가 더욱 '진실'해질 수 있었다. 즉 텔레비전 커뮤니케이션의 매력은 '진실성'에 있으며, '진실성'의 제조는 바로 영상 기호 기표와 기의 및 지시대상의 유사성 그리고 지표적 기표의 사유적 추론에 의존한다.

4. 대중매체, 자연화 메커니즘에 편승하여 세상과 발화

대중매체가 말하고자 하는 본질은 함축적 의미와 메타언어를 활용하여 '여론 일치'를 만들어내는 것이다. 함축적 의미는 한 가지 기호현상일 뿐만 아니라 은유와 상호 인과관계를 가지고 있는 인류의 한 가지 중요한 사유 현상[68]이며, 인류가 사물을 인지하고 사상을 표현하는 방식이다. 바로 이와 같은 인지 방식과 표현 방식에 편승해야 만이 자연화 메커니즘[69]이 인류의 언어·사유·문화와 사회관계 중에 간파되지 않게 깊이 이식되어 세계에 관한 여러 가지 견해를 만들어 낸다. 나아가 메타언

---

67) 엘렌 세트, 「기호, 구조주의와 텔레비전」, 앞의 책, 8쪽.

68) 함축적 의미와 은유에 관한 글은 쑤이옌(隋岩)의 '함축적 의미와 은유의 등가적 대응-기호 커뮤니케이션 의미의 한 가지 심층적 메커니즘', 『계간 저널리즘』 (新聞大學) 2010년 봄 호를 참고하라.

69) 자연화 메커니즘에 관한 글은 쑤이옌의 「기호 커뮤니케이션 의미의 메커니즘-자연화와 일반화에 대한 심층 해석」, 『뉴스 커뮤니케이션 연구』 2008년 3호 참고.

어를 재활용하여 자연화 메커니즘이 만들어낸 어느 한 가지 일이나 사물에 관한 어떠한 견해를 보급한 다음, 일반화 메커니즘을 통하여 '여론 일치'와 '보편적 찬동'을 이끌어 낸다.

앞에서 서술했듯이, 함축적 의미는 한 가지 기호현상일 뿐만 아니라 은유와 상호 인과 관계를 가지고 있는 인류의 한 가지 중요한 사유 현상[70]이며, 인류가 사물을 인지하고 사상을 표현하는 방식이다. 바로 이와 같은 인지방식과 표현방식에 편승해야 만이 자연화 메커니즘[71]이 인류의 언어 사유 문화와 사회관계 중에 간파되지 않게 깊이 이식되어 세계에 관한 여러 가지 견해를 만들어 낸다.

지시적 의미는 기호의 본뜻을 나타내면서 기호의 가장 원초적 지시의(denotation)에 대응한다. 도표 6-4-1에서 밝힌 것처럼, 스크린에 나오는, 텔레비전 기호의 기표로서의 리위준은 지시적 의미 측면에서의 의미(R)는 '스촨(四川)에서 온 20대 젊은 여성'이다. 하지만 실제로 기호를 활용하여 일상적인 교제를 할 때, 즉 시청자들이 텔레비전 화면의 기호 메시지를 수용할 때, 흔히 '스촨에서 온 20대 젊은 여성'이라는 지시적 의미를 등한시하면서 기호가 생성한 의미의 첫 번째 측면을 등한시하고 곧바로 두 번째 측면인 함축적 의미로 곧장 달려간다. 함축적 의미는 기호의 내포(connotation)(C2)를 나타내면서 기호가 상이한 문맥(context)에서 생성하는 여러 가지 내포와 대응하거나, 혹은 상이한 문맥에서 상

---

70) 함축적 의미와 은유에 관한 글은 쑤이옌(隨岩)의 「함축적 의미와 은유의 등가적 대응-기호 커뮤니케이션 의미의 한 가지 심층적 메커니즘」, 『계간 저널리즘』 2010년 봄 호를 참고.
71) 자연화 메커니즘에 관한 글은 쑤이옌의 「기호 커뮤니케이션 의미의 메커니즘-자연화와 일반화에 대한 심층 해석」, 『뉴스 커뮤니케이션 연구』 2008년 3호를 참고.

이한 유사성을 구축하여 상이한 은유를 만들어 낼 수도 있다.

동일한 리위춘이지만, 탤런트 쇼 프로에서 많은 관중들의 환호성에 묻힐 때의 리위춘은 더는 '스촨에서 온 20대 젊은 여성'(C1)이라는 단순한 기의가 아니라 '하루아침에 유명해진 사람'이라는 은유(C2)가 발생하면서, 도표 6-4-2에서 밝힌 것처럼 그 시각 '리위춘'과 '하루아침에 유명해진 사람' 간에는 유사성이 구축되었다. 하지만 대중매체를 질책하고 대중문화를 질책하는 언어 환경일 경우에는 그 기의가 도표 6-4-3에서 밝힌 것처럼 '창궐해진 문화 산업' 등 반성적 내포(C2)를 가진 기의로 진화하게 된다. 이때 우리는 기호의 함축적 의미가 그 기호의 내포인 '스촨에서 온 20대 젊은 여성' 즉 지시적 의미의 기의(C1)와 필연적 연관이 별로 없으며, 오히려 기호가 처한 언어 환경과 밀접한 연관이 있거나 혹은 기호가 처한 언어환경이 어떠한 유사성을 충분히 드러내고 어떠한 함축적 의미를 구축하느냐를 결정한다는 것을 발견하게 된다.

함축적 의미의 결합으로 구축된 기의2(C2)가 기호1(E1R1C1)을 토대로 하여 구축되었다 하더라도 기호1을 훨씬 뛰어넘을 뿐만 아니라 기호1의 기존의 기의1(C1)을 억제하여 결국 상이한 역사적 언어 환경, 사회적 언어 환경, 문화적 언어 환경의 제약을 받으면서 각기 다른 함축(C2)을 생성하게 된다. 위에서 든 예증이 바로 두 가지 상이한 언어 환경이 완전히 다른 기의2를 만들어 낸다는 예증이다. 호크스(霍克斯)는 함축적 의미의 기의를 '선도적 위치에 처해 있는 의미상에서의 기생물[72] 이다.'고 여겼다. 이른바 '선도적 위치'는 기호1의 기의1를 말하고, '기생물'은 기의2

72) 엘렌 세트, 『기호, 구조주의와 텔레비전』, 『발화 채널 재통합』 (일명, '문화 연구의 이론과 방법들'), 중국사회과학원출판사, 2000 12쪽.

를 말한다. 즉 롤랑 바르트가 말하는 '신화'이다. 기호가 그가 의존하는 사회적 언어 환경에서 파생(전의)된 의미 즉 함축적 의미라는 이 '기생물'이므로 함축적 의미를 이해함에 있어서 그가 처한 역사적 언어 환경과 문화적 언어 환경을 떠나서는 안 된다.

지시적 의미:	E 리위춘	R	C스촨에서 온20대 젊은 여성

도표 6-4-1 지시적 의미

함축적 의미: 지시적 의미:	E2		R2		C2 하루아 침에 유명 해짐
	E1 리위춘	R1	C1스촨에서 온 20대 젊은 여성		

도표 6-4-2 지시적 의미가 엄폐된 함축적 의미

함축적 의미: 지시적 의미:	E2		R2		C2 창궐해진 문화 산업
	E1 리위춘	R1	C1스촨에서 온 20대 젊은 여성		

도표 6-4-3 지시적 의미가 엄폐된 함축적 의미

언어 환경이 세계에 대한 견해를 잉태한다는데 주목할 필요가 있다.

함축적 의미를 구축하는 과정에 기의2와 기표1 간의 임의적 관계가 엄폐되어 유사성이 부각되면서, 메시지 수용자들은 기표2가 기표1과 기의1로 공동으로 구성되었다는데 더는 주목하지 않고 기의2를 향해 곧장 달려가 그 어떤 망설임도 없이 기의2를 전부 받아들이게 된다.

리위춘(E1)에게 더는 주목하지 않는다는 것은 우선 시청자(관중)들이 한 사람(C1)에게 주목하는 것이 아니라 '하루아침에 유명해진 사람을 대표'하는 메시지(C2)를 향해 곧장 달려가 수용하면서, 기표(E1)로서의 리위춘과 기의(C1)로서의 '스촨에서 온 20대 젊은 여성' 사이에 존재하던 연계가 파괴되고, 기표(E1)로서의 리위춘과 기의2(하루아침에 유명해짐) 간의 '유사성'이 부각되면서 메시지(기의2)가 중개(기표2)로 형성되는 과정이 엄폐됨으로써 리위춘과 '하루아침에 유명해짐' 간의 '유사성'이 자연화 되었다. 사실상, 리위춘이 하루아침에 유명해진 사람의 대표하는 것은 매체의 조작과 대중들의 상상이 결합된 결과에 지나지 않지만, 사람들이 별생각 없이 사실로 간주하여 전부 받아들인 것이다. 하지만 다른 한 가지 언어 환경, 즉 문화산업을 비평(질책)하는 언어환경에서는 이 같은 자연화가 도리어 자연화된 리위춘과 '창궐해진 문화 산업' 사이에 '유사성'을 구축하는 다른 한 가지 상황을 부각시킨다.

사실 그 어느 언어 환경에서든 함축적 의미의 결합을 통해야 만이 기의2가 문화산업을 추종하거나 비평하는 외적 세계를 기표2, 나아가 기표1과 전반적인 의미 상관성 중에 침투시킬 수 있을 뿐만 아니라 기표1의 당연한 기의로 되어 기호 수용자들을 미리 설정해놓은 사회적 역사적 문화적 의미 속으로 인도함으로써 스촨에서 온 20대 젊은 여성 리위춘을 보면 대중매체가 꿈을 성사시키는 언어환경에서는 하루아침에 유명해지는 일이 생길 수 있으며, 문화산업의 범람을 질책하는 언어환경에서는 사회 기풍이 날로 문란해진다는 생각을 할 수 있다. 따라서 함축적 의미의 기의를 문화적 역사적 이데올로기적이라 한다. 함축적 의미를 토대로 하여 형성된 자연화 메커니즘 제조자들은 리위춘에 대한 태도가 다를 수 있을 뿐만 아니라 세계에 대한 견해도 다를 수 있기 때문이다.

5. 대중매체, 일반화 메커니즘에 편승하여 여론 일치를 생산

스튜어트 홀(stuart hall)은 사회적 '여론 일치'나 '보편적 찬동'은 대중매체가 생산하거나 나타낸 것이지 애초부터 대중들 속에 존재한 것이 아니라고 단도직입적으로 밝힌 적이 있다. 그러나 유감스러운 것은 스튜어트 홀도 마찬가지로 대중매체가 어떻게 '여론 일치'를 생산하느냐를 가일 층 상세히 설명하지 않았다.

우리는 여기서 기호학의 도움을 빌려 대중매체는 환유의 활용과 메타언어의 결합을 통하여 그리고 일반화 메커니즘에 편승하여 '여론 일치'와 '보편적 찬동'을 생산한다는 것을 알 수 있다.

예를 들면 중앙텔레비전방송(cctv)의 '퍼스트 타임'(第一時間) 프로는 2006년 6월과 7월 사이에 월드컵 경기 홍보영상을 반복하여 방송하면서 "사람마다 월드컵 경기를 시청하며 시청하지 않으면 시대의 낙오자가 된다"는 일반화 메커니즘을 활용하여 '여론 일치'를 만들어냈다.

이 홍보영상의 일반화 메커니즘은 이렇게 실행되었다.

시내버스 터미널에서 버스를 기다리던 소녀가 대단히 피곤한 모습에 무릎이 해어진 바지를 걸친 소년을 발견한다. 소녀가 의아한 표정으로 그 소년에게 말을 걸려 하는데 다른 한 소년이 다가온다. 그 소년 역시 온몸에 피곤기가 역력하다. 소녀가 후에 온 소년을 보며 놀란 표정으로 묻는다.

"너도 구경했어!"

그리고 화면이 바뀌면서 그 소녀가 텔레비전 앞에 앉아 월드컵 경기를 보다 흥분한 모습으로 미친 듯이 고함을 지른다. 또 화면이 바뀌자 미친 듯이 고함을 지르는 사람들 속에서 땅바닥에 무릎을 꿇은 첫 번째 소년

이 미친 듯이 주먹을 마구 흔들어 대는 모습이 나온다.

여기서 세 개 기표, 즉 무릎이 해어진 바지를 소년, 놀란 소녀, 후에 온 소년은 세 명의 구체적인 축구팬을 의미할 뿐만 아니라, 다른 하나의 기의인 모든 축구팬과 모든 시청자(도표 6-5-1, 6-5-2, 6-5-3)들을 의미하며, 시청자들이 대가를 치르면서라도 텔레비전을 시청하고 월드컵을 보아야 한다는 암시를 주었다.[73] 이렇게 전 국민이 월드컵 경기를 시청해야 한다는 '여론 일치'가 매체를 통해 산출되었으며, 이와 같은 매체의 환경에서 월드컵 경기를 시청하지 않는 사람들은 사회의 다른 한 부류로 되었다. 이 역시 한 함축적 기표의 메타언어 결합이다.[74](도표 6-5-4) 무릎이 해어진 바지를 입은 소년, 놀란 소녀, 후에 온 소년 이 세 지시적 의미 측면의 기호 모두 유행을 따르는 축구팬이라는 공통된 하나의 함축적 의미의 기의를 가지고 있다. 이는 여러 개 기표로 이루어진 함축적 기표임이 틀림없다. 뿐만 아니라 하나의 의미 결합 E3 R3 C3이든 다른 세 개 의미 결합 E1R1C1이든, E1' R1' C1'과 E1" R1" C1"이 공유하는 기의이든 역시 메타언어 결합인 것이다.

함축적 의미/ 은유/자 연화	E2		R2		C2 축구팬	
	E1무릎이 해어진 바지를 입은 소년	R1		C1	메타언어/ 환유/일반 화	
			E3 모든 사람	R3	C3	

---

73) 월드컵 경기와 인연이 없는 중국에서 어찌하여 이 같은 여론 일치가 생길 수 있느냐 하는 화제는 필자가 다른 글에서 전문 논술하려 한다.

74) 함축적 기표 관련 글은 본 책의 제2장 2절을 참고하라. 롤랑 바르트는 함축적 기표는 함축적 기의하고만 관련이 있다고 했는데, 필자는 메타언어와도 관련이 있다고 생각한다.

도표6-5-1 함축적 기표의 메타언어 결합/ 일반화 메커니즘 포괄하지 않음

함축적 의미/ 은유/자 연화			
E2		R2	C2 축구팬
E1 역시 미친 듯이 고함지르는 소녀	R1		C1
			메타언어/ 환유/일반 화
	E3 모든 사람	R3	C3

도표6-5-2 함축적 기표의 메타언어 결합/ 일반화 메커니즘 포괄하지 않음

함축적 의미/ 은유/자 연화			
E2		R2	C2 축구팬
E1 후에 온 소년	R1		C1
			메타언어/ 환유/일반 화
	E3 모든 사람	R3	C3

도표6-5-3 함축적 기표의 메타언어 결합/ 일반화 메커니즘 포괄하지 않음

함축적 의미/ 은유/자 연화			
E2		R2	C2 축구팬
E1 무릎이 해어진 바지를 입은 소년	R1		C1
E1' 역시 미친 듯이 고함지르는 소녀	R1'		C1
			메타언어/ 환유/일반 화
E1" 후에 온 소년	R1"		C1"
	E3 모든 것	R3	C3

도표6-5-4 함축적 기표의 메타언어 결합/ 일반화 메커니즘 포괄

이것이 바로 매체가 생산한 '여론 일치'라는 수법인데, 그들은 아이들을 보고는 '오늘 '와하하'(음료의 일종-역자 주)) 마셨니?' 하고 물어보고 아이의 아빠들 하고는 '오늘(월드컵 경기) 구경했나요?' 하고 묻는다. 그리하여 어른이든 아이든 온 집 식구가 매체의 부추김을 받는다. '와하하'를 마시는 '너'나 월드컵 경기를 구경하는 '당신' 모두 어느 한 구체적으로

주어진 '너'나 '당신'이 아니라 중개 역할을 하는 기표에 지나지 않으며, 그 기의야말로 의미를 가지고 있는 것이다.

즉 그 기의는 매체가 '늘 염려하는' 대중들이다. 이것이 바로 일반화 메커니즘에서 결정적 역할을 하는 메타언어 결합(도표 6-5-5, 6-5-6)인데, '와하하'는 어린이들의 건강을 보장해주므로 모든 어린이들이 '와하하'를 마셔야 하며, 월드컵 경기를 구경하는 것은 시대적 추세이므로 모든 사람들이 월드컵 경기를 구경해야 한다고 설교하고 있다.

사실 '와하하'를 마시면 어린이들이 건강해지고 총명해진다거나 월드컵 경기를 구경하면 시대의 보조를 따르는 것이라는 것은 세계에 대한 '발화'에 지나지 않는 것이다.

함축적 의미/ 은유/자 연화	E2		R2		C2 건강	
	E1 '와하하'를 마시는 어린이	R1	스크린에 나오는 구체적인 광고 모델 C1			메타언어/ 환유/일반 화
			E3 모든 어린이 R3		C3	

도표 6-5-5 메타언어 결합/ 일반화 메커니즘

함축적 의미/ 은유/자 연화	E2		R2		C2 시대 추세에 부합	
	E1 월드컵 경기를 보는 당신	R1	C1 스크린에 나오는 광고 모델1			메타언어/ 환유/일반 화
			E3 모든 사람 R3		C3	

도표 6-5-6 메타언어 결합/ 일반화 메커니즘

위의 분석을 통해 우리는 일반화 메커니즘이 '여론 일치'를 생산하는 과정을 알아보았다. '여론 일치'는 생산되는 것이라고 한 이상, 그것은 비역사적 이데올로기임이 틀림없으며, 일반화 메커니즘 역시 자연화 메커니즘 다음에 세계를 발화하는 또 하나의 '끄나풀'(幇閑)임이 틀림없다.

제7장

신규 매체 하에서
기표의 다양성

제7장
신규 매체 하에서 기표의 다양성

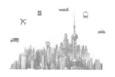

고전적 기호학에서는 모든 정력을 기의의 다의성을 밝히는데 집중하면서 기표의 다양성을 밝히는 데는 등한시했다. 사실 커뮤니케이션에서 기표의 다양성은 기의 다의성보다 기만성이 더욱 강하다. 특히 신규매체, 가상 매체, 영상 시대, 탈공업화 시대, 정보화 시대, 매체화 시대, 소비 시대 등 어쩔 수 없는 여러 가지 사회적 요소들이 기표를 더욱 풍부하게 다채롭게 만드는데 퇴동 역할을 한데서 커뮤니케이션의 은폐성과 강제성 역시 더욱 강화되었다.

1. 기표 다양성의 표징 및 신규 매체의 퇴동

1) 기호 체계별로 본 기표 다양성의 표징

현대사회에서 모든 사물이 기호로 표시되면서 생활 전반이 부호화 되었다. 과학기술(테크노놀로지)의 발전, 매체 형태의 변화와 진보는 기표의 다양성을 더욱 강력하게 추진하면서 대량의 기표가 각종 기호 체계에 넘쳐나게 했다.

하나의 총체로서의 예술체계는 서로 다른 예술 분야로 조성되었으며, 그리고 예술 분야마다 또 서로 다른 기호의 기표를 통하여 구축되었다. 고대 그리스 철학자 아리스토텔레스는 '모방'(imitation)이라는 글에서 "모방은 사용하는 매개체가 다름에 따라 받아들이는 대상이 다르고 취하는 방식이 다르다"[75]면서 이에 근거하여 예술분야를 구분했다. 즉 의존(訴諸)하는 매개체 형식(기호의 기표)이 다름으로 인해 같은 내용을 담는다 하더라도 역시 두 가지 상이한 예술 분야로 구분된다. 독일의 철학자 헤겔은 작품의 이데아(기의)와 이미지(기표) 간의 관계를 직접 예술을 분류하는 근거로 삼았다. 그는 "이 같은 유형이 생기게 된 데는 이데아를 예술의 내용(기의)으로 삼아 파악하는 방식이 다르므로 이데아에 의존하여 나타나는 이미지(기표)도 다르기 때문이다.'[76]

기호 기표의 다양성을 탐구하고자 우리는 기호학의 각도에서, 예술형태의 재료와 기법(기호 기표)에 근거하여 본 문장에서는 예술체계를 미술 기호, 무용 기호, 음악 기호, 연극 기호, 영상 기호(影視)로 크게 나눈 다음 미술 기호, 음악 기호, 무용 기호를 단일한 체계의 예술 형태에 포함시키고, 연극 기호와 영상 기호는 상이한 기호 체계가 조화롭게 교차되는 예술 형태로 귀결시켰다.

단일한 기호 체계로 이루어진 예술을 커뮤니케이션하는 과정에 다양한 기표가 잠재되어 있다. 미술 기호 중의 상이한 기표는 상이한 기의를 만들어낸다. 회화를 예로 든다면, 회화는 빛깔·선·구도 등 기표를 조형

75) 아리스토텔레스, 「시학」, 『서양 문예이론 선집(상)』, 북경, 인민문학출판사, 1964, 51-52쪽.
76) 헤겔 저, 주광첸 역, 『미학』(제1권), 북경, 인민문학출판사, 1958, 91쪽.

수단으로 삼는다. 또한 사용하는 물질적 재료가 다르고 기법이 다름에 따라 서로 기의도 다르게 표현된다. 서양(서방)의 유화 예술과 중국의 수묵화 예술이 바로 물질적 재료와 회화 기법으로 인해 차이가 생긴다. 즉 기표의 차이로 인해 차별화된 다양한 생각을 예술적으로 표현할 수 있는 것이다. 유화는 유럽 르네상스 시대 세계 유화에 지대한 영향을 미쳤다. 기표로서의 색깔은 '색조의 농담·광선·질감·입체감(空間感)' 등 몇 가지 측면에서 뒤섞이고 변화하면서 다양한 기표를 만들어낸다. 중국화의 대명사인 수묵화는 먹과 수질적인 재료로 물질적 기초를 형성, 수묵화는 선의 간결성, 원근 점 분산 (散点透視), 필묵 기법, 여백에 치중하면서 '허와 실이 상생'하는 예술적 경지를 만들어낸다.

  음악 기호 중의 기표는 더욱 복잡하다. 음악은 청각에 의지하는 음성언어 기호로 구성된 예술 커뮤니케이션 형식이다. "음악 예술의 실체는 악곡이며, 악곡은 선율, 리듬과 음계, 형식, 화음, 다성부 등 요소로 구성되었다."[77] 이 같은 요소를 음성언어 기호로서의 기표로 삼아 음악적인 기호 커뮤니케이션을 편성한다. 선율은 표현력이 가장 강한 음성언어 기표로서 통상 음악의 영혼이라 일컫는다. 리듬이라는 이 기표는 "박자, 속도, 음부 시간 길이의 장단, 악센트, 위치, 휴지 등"[78] 더욱 구체적인 기표의 결합으로 이루어졌다. 리듬이라는 기표의 결합이 다름으로 인해 행진곡, 무곡, 재즈 그리고 타악기 등 차별화된 음악이 만들어졌다. 기악과 성악이라는 두 장르는 도구의 사용방식이 다르다는 이 측면

77) 왕홍젠, 『예술 개론』, 북경, 문화예술출판사, 2000, 125쪽.
78) 위의 책, 126쪽.

의 기표에 근거하여 구분했다. 우리나라(중국)는 민족별로 특색 있는 자기 전통악기를 가지고 있다. 한족(漢族)의 얼후(二胡)와 수르나이, 카자흐족(哈薩克族)은 동부라(冬不拉), 이족(彝族)의 후뤄성(葫芦笙, 조롱박 모양의 생황), 묘족(苗族)의 갈대 뤄설(芦笙, 생황) 등을 들 수 있는데, 이런 민족악기 그리고 그 풍속은 이제는 단순히 음악을 연주하는 악기가 아니라 그 민족의 상징으로, 기표로 자리매김했다. 이는 동시에 음악 커뮤니케이션에서 기호 기표의 다양성을 충분히 드러내기도 했다.

무용 기호에서의 기표는 주로 몸짓에서 나타나고 있다. 무용은 일정한 시공간 속에서 리듬적인 몸동작 즉 신체언어 기호를 주요 표현 수단으로 하는 예술 커뮤니케이션 형식이다. 플라톤은 무용을 "손짓으로 말하는 예술"이라고 칭했다. 무용 예술이 발전함에 따라 '수화'(手語)에만 국한되지 않고 "신체 전반 그리고 신체 각 부분의 동작"[79]을 기표로 하여 의향을 나타내는 것이 추세로 되었다. 발레에서, 정해진 발과 손 위치, 도약(점프)이나 회전을 하고 정해진 위치에 착지하거나 멈춤, 사지를 전개하기·몸과 사지 팽팽하게 하기·직립 등은 신체언어 기호의 기표가 되며, 이 기표를 통해 감정이나 의사를 나타낸다.

중국 고전 무용은 '원'(圓)을 기본 형태로 하여 '손짓·눈짓·몸놀림·연기 규정이나 법칙·걸음걸이(手眼身法步)와 원기·정력·기력을 기표로 한다. 세련되고 열렬한 스페인 무용, 'S라인'을 강조하는 따이족(傣族) 무용, 붉은 비단을 흔들면서 추는 한족의 홍저우무(紅綢舞) 등 각양각색의 신체언어 모두가 감정이나 의사를 드러내는 기호 기표로 되어 일정한 심적 내

---

79) 위의 책, 132쪽.

용을 전달하고 있다. 각기 다른 민족의 무용으로 이루어진 신체언어 패러다임 즉 무용언어는 무용예술의 중요한 기표이다.

여러 가지 언어 체계 간의 조화로운 교차는 기표의 다양한 의미의 또 다른 표징이다. 연극(희극)·희곡(戱曲, 중국 전통극)·영화·텔레비전 드라마를 일반적으로 종합예술이라 부르는데, 문학·회화·음악·무용 등 기타 예술의 장점을 받아들임으로써 새로운 표현 수법을 통하여 독특한 심미적 가치를 형성하는 예술 장르이다. 바로 이 같은 종합성이 상이한 기호 체계가 조화롭게 교차되도록 조건을 마련해주었던 것이다.

연극(희극)이나 희곡(戱曲)은 주로 음성 언어와 신체 언어를 기호 기표로 한다. 중국 희곡(戱曲)은 "하나로써 여러 가지 뜻을 나타내는 것"을 미학적 추구로 간주한다. 플롯이 다른 상황에서 기표로서의 무대 배경과 배우의 신체 언어는 공통으로 상이한 환경이나 분위기를 연출한다.

영화와 텔레비전 드라마 모두 영상·소리·문자 등을 기표로 하여 의사를 표현하는 종합 예술이기는 하지만 기호학의 각도에서 보면 다른 점이 존재한다. 즉 텔레비전 기호의 홀로그램 성질(全息性)이 그것이다.

가오샤오캉(高小康)은 이렇게 밝혔다. 텔레비전 기호에는 한 가지 홀로그램 현상이 존재한다. "촬영을 회화와 비교해볼 때, 전달하려는 시각적 정보에서, 회화가 전달하려는 '특징적' 정보를 포함하고 있을 뿐만 아니라 비특징적인 '세부' 정보도 가지고 있다. 전자 메시지를 구두 메시지와 비교해볼 때, 구두 메시지가 전달하려는 '어의' 정보를 포함하고 있을 뿐만 아니라 발성하는 개인의 생리적 정보까지 전달하기 때문에… 현대 홀로그램 커뮤니케이션 특징으로 되고 있는 기술적 수단을 당연히 텔레비전이 가장 잘 드러내고 있다고 할 수 있다."[80]

애니메이션 영화는 아바타(虛擬形象)를 통해 플롯을 전개하는 특수한 영상 예술의 한 장르로서, 기호 체계의 구성 역시 시청 언어 요소를 기표로 하기에 다양한 커뮤니케이션 형식을 가지고 있다. 애니메이션 영화는 영화와 텔레비전 예술의 창작 방법을 참고하고 도입했을 뿐만 아니라, 가상(虛擬) 기표라는 독특한 커뮤니케이션 수단을 만들어낸다는 점이 주목된다.

애니메이션 영화에서, 기표로서의 캐릭터 이미지는 카메라 언어(鏡頭語言)의 중요한 구성 요소이며, 인물의 성격을 묘사하고 인물의 심리적 변화를 전달하는 중요한 작업 수단이다. 기표로서의 표정은 영상 커뮤니케이션에서 대표적인 요소이며, 가상 기표를 더욱 과장적으로 만들고 더욱 쉽게 묘사할 수 있는 우위를 가지고 있다. 청각에 의존하는 음성 언어를 기표로 하는 요소에는 애니메이션 캐릭터의 언어나 음악이 포괄된다. 애니메이션 캐릭터의 음성 언어는 메시지를 전하고 이야기를 완성하는 주요 수단이지만, 음악 기호의 기표를 취택함에 있어서는 오히려 영화의 주요 내용과 주제를 추종하는데, 시각적 기표와 연합하여 주제를 승화하고 감정을 토로하여 분위기를 띄우고 갈등을 강화하는 작용을 한다.

기표 숏(景別)에 대한 선택을 통하여 관중들로 하여금 참여하는 느낌을 강하게 하거나 약하게 하고, 심리적 거리감을 멀게 하거나 가깝게 하며, 방관하거나 깊이 빠져들게 하는 일종의 효과를 만들어낸다. 렌즈의

80) 가오샤오캉, 『대중들의 꿈』, 북경, 동방출판사, 1993, 96-97쪽.

각도는 기존의 신(scene, 장면) 공간의 원근법을 과장하거나 강조함으로써 로우 앵글(仰拍)의 파워적인 느낌이나 숭경한 느낌 그리고 웅위한 느낌, 수평 앵글(平角度)의 정상적 느낌이나 친절한 느낌 그리고 객관적 느낌, 하이 앵글(俯拍)의 미소한 느낌이나 부감(버즈 아이 뷰)하는 느낌 그리고 멸시하는 느낌… 앵글이 만들어내는 기표는 촬영 각도가 다름에 따라 다양한 시각적 의미(기의)와 시각적 효과를 초래한다. 이밖에 애니메이션은 구도·광선·색깔을 기표로 하는데 모두 인간들의 심미적 욕구, 심리적 특징과 연관되어 있다. 몽타주라는 기표가 생기므로 하여 하나의 렌즈로는 불가능했던 새로운 함축적 의미를 형상적으로 잘 표현할 수 있게 되었다. 이 모든 것이 애니메이션 중에 기표가 풍부하다는 표징이다.

음성 언어의 기호 기표, 화면 언어의 기호 기표와 몽타주 기표는 영화 텔레비전 예술을 공통으로 구축했다. 그리고 영화 텔레비전 예술의 이상의 기호 기표는 또한 영화 텔레비전 커뮤니케이션 기호 체계 속에 더욱 미세하고 더욱 방대한 기표 요소로 이루어졌다. 도표 7-1-1에서 밝힌 것과 같다.

하나하나의 원자가 물질을 구성하고 원자가 분자를 구성하며 분자가 물질적 구조를 구축하는 것처럼 도표 중의 이 같은 기표들은 보고 들을 수 있는 아름답고 절묘하고 색채가 현란한 성연을 스케치한다. 카메라의 여러 가지 촬영 수법이 만들어낸 기표에는 창작자의 예술적 사유가 깔려 있다.

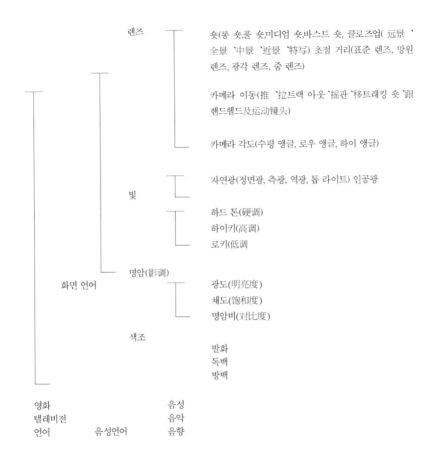

도표 7-1-1 영화 텔레비전 언어 기호의 기표 체계

　기표로서의 망원렌즈는 풍부하고 알찬 시각적 느낌을 안겨주고 광각
렌즈는 독특하고 생동감 넘치는 시각적 느낌을 안겨준다. 기표로서의
슬로 모션은 심중하고 진중한 정서나 풍격을 드러내며, 하이 스피드 모
션은 강렬하거나 긴박하거나 유쾌한 정서를 만들어낸다.

　장기적으로 보면, 복합형 매체의 커뮤니케이션이 향후 커뮤니케이션의 발전 추세가 될 수 있다. 복합형 매체의 커뮤니케이션은 촉각이나 후각 심지어 미각 등 보다 다양한 감지 방식을 기호의 기표로 받아들여 다차원의 감각적 커뮤니케이션을 제공할 것이다. 물론 다차원의 기의 가치도 전달할 것이다.

마샬 맥루한(marshall mcluhan)은 『미디어의 이해(Understanding Media)』라는 책에서 다음과 같이 예언했다.

"우리 지각적 연장으로서의 매체는 반드시 새로운 비율을 형성하게 될 것이다. 여러 가지 지각은 새로운 비율을 형성할 뿐만 아니라 그것들 간에 상호 작용을 할 경우에도 새로운 비율을 형성하게 될 것이다."[81] 향후 매체는 관중(시청자)들이 현실 세계에서 획득한 여러 가지 감각적 체험을 수용함으로써 인류가 다각도로 세계를 인식하는데 도움을 주게 될 것이다. 그때면 각양각색의 다양한 기표가 감정을 나타내고 의사를 드러내면서 인류의 풍부한 느낌을 커뮤니케이션할 것이다.

예술체계를 떠나서, 실물(實物) 기호의 변화와 발전 역시 기표의 다양성을 충분히 드러내었다. 역사의 발전 과정에서 실물 기호의 커뮤니케이션 효과가 고정불변이었던 것은 결코 아니다. 상이한 시공간은 실물 기호의 기표는 상이한 커뮤니케이션 효과를 발생하게 한다. 즉 기표는 통시성(歷時性)을 가지고 있다.

구체적 사물을 기호로 삼을 경우 그 기표는 다양해지게 된다. 이런 유형의 기표는 일반적으로 시각적 감각 기관에 의존(訴諸)하여 요소를 전달한다. 의사 전달자(communicator)는 시각적 기호의 기표를 부호화하

---

81) 마샬 맥루한(marshall mcluhan) 『미디어의 이해』, 허다오콴 역, 북경, 상무인서관 2000판 33쪽.

여 지각할 수 있는 형식 속에 전달함으로써 밝히려는 메시지를 표현한다. 구체적 사물로 된 기호 기표의 시각적 전달 형식의 다양성은 기표의 풍부함을 보여준다. 예를 들면 '십자가' 설계에 있어서, 두 개의 곧은 장방체 나무 막대를 재료로 하는데, 두 나무 막대의 길이는 일반적으로 황금 분할 1 : 1.618 비율로 하여 횡목(橫木)은 두 등분, 종목(縱木)은 삼등분이라는 등분점에서 직각으로 수직되게 접목한다. 수직으로 접목한 나무 막대가 기독교와 관련이 없을 때에는 구체적인 사물에 지나지 않았으며, 배열하고 접목하는 방식도 다종다양했다. 이밖에 천주교(가톨릭)와 개신교의 십자가에도 차이가 있다. 천주교의 십자가에는 못 박힌 예수의 수난을 새긴 형상이 있어서 '십자고상(十字苦像)'이라 칭하며, 개신교의 십자가에는 예수의 형상이 없다. 따라서 둘 다 마찬가지로 기독교라는 기의 가치이지만 그 기표인 십자가라는 구체적인 사물의 형태는 각기 다르다. 이 사례를 통하여 구체적인 사물로 된 기호의 기표는 확실히 다양하다는 것을 알 수 있다. 물론 사회적 역사가 발전함에 따라 구체적인 사물은 일부 상황에서 '동형[82] 되면서 기표와 기의가 단일하게 대응하는 강력한 기호를 형성할 수 있다. 오늘날 향수 한 병·담배 한 갑·휴대폰 한 대 차 한 대 집 한 채를 기표로 하여 소비자의 사회적 지위, 생황 수준을 가늠하는 기호로 삼을 수 있다. 날로 많은 구체적인 사물들이 기호의 기표를 담당하면서 색채가 현란하면서도 복잡다단한 현대사회를 의미하고 나타내고 있다.

---

82) 동형은 어느 하나의 기표와 어느 하나의 기의 간의 단일한 의미의 대응 관계를 말한다. 쑤이옌(隋岩), 장리핑 『동형'에 대한 근원 탐구와 해석』, 〈현대 커뮤니케이션〉 2011년 7호.

사회가 부호화 되는 뚜렷한 특징이 바로 사물만 기표로 삼는 것이 아니라 인물까지도 기표로 삼는 것이다. 인물을 기표로 삼은 예는 너무 다양하고 많아서 일일이 열거할 수 없을 정도이다.

이백의 기표를 격조 있고 자유분방한 시풍이라면, 두보의 기표는 나라와 백성을 걱정하는 것이며, 왕희지의 기표는 서예라 할 수 있다. '세계 3대 테너'라 불리는 루치아노 파바로티, 플라시도 도밍고, 호세 카레라스의 기표는 벨칸토 성악이라 할 수 있다. 인물 기표 역시 시대별로 분야별로 각양각색이다.

인물 기호는 같지 않은 역사 시기의 시대적 정신(기의)을 나타내기 때문에 기표를 선택함에 있어서도 큰 차이가 있었다. 1950-60년대 레이펑(雷鋒)과 왕진시(王進喜)라는 기표는 각기 "성심성의로써 인민을 위해 봉사하는 정신"과 "독립자주, 자력갱생, 간고분투"하는 정신을 의미(기의)했다. 1990년대에 방영한 텔레비전 드라마 '갈망'은 드라마를 시청하느라 거리에 인적이 드물 정도로 높은 시청률을 기록했는데, 순박하고 선량하며 어질고 온유하며 고생과 원망을 달갑게 받아들이는 드라마의 여주인공 류훼이팡(劉慧芳)의 캐릭터는 억만 시청자들의 마음속에 깊이 새겨지면서 현량하고 미덕이 있는 여성을 나타내는 기표로 자리 잡았다. 시장경제 시대에 '자강불식', '여자지만 남자에게 뒤지지 않는다'는 징표인 '철의 여인'(女强人)은 보기에는 민간에서 생겨난 기표 같지만, 주도적 문화가 사회 경제체제의 전환 속에서 실직한 수천만 명의 여직원(종업원)들을 재 취업하고 재 창업하라고 유도하고 교화하는 의미를 담고 있다.

'철의 여인'으로부터 "여성은 스스로를 존중할 줄 알아야 한다"는 슬로건에 이르기까지, 새로운 세기에 들어서고 가치관이 전환하면서 리위춘을 '노래하고 싶으면 노래해'(想唱就唱), '드러내야 멋진 거야'(亮出來就精彩)

라는 정신적 기의의 기표로 삼은 데는 '노래하고 싶으면 노래해'와 같은 자유분방함만이 '소비 대차'라는 시대적 취지를 천행할 수 있었기 때문이다. 동서고금의 기호적 인물을 자세히 헤아려 본다면, 인물을 기호의 기표로 삼은 것이 마치 일종의 우연한 자의성으로 보일 수도 있겠지만, 사실 그 배후에는 역사적 발전의 필연성이 잠재되어 있다는 것을 어렵지 않게 발견할 수 있다. 시간이 흐르고 환경이 바뀌었다 하더라도 기표로서의 인물은 망각되지 않고 그 시대 사람들에게 각인되었고, 한 세대 한 세대 사람들의 기억 속에 남아 전승되었다.

민속 축제는 이미 한 민족의 문화적 기호로 자리매김했다. 기표는 전통이 다른 민속을 각기 나타내므로 풍부하고 다채로울 수밖에 없다.

해마다 섣달 그믐날 저녁이면 교자를 먹고, 폭죽을 터뜨리고, 문자 메시지를 보내고, '설맞이 야회'(春晚, 중국 중앙텔레비전 방송에서 섣달 그믐날 저녁 8시부터 새해가 될 때까지 생방송하는 대형 버라이어티 쇼-역자 주)를 시청하는 것은 이미 대다수 중국인들의 습관처럼 되었다.

거의 30년 동안 이어져 내려온 중앙텔레비전방송의 '설맞이 야회'는 축제의 기표로서 해내외의 중화민족의 후손들에게 뿌리가 같고 조상이 같다는 정체감과 소속감을 형성해주었다. 따라서 '음력설 맞이 야회'는 새로운 민속 기호의 기표로 부상했다.

이 새로운 민속기호가 가지고 있는 정치·문화·민족·시대 등 다각적 의미의 기의를 효과적으로 커뮤니케이션하기 위해 그 기표의 표현 형식을 끊임없이 갱신하고 변혁하고 있다.

1983년에 탄생한 '설맞이 야회'는 바야흐로 폐쇄적인 문화의 굴레에서 벗어나 새로운 생활을 갈망하고 지향하는 사람들의 일종 문화적 발로였다. 야회는 최초로 다방 형식의 스튜디오를 도입했고, 지금까지 이어지고 있다. 생방송하면서 사회자와 관중들이 인터랙션하고 퀴즈를 풀며 전화로 프로를 신청하는 형식은 스튜디오 안팎 중화민족 자녀들의 심적 거리를 좁혀주었다. 이 같은 기표의 표현 형식은 '설맞이 야회'가 승화시킨 '온 세상이 다 같이 경축'하는 동시성과 민족성을 강화시켰을 뿐만 아니라, 야회가 민속기호로 자리 잡는데 토대를 마련해주었다.

시청자들의 정신적 욕구를 만족시키고자 야회 연출진은 후에 각종 다채로운 프로그램을 정성 들여 기획, 즉 민속 기호의 기표 표현 형식을 정성 들여 구현했다. 그리하여 '나의 중국 심'(홍콩 가수 장밍민이 부른 노래-역자 주), '겨울의 횃불'(대만 가수 페이샹이 부른 노래-역자 주), 촌극 '산아제한 회피 특전대'(超生游擊隊), 촌극 '국수를 먹다', 재담 '한 외판원' 등 1980년대의 인기 프로그램은 지금까지도 회자되고 있다.

1980년대의 중국 텔레비전방송 프로가 형식을 탐구하는 단계였다면 '설맞이 야회'는 민속의식의 기호로서 그 기표는 표현형식에서 이상주의 봉사정신을 중심으로 한 기의를 주제로 했으며, 1990년대 초는 과중한 이데올로기의 부담에서 해탈된 중국 텔레비전 방송이 새로운 관념을 탐구하기 시작한 단계라고 할 수 있다. 시청자들의 주체성이 점차 증강하면서 오락적 관념이나 참여 의식이 이 시기의 설맞이 야회의 기표 표현 형식에 구현되었다. 1992년 '내가 가장 좋아하는 설맞이 야회 프로 선정'이나 1995년 '설맞이 야회 프로 공모전'은 설맞이 민속기호에서 모두 그 역사시기 다중의 함축적 기의가 반영되어 있었다. 1990년대 후기부터 지금까지 텔레비전 기술이 성숙됨에 따라 성장 산업화가 가능해졌다.

날로 개선되는 화질, 타 지역 전송과 장외 스튜디오 설치, 캐릭터 디자인, 조명무대 미술 조형, 지미집(大搖臂, jimmy jib)이 가져다주는 생동감 넘치는 화면 등과 같은 기표 표현형식을 능숙하게 활용하게 되면서,

설맞이 야회는 더는 예전의 프로그램 형식에만 얽매이지 않고 더욱 다양한 형식의 볼거리를 만들 수 있게 되었다. 새로운 민속의 기호성(符号性)을 '설맞이 야회'는 '뭇사람들이 떠들썩하는' 분위기의 기표 표현 형식을 구현하고자 이 같은 기표를 찾기 시작했다.

2003년 시청자(관중)들로부터 호평을 받고 있던 노래 "사랑이 감도는 우리 집(讓愛住我家)"을 야회 무대에 올리면서부터 탤런트 쇼 '성광대도'(星光大道) 프로에서 각축전 끝에 우승한 아마추어 가수를 야회 무대에 올리기까지, 그리고 "나도 설맞이 야회 무대에 서고 싶어요" 프로에서 시청자들이 투표하고 추천한 보이 그룹 '욱일양강'(旭日陽剛)이나 걸 그룹 '서단 소녀'(西單女孩)가 야회에 출연하면서 하루아침에 유명해진 것… 등은 모두가 현시대 '뭇사람들이 떠들썩하는' 기표를 나타낸 사례들이다. '민속 축제'로서의 '설맞이 야회'는 텔레비전 프로가 가지고 있는 특유의 예술적 특징을 끊임없이 개혁하고 혁신하는 가운데 그 내용과 형식이 점점 개진되고 있다. 아울러 시대별 정치, 경제, 문화, 민족정신 등 다양한 측면의 함축적 기의를 보다 잘 드러내고자 기호의 기표 표현형식 또한 시대에 따라 끊임없이 변화하고 있다. 물론 '설맞이 야회'도 발전과정에서 '심미적 피로'라는 도전에 끊임없이 봉착했는데, 기호학의 각도에서 말하면 이 '심미적 피로'가 바로 '기호적 피로'이다. 다른 한편으로는 '심미적 피로'의 압력 하에서 '설맞이 야회'라는 기표가 독창적인 형식을 지속적으로 창출하면서 '설맞이 야회'라는 기의 가치를 확장시켰다.

단오에 손목이나 발목에 오색실(끈)을 감는 전통도 액막이를 하는 '단오삭'(端午索)이라는 풍속에서 전해내려 왔다. 오색실(끈)을 꼬아서 만든 '단오삭'은 여성이라는 성별을 나타내는 의미를 담고 있어서, 성별을 수식하는 의미가 아주 강한 일종의 기표이다. 이밖에 쭁즈(粽子)를 먹고 용선(용 형상의 배) 경주를 하며 굴원을 기리는 것 역시 단오라는 이 민속 축제의 기표로서 역사적인 발전과정에 중국 고대사회 사람들의 생활에 대한 아름다운 기대와 동경을 반영했을 뿐만 아니라, 점차 중국 민속 문화의 상징으로 자리매김했다. 이로부터 민속이나 축제의식의 기호가 되는 기표의 다양성을 짐작할 수 있는 것이다.

 2) 매체 기술의 혁신, 기표의 다양성 추진

 정보의 운반체(承載体)를 미디어학에서는 매체라고 칭하고, 기호학에서는 기표라고 칭한다. 따라서 매체의 변화 발전은 언제나 각양각색의 기표가 동반했다. 인류는 구어 커뮤니케이션, 문자 커뮤니케이션, 인쇄 커뮤니케이션, 전자 커뮤니케이션이라는 같지 않은 시기를 거쳤다면, 매체 기호 역시 음성 언어, 문자 언어, 이미지(圖像)와 문자 언어의 병행, 전자언어와 전자 이미지 언어 병행이라는 시대의 변천을 거쳤다.
 구어 커뮤니케이션 시대에는 음성 언어를 매체로 했는데, 서양의 호메로스의 서사시나 중국의 '시경'은 모두 음성언어를 기표로 한 시대적 산물이다. 문자 언어 커뮤니케이션 시대가 오기 전에 결승문자와 원시 그림문자가 한 때 커뮤니케이션 매체 기능을 행사하면서 밧줄(끈)이나 그림이 상응하는 기표 구실을 했다. 문자의 출현은 기표로서의 문자언어가 역사와 문화를 커뮤니케이션하는 중요한 방식으로 되었다.
 매체로서의 문자 출현은 커뮤니케이션에서의 시공간의 한계를 타파했으며, 기호로서의 기표는 인류가 찬란한 문화를 전승할 수 있도록 물질적 운반체를 제공했다. 인쇄시대의 왕림은 정보를 대량 생산할 수 있는 가능성을 열어놓았는데, 이 때 기표로서 문자의 물질적 운반체 역할이

최대한으로 발휘되었다. 새로운 기표의 출현으로 인해 인류사회에 대한 신문이라는 매체 형식의 영향력 역시 따라서 드러나기 시작했다.

19세기 말엽, 방송·텔레비전 등 대중매체는 인류를 새로운 커뮤니케이션 시대에 들어서게 했고, 기호로서의 기표 역시 따라서 더욱 다양해졌다. 방송은 고저장단이나 경중완급(輕重緩急)으로 된 음성, 의음으로 제작한 음향 효과, 긴장하거나 느슨한 선율이나 리듬 등 여러 가지 요소를 합성하고 활용하여 미묘한 소리를 발생시키면서 기표의 다양성을 드러냄으로써 음성 언어 기표의 다양성을 방송 매체에서 한껏 발휘하게 했다. 텔레비전 매체는 영상언어와 음성언어로 공통 구축한 정보 필드(信息場)를 통해 각양각태의 기표를 드러냈는데, 화면 분할, 카메라 배치, 숏 설치, 몽타주, 색채와 분위기 배합, 음향 효과의 조형 의식, 프로그램의 구조 형식…… 등 모든 수단이 기표로 되어 공통으로 텔레비전 커뮤니케이션의 매력을 구축했다. 동시에 텔레비전 영상 기표와 음성 언어 기표가 가지고 있는 동기화 손동작, 표정, 기질, 자태와 용모, 환경 등 부대적인 기표들 역시 다양한 메시지를 전해주었다.

오늘날의 인터넷 등 신규 매체는 시각문화를 연출할 수 있는 새로운 플랫폼을 구축함으로써 기표에 무한한 생명력과 표현력을 부여했다. 이같은 플랫폼은 커뮤니케이션을 함에 있어서 실생활을 반영하는 시각적 기표에 의존하여 전통 매체의 메시지 표현의 장점을 수용하고 통합했을 뿐만 아니라, 디지털 기술로 제작한 가상 기표에 의존하여 문자 기호 기표, 음성 기호 기표, 영상 기호 기표 등 여러 가지 기호 기표를 일괄화한 데서 종합적 매체로 부상했다.

시청 기표의 구조를 편성하는 과정에서 텔레비전 매체는 현재 시제를 늘리고 과거 시제를 줄이며 미래 시제를 제한하는 것을 심미적 추구로 간주하면서 기표의 진실성에 치중했다면, 신규 매체의 기술은 현재의 시제를 뒤집고 과거의 시제를 버리며 미래의 시제를 구축하는 것을 감각적 향수로 간주하면서 기표의 가상 세계를 부각시킨다고 할 수 있다. 매체 기술의 지지 하에서 "가상현실 기술은 쌍방향성을 특징에 따라 컴퓨터 그래픽스, 시뮬레이션 기술, 멀티미디어 기술, 인공지능 기술 등을 종합적으로 활용하여 인간의 시각, 청각, 촉각 등 감각 기관의 기능을 시뮬레이션한데서 사람들로 하여금 컴퓨터가 만든 가상세계에 빠져들게 한다."[83] 이는 인터넷 세계에 가상의 기표로 넘쳐나게 하면서 사람들의 시신경을 폭격한다.

상술한 바를 종합해 보면, 인류의 커뮤니케이션 역사에서 매회의 매체 변혁은 매체 기호의 교체적 쇠망을 초래한 것이 아니라, 오히려 의미 상관성 최적화를 누적함으로써 기호로 하여금 기표 측면에서 더욱 광범해지고 다양해지게 했다. 아울러 신규 매체는 탄생할 때마다 인류사회의 생활방식 변혁, 그리고 문화의 변혁을 초래했다. 마샬 맥루한은 "기술이 인간의 한 가지 감각기관의 연장선으로 될 때 새로운 기술이 내면화됨에 따라 문화의 신형으로의 전환 역시 신속하게 발생한다."[84] 인류가 구두어 커뮤니케이션 시대로부터 전자 커뮤니케이션 시대에 들어섬에 따라 기호의 기표는 한 가지 형태로부터 인류생활에서 겪는 역경이나 번잡함을 은유할 수 있는 여러 가지 기표로 변화하고 발전했다.

예술 체계 중의 화려하고 눈부신 기호의 기표든 실물을 기호로 하는

---

83) 왕즈융 : '인터넷 시각적 커뮤니케이션에 관한 비판적 사고', 「매스미디어 관찰」 2010년 9호.
84) 『마샬 맥루한 문장 개요』, 난징대학교출판사 2000, 206쪽.

다양한 기표든 모두 다 우리의 사유방식에 충격을 주고, 이미 '습관'된 문화체계에 스며들어 우리가 사물을 대하고 이해하는 방식이나 방법에 영향을 미친다. 고전적 기호학의 각도에서 의미의 형성 메커니즘을 고찰한다면, 기표와 기의는 자의성에서 동기부여(理據性)가 되는 과정이 있다. 그러기에 오늘날 우리는 뒤집어진 여러 가지 동기부여, 자의적인 결합, 그리고 의미를 구축하는 신규 메커니즘을 몸소 체험하는 듯 하는 느낌을 받고 있다. 그중에는 '기표의 제조', '기표의 재조', '기표의 차용'이라는 세 가지 경로가 각양각색의 기표를 구축하면서 기표의 다양성에 지극히 중요한 작용을 하고 있는 것이다.

2. 기표의 제조—기표가 광희(狂歡)하는 한 가지 경로

부호화의 과정에서 만사만물(萬事萬物)이 잠재적 기표로 될 수 있는데, 기표가 부여한 기의에 의해 신규기호를 산출하고 새로운 의미를 제조함과 아울러 기표를 끊임없이 다양하게 한다.

1) 자의성에서 동기부여를 해주는 기표 제조의 본질

기호학은 느낌을 줄 수 있는 사물이 그 지시적 의미의 기의 이외의 한 사물을 대표할 수 있을 경우, 그 사물은 자체의 사용 기능을 가지고 있는 것 외에 의미를 전달할 수 있는 기능도 가지고 있다고 여긴다. 이때 "느낌을 줄 수 있는 사물"이 바로 기표이고, "그 지시적 의미의 기의 이외의 한 사물"이 바로 함축적 의미의 기의이므로 기표와 함축적 의미의 기의는 의미 상관성을 거쳐 구축되었다고 할 수 있다.

이것이 자의성에서 동기부여가 되는 하나의 과정이다. 기표와 기의는 관계를 구축하는 과정에서 하나의 기의는 각기 다른 기표를 가진다고 의미할 수 있는데, 기표와 기의의 관계는 생겨날 때부터 '천연적인 접착' 관계는 결코 아니다. 이 현상은 기표와 기의 사이에 필연적인 연관이 없으며, 기표를 만든 기호 사용자가 기표와 기의에 부여한 관계의 '반사'라는 것을 설명해준다. 즉 기표를 제조하고 의미 상관성을 구축하기까지 최초의 관계는 자의적이다. 하지만 '앉아서 책을 읽거나 글을 쓰거나 사무를 보거나 할 때 앞에 놓고 쓰는 상을 '책상'(언어문자 기호)이라고 일컬었다고 할 때, 최초의 자의성은 사회역사의 발전에 의해 관습화되면서 '인류 공동 유산'으로 자리 잡는다. 이때 기호의 기표와 기의의 관계는 마음대로 변경할 수 없는 동기부여의 관계를 가지게 된다.

신칸트주의의 영향을 받은 독일의 철학자 카시러는 『인간론』이란 책에서 '상징 형식의 철학'(符号哲學)이라는 용어를 내놓았다. 그는 책에서 이렇게 밝혔다. 인류는 진화과정에서 기호(상징)의 흔적(표시)이 날로 분명해 졌다.

그리하여 인간을 '이성적 동물'이라고 하기 보다는 차라리 '상징적 동물'이라고 하는 것이 마땅하다. 인류는 바로 기호를 구축하고 활용하는 것을 통하여 역사와 문화를 창조하고 생존할 수 있는 시공간을 확장한다.[85] 부호화와 해독 이론의 창시자인 스튜어트 홀은 『텔레비전 발화 속의 부호화와 해독』이란 책에서 다음과 같이 밝혔다. 부호(代碼, 코드)는 규칙의 제약을 받는 기호 체계이다. 기표로서의 부호 자체는 기의와 천

---

85) 카시러는 『인간론』, 간양 역, 상항이 역문출판사 2004.

연적인 연관성을 가지고 있지 않지만, 그의 기의 즉 텔레비전 문화가 커뮤니케이션하려는 이데올로기는 관습화된다. 스튜어트 홀은, 이데올로기에 침투하려는 텔레비전의 같은 부호 규칙을 어떤 한 가지 문화 언어 환경에 처해있는 모든 성원들이 공동으로 준수해 해야 만이 민족문화 중에 문화를 산출하고 의미를 커뮤니케이션할 수 있도록 활용할 수 있다고 생각했다.[86]

즉 기표 제조를 기의와 연관시키는, 자의성에서 동기부여로의 과정인 것이다. 오늘날의 매체기술이 바로 '자의성에서 동기부여로'의 수단을 활용하여 다종다양한 기표를 대량 만들어내고 있는 것이다.

'의미의 구축 메커니즘으로 된 자의성에서 동기부여로'를 재차 언급하는 목적은 기표를 제조하는 본질을 보다 깊이 이해하려는데 있다. 자의성에서 동기부여로 발전하는 과정 자체가 바로 의미를 형성하고 의미를 전달하는 과정이며, 기표를 찾아내어 기의를 드러내는 과정이다. 즉 기표를 제조하는 과정이기 때문이다. 인류는 바로 구두어 커뮤니케이션, 문자 커뮤니케이션, 인쇄 커뮤니케이션, 전자 커뮤니케이션을 시대를 겪는 과정에서 음성언어, 문자언어, 이미지와 문자, 전자 문자, 전자 이미지를 각기 기호의 기표로 삼아 자기를 표현하고 타인과 교류하고 생각을 전하고 역사를 서술했다. 따라서 '기표 제조'와 "자의성에서 동기부여로의 의미 구축 과정"은 방법은 다르지만 똑같은 효과를 낼 수 있게 되었던 것이다.

---

86) 리시전 『텔레비전은 곧 기호-서양 ;텔레비전 미러 이미지' 기호 비평이론 탐구』. 「간쑤 사회과학」2008년 4호.(Stuart Hall, Encoding and Decoding in the Television Discourse,Univ.B'ham.,Centre for Contemp.Cult.Studs.1973)

2) 매체 기술, 오색찬란한 기표를 제조할 수 있는 여러 가지 수단 부여

마샬 맥루한은 『미디어의 이해』라는 책에서 20여 가지 매체(미디어)를 예로 들면서, 매체별로 각기 다른 기표를 제조한다고 밝혔다. 우리가 굽어보며 생존하는 이 세상에 도약하는 기표가 얼마나 많은지를 상상할 수 있다. 물론 매체 형식의 번영은 매체 기술의 발전에 의존해야 한다.

광고와 같이 대중매체를 홍보 수단으로 하는 커뮤니케이션 형식은 매체 기술의 변혁과 발전의 가장 큰 수익자이다. 종이 형식의 문자 기표를 대량 인쇄하던 데로부터 컬러에 발화면으로 된 시각적 기표를 리얼하게 대량 묘사하기까지, 전통적인 2차원의 기표를 전달하던 데로부터 오는 날 다차원의 기표 공간을 연출하기까지, 광고 홍보 중의 경직되고 틀에 박힌 기표로부터 전자 화이트보드가 나타내는 생농감 넘치는 시각적 체험에 이르기까지, 감각에 자극만 주던 단일한 기표로부터 다각적이고 다차원적인 감각을 연장시켜주는 기표에 이르기까지…… 현대적 매체 기술이 기표 제조에 여러 가지 수단을 부여함으로써 메시지를 커뮤니케이션하는 사유 공간과 현실 공간을 대폭 연장시키고 확장시켰다는 것을 우리는 어렵지 않게 발견할 수 있다. 광고가 공기 중의 산소마냥 서민들이 생활하는 소비사회에 가득 차 있는 오늘날, 매체 광고가 기호적 가치가 있는 사회 토템으로 될 수 있는 것은[87] 기표를 제조하는 것을 통하여 상품의 사회적 속성과 사회적 의의인 함축적 의미를 가진 기표를 구축했기 때문이다. 아울러 소비 사회의 중요한 매체 형식에서 생겨난 광고

---

87) 리시전 『텔레비전은 곧 기호-서양 ;텔레비전 미러 이미지' 기호 비평이론 탐구』, 「간쑤 사회과학」 2008년 4호.

역시 소비문화를 추진하는 심층적 목적을 적재하고 있다.

다국적 자본은 보다 광범위한 범위에서 생존하려고 일반적으로 오색 찬란한 기표에 편승하여 해당 국가의 대중 소비 심리에 부합되는 광고를 만들어 소비문화의 다국적 커뮤니케이션을 달성한다. 제너럴모터스는 중국 시장 점유율을 늘리고자 중국의 80후(1980년대 출생한 세대)들을 겨냥한 신형 쉐보레 차를 출시하면서, '나의 열정을 사랑해'(熱愛我的熱愛)라는 젊은이들의 정신적 추구를 지지하고 긍정하는 내용을 주제로 하는 광고를 내놓았다. 쉐보레는 '자동차 디자이너', '고물 명품 가게 주인'(老物件精品店店主), '만돌린 연주가', '도보 여행자'라는 30세 나이에 접어든 네 개 단계의 80후 모델을 선정하여 80후 '나'의 개성을 상징하는 기표로 삼은 다음 각자의 진실한 경력을 통하여 분투 과정을 보여주면서 꿈을 추구하는 길에서의 끈기와 어려움을 생동적으로 드러냈다.

소품의 세부에서는 '감색 빛깔이 띤 옛 사진', '오돌토돌한 필름'(粗顆粒狀的膠片), '12인치 구면 텔레비전' 등을 기표로 정성들여 활용한데서 중국 80후 세대들의 동년에 관한 추억을 강력하게 환기시켰다. 광고는 문자기호의 기표, 음성 언어기호의 기표, 영상기호의 기표 등 매체기술이 부여한 여러 가지 수단을 포괄적으로 활용하고, 또한 기표의 의미 작용(意指組合)을 통하여 방법은 달라도 결과는 같은 소원을 이룩했는데, 구축한 그 매체에서 협력적 커뮤니케이션이라는 궁극적 효과를 거두고자 마케팅 목적을 현명하게 다양한 기표 중에 녹아들게 함으로써 중국 자동차 소비자들의 공감을 불러일으켰다.

대중매체 시대에 매체 기술은 다각적인 기표의 제조를 추진하고 있다. 매체 기술은 기표와 그 지시적 의미의 기의 간의 연계를 없애버린 다음 시각적 언어와 청각적 언어에 편승한 결합을 통하여 메시지를 기획하고

처리함으로써 새로운 의미의 상관성을 구축하는 목적을 달성하려 시도
한다. 아울러 의미를 구축하는 과정에서 소비 이념, 문화 습관, 도덕관
념, 의미 체계에 침투한다.

　마샬 맥루한이 밝힌 것처럼 "기술이 인간의 한 가지 감각기관의 연장
선으로 될 때 새로운 기술이 내면화됨에 따라 문화의 신형으로서의 전
환 역시 신속하게 발생한다."[88] 매체기술은 기표 제조수단을 추진함과
아울러 문화형태의 전환을 촉성하기도 하는 것이다.

3) 시대적 정신은 기표 제조의 내포

　역사적 시기가 다름에 따라 기표를 제조함에 있어서 각각 다른 시대
적 낙인을 찍어놓았다. 1640-1688년 영국 부르수아계급 혁명의 승리는
새로운 생산 방식, 새로운 계급 관계, 새로운 사회구조가 나타나게 하면
서, 인류사회가 봉건주의 시대로부터 자본주의 시대에 들어섰음을 명시
했다. 새로운 사회 형태는 봉건시대에 비해 인류사회의 위대한 진보이
기는 했지만, 더욱 피비린내 나는 착취 방식인 잉여가치를 착취하는 방
식이 동반하게 되자 위대하면서도 피비린내 나는 역사적 진보를 문학가
들과 예술인들이 사실적이고 전형적인 방법 즉 사실주의 창작 수법에
따라 충실하게 기록했다. 기호학의 각도에서 말하면, 기표(예술 형식),
기의(예술 내용·이념·감정·정신)와 지시대상(객관 세계·사회생활)이 고
도의 일치성을 보이면서 재현적인 기호가 해당 역사시기 문예 발화의

---

88) 마샬 맥루한 『미디어의 이해-인간론의 연장』, 허도콴 역, 북경 상무인서관 2000.

주요 표의 방식으로 부상했다. 1차 세계대전과 2차 세계대전은 19세기 말엽부터 1960년대까지 정치적 동란과 경기불황을 초래하면서 사회는 심각한 위기에 빠뜨렸다. 신앙이 위기를 겪고 가치관이 붕괴되자 사람들은 현실세계에 완전히 실망하게 되었다. 이 같은 특정한 사회적, 정치적, 경제적 형세는 문학가와 예술인들의 사상에 직접적인 영향을 미쳤다. 그 시기 문예 분야에 유파가 많기는 했지만 그들은 모두 다 실생활에 대한 염기를 표현하느라 주관적 세계를 발굴하는데 몰두했다.

기호학 각도에서 말하면, 지시대상을 배제하고 기표와 기의의 일치성만 추구했다. 즉 객관적 세계에 대한 관조를 포기하고 내면세계와 예술표현의 일치성을 모색하고자 주관적 세계를 표현하는 데로 창작 수법을 전환했다. '예술을 위한 예술', '회화는 자연의 노예가 아니다' 등의 관념은 이 시기의 문예 창작법칙을 구현한 것이라 할 수 있다. 1960년대 이후, 자본의 경영, 기술의 혁신, 현대화 관리시스템의 최적화는 경제가 지속적으로 번영할 수 있게 추진 작용을 했는데, 이를 토대로 하여 구축된 탈공업화 소비사회의 한 가지 뚜렷한 특징이 바로 생산성 과잉이었다. 그리하여 소비를 자극하고 소비로 생산을 촉진시키는 것이 사회발전의 원동력으로 되었다.

탈공업화 소비 사회에서 사람들은 제품을 주목함에 있어서 물리적 속성이나 사용 가치에 더는 머무르지 않고, 오히려 문화적 특성·기호 가치 이미지 가치 같은 것을 소비 목표로 삼고 열중하여 추구하게 되면서, 브랜드·디자인·광고 등과 같은 물질적 제품 중의 비물질 요소가 경제성장을 촉진시키는 새로운 원동력으로 부상했다. 동시에 탈공업화 시대 대중매체가 발전함에 따라, 특히 전자 매체기술의 발전은 기호의 쾌속적인 번식과 확장을 추진하면서, 기표의 풍부함은 이념의 부족함을 엄폐했고, 전자 커뮤니케이션 매체의 실시간 원거리 전송은 현실적인 장(field)의 특성을 제거해버렸다.

기표는 이념을 엄폐하고 현실과의 직접적 연계를 끊으면서 점차 기의와 지시대상과 분리하고 기호 자체의 법칙을 따르기 시작했다. 즉 기표는 해탈됨과 동시에 추방되면서 지시대상을 배제했을 뿐만 아니라 나아가 기의마저 포기하는 바람에 장 보드리야르가 말한 '표류하는 기표'로 되었다. '기표의 광희'를 특징으로 하는 포스트모더니즘은 일종의 문학 증후나 예술적 표현을 나타냈을 뿐만 아니라, 한 시대의 문화적 특징을 나타냈다고 할 수 있다. 하지만 포스트모던사회의 매체화와 소비적 시대라는 특징은 기표로 하여금 무턱대고 형식만 추구하게 하면서 '기표의 광희'와 '기호 의 레크리에이션'을 초래했다. 그러하면 기의의 내포를 상실하고 그 지시대상에 대한 관심을 저버린 단순한 '기표의 광희'가 기호를 커뮤니케이션할 수 있는 의미의 메커니즘을 가지고 있다고 할 수 있겠는가? 어의가 전혀 연관되지 않는 일련의 텍스트가 아무런 신앙이나 두려움이 없는 자태로 수백수천년 동안 구축해놓은 의미체계와 전통문화를 해체할 때, 의식의 심도나 생명의 의미가 존재한다고 할 수 있는 것일까? 사실 기표의 광희나 파편화된 개성을 떠벌리는 자체가 바로 기의이고 의미이다. 이는 포스트모던 문화시대의 필연성이자 기표를 제조할 때 새겨놓은 시대적 내포를 과시하는 것이라 할 수도 있다.

3. 기표의 재조(再造) – 기표가 광희하는 두 번째 경로

기호가 구축된 후 그 기표는 고정불변된 것이 아니라 역사와 언어 환경, 사회적 문화가 변화하고 발전함에 따라 변화한다. 역사와 문화의 변화는 기표의 다양성을 추진할 뿐만 아니라 소극적 기표를 제거하고 새로운 의미를 구축할 수 있는 기연을 제공하기도 한다.

1) 기표의 재조는 역사적 과정이자 관습화 과정

관습화(socialization)는 사회학의 중요한 개념이다. 이는 인류 특유의 행위로서, 자연인으로부터 사회인으로 전환하는 과정을 말하는데, 사회 교류의 토대가 된다. 인간의 관습화는 개개인이 특정한 문화의 지배 하에서 사회적 문화를 수용하면서 사회적 문화를 동감하는 과정이다.[89] 기호의 기표 역시 시대적 문화의 지배 하에서 존재하므로 역사적 조건의 변화와 시대적 언어 환경의 변화에 따라 변화한다. 기표의 재조가 바로 이 같은 과정으로서 시대적 문화에서 기원하여 시대적 문화를 반영하면서 시대적 문화의 표의를 달성한다.

세계 건축예술의 발전과정을 종람하면, 실물 기표로서의 매 시대의 건축은 사회의 변동과 생산력의 진보를 아주 재빠르게 반영했음을 알 수 있다. 노예제 사회의 수립은 인류가 건축 캠페인을 대규모로 개시하는 촉진작용을 했다. 강력하고 포악한 중앙집권제와 발달한 종교적 이념으로 인해 이 시기의 건축물은 궁궐·왕릉·사당이 위주였다. 기표로서의 고대 이집트 및 피라미드, 메소포타미아(두 강 사이) 유역의 지구라트(月神台), 고대 그리스 파르테논 신전(帕提農神廟), 고대 로마 콜로세움(斗獸場) 등 건축물은 모두가 화강암이라는 재질에 부각을 대량 했다는 외관

89) 왕스빈, 『사회학 교과 과정(제3판)』, 북경대학교출판사 2010.

적 기표가 특징인데, 이는 인간의 대자연에 대한 경외와 신명에 대한 숭배를 나타낸 것이다. 이 시기 건축물 스타일은 인류사회에 잔존되어 있던 배물교(拜物敎, 주물[呪物]을 숭배함으로써 안위[安慰]·가호[加護] 등을 얻고자 하는 원시종교의 하나 - 역자 주)의 문화 흔적을 반영하고 있다. 서로마 제국의 멸망은 노예제도의 종결을 의미한다. 유럽이 봉건적 중세기에 들어선 후 기독교 문화가 사회 전반을 뒤덮었다.

콘스탄티노폴리스에 소재한 아야소피아 성당은 비잔티움제국이 극성했던 시대의 표지이다. 이 성당은 대리석으로 된 다채로운 외장재, 높고 넓은 돔형 지붕, 금박을 상감한 대리석 기둥, 유리 모자이크 샹들리에를 기호의 기표로 하여 성대하고 화려하고 비할 바 없는 위엄을 조성했다. 이 시대의 건축 디자인은 짙은 종교적 분위기를 연출하면서 건축물의 실용성을 훨씬 초월했다. 르네상스시대가 열리면서, 중세기 종교의 금고(禁錮)와 멍에가 타파됨과 아울러 봉건제도를 반대하고 이성을 추구하는 이념이 생겨났으며, 건축 스타일에서 합리적인 안정감을 추구하는 경향이 나타났다. 웅장한 돔형 모양의 외관을 기표로 하는 산피에트로 대성당은 사람들에게 통일적이고 안정적인 느낌을 준다.

바로크 건축은 화려하고 대담한 색채, 비이성적인 조합을 도입함으로써 건축, 조각과 회화의 경계선을 타파했는데, 상호 침투하는 외관적 스타일(기표)은 정신적 자유에 대한 추구와 전통에 대한 반항을 상징한다. 1540~1640년의 산업혁명은 유럽의 봉건전제제도를 와해시키고 멸망시켰다.

산업혁명의 발전은 과학적 건축이 진보하도록 광활한 세상을 열어놓았다. 런던 하이드 파크의 만국박람회가 열렸던 '수정궁'은 철근과 유리를 가지고 건물 외관을 구축(기표)했는데, 그 어떤 불필요한 수식이 하나도 없는 이 건물은 공업생산에서의 기계적 본능을 아주 적절하게 결합시켰다.

 '공업문명'이 유발한 환경문제를 경험한 후 사람들은 건축 이념에 대해 다시 숙고하기 시작하면서, 생태건축이라는 새로운 개념을 내놓게 되었다. 건물의 외관 디자인에서 풍력 에너지, 태양 에너지 등 재생 에너지를 생태 이념을 기표로 하는 천연적이고 친환경적이며 쾌적한 주거 효과와 기의 내포를 실천함으로써 건물과 자연환경 그리고 도시 기획이 조화를 이루는 지속 가능한 발전을 보장하는데 진력하고 있다.

 마찬가지로 문화 브랜드를 상징하는 기호 기표로서의 상표 역시 지속적으로 개선하고 재조하는 가운데서 시대가 부여한 새로운 포지셔닝을 반영하고 있다. 폭스바겐 자동차의 첫 번째 로고는 1939년에 탄생, 프란츠 라임스피스(Franz Reimspiess)라는 오스트리아 국적의 엔지니어가 디자인했다. 로고는 흑백 두 가지 색깔로 이루어졌는데, 중심에는 W자 위에 V자가 얹어졌고, 기어 모양의 둥근 고리로 둘러져 있다. 이는 독일노동전선(Deutsche Arbeitsfront, DAF)의 일부분을 상징하며, 바깥쪽의 4개는 '태양 기어'라고 칭하는데 시곗바늘 방향으로 배열되었다.

 전하는데 따르면, '태양 기어'는 'Kraft Durch Freude'라는 조직의 로고 일부분으로서 '기쁨의 힘'을 의미한다.[90] '기어'와 '태양 기어'는 나치독일의 통치적 권력을 상징하는 것이 분명하다. 후에 간결한 미를 추구해서였는지 이 기표를 다시 디자인할 때 기존의 '태양 기어'를 빼버렸다. 1945년 제2차 세계대전이 끝난 후 영국인들이 폭스바겐 자동차 제조권

---

90) 리위샤오민, 『폭스바겐 로고의 역사 및 변천 소론』. 「현대 교제」 2011년 7호.

을 통제하게 되었다. 그들은 기표였던 기존의 로고를 재차 디자인하면서 나치를 상징하는 표지가 뚜렷한 도형을 전부 빼버리고 중심의 VW 자모와 둘레의 간결한 둥근 고리만 남겨놓았다. 나치의 독재 통치 붕괴는 폭스바겐으로 하여금 새로운 길에 오르게 했다. 기표로서의 폭스바겐 자동차 로고는 더는 단순히 흑과 백의 대립으로 구성된 것이 아니라 상업 디자인에서 강조하는 과학적인 남색을 도입했다. 2000년 이후, 폭스바겐 자동차는 공식적으로 기표로서의 남색을 표준색으로 하여 3D 효과를 로고의 디자인 중에 침투시켰다.

이로부터 기표는 시대적 요구에 적응하고자 끊임없이 혁신되고 재조되었다는 것을 알 수 있다. 하지만 기표를 재조함에 있어서 기존의 것을 전부 부정한 것이 아니라 전승하고 발전시키는 과정이었다. 코카콜라 로고의 변천 과정을 종람하면, 거의 변경할 때마다 모두 시각 디자인 중 독특한 서체인 스펜서 체를 기표로 유지했다. 최근에 변경한 로고도 여전히 이 같은 서체를 계속 사용함과 아울러 1950년대 이후 코카콜라 상표 중에 사용한 붉은색에 물결 모양과 리본 모양에 들어간 디자인을 계속 사용했다. 다른 점이라면 기표를 재조하는 과정에서 붉은색을 고전적인 스펜서체에 도입함과 아울러 붉은색의 심도를 증강하여 로고의 입체감을 두드러지게 함으로써 붉은색 글체가 흰색의 배경 하에서 보다 눈에 뜨이게 했다. 윌리엄 필딩 오그번(William Fielding Ogburn) 미국 사회학자는 인간의 관습화 과정을 이렇게 생각했다. 관습화 과정은 개인이 세대가 누적한 문화유산을 받아들이는 과정이다. 마찬가지로 기표의 재조 역시 사회문화를 전달하는 것을 유지하고 문화유산을 연속적으로 유지함과 아울러 시청자들과 함께 새로운 소통 방식을 구축하는 역사적인 과정이자 관습화하는 과정이다.

2) 기표 재조의 역사성은 소극적 기의를 제거할 수 있는 가능성 제공

앞에서 서술한 것처럼, 기표의 재조는 역사적인 과정이자 관습화하는 과정이다. 역사적 언어 환경과 시대적 문화가 기표의 재조를 지배하기에 기표는 시대적 언어 환경의 변화에 따라 변화하면서 특정한 문화의 표의에 만족을 준다. 그러나 관습화이든 역사적이든 기표의 재조가 단번에 이루어지는 것이 아니라 하나의 과정이 필요하다는 것을 말해준다. 바로 이 재조하는 과정이 소극적인 기의를 제거할 수 있는 가능성을 제공해준다.

주권 상실, 정신적 굴욕, 사분오열된 강산, 하고 싶은 대로 마구 날뛰던 강도 같은 제국주의 열강들, 이는 우울한 중국 근대사의 화면이자 구 중국의 유산이다. '아편', '동아병부(東亞病夫)', '폐관쇄국', '상권욕국'(喪權辱國), '전족(裹小脚)', '변발(長辮子)'이 추상적인 구 중국 이미지의 기표로 되어 낙후하고 수구적이며 진부하고 굴욕적인 기의의 내포에 침투되어 있었는데, 이런 소극적인 기의는 굴기한 중화인민공화국이 발전하는 과정에서 점차 제거되었다. 특히 1990년대 이후 일종의 기표로서 '메이드 인 차이나'라는 라벨이 붙은 제품이 세계 각국으로 수출되면서 '값싸고 질 좋은 물건', '중국 제조 능력'이라는 기의를 갖게 되었다.

하지만 중국이 치열한 글로벌 경쟁에 참여하는 과정에서 중국 이미지를 상징하는 기호를 재건하는 작업은 순풍에 돛단 듯이 순조롭지 않았고 소극적 기의를 제거하는 작업도 순탄치가 않았다. 기표를 재조하는 작업은 국제적 환경과 글로벌 경제라는 새로운 시대의 검증을 거쳐야 했다. 기표로서의 '메이드 인 차이나'로부터 'Created in China'라는 변천사가 바로 쾌속 발전한 중국 그리고 방대한 제조 시스템이 변혁한 역사라 할 수 있다. 곡절적인 발전을 거쳐 세계 경제의 주요 근거지로 부상한 동시에 '메이드 인 차이나' 역시 까다로운 눈길을 받았다.

'메이드 인 독일'은 고품질이고 '메이드 인 제팬'은은 첨단기술이라는 이미지와는 달리 '메이드 인 차이나'는 어느 정도 의미의 '태그(tag, 데이터의 집합에 붙여진 하나 이상의 문자로서 이 집합에 관한 정보를 포함하여 그의 식별을 할 수 있는 것 - 역자 주)'가 부착되어 있기는 하지만, 그 기의는 '엉성하게 만든 제품', '기술력이 없는 제품'이라는 소극적인 함축적 의미를 담고 있었다.

그 근본적 원인은 '메이드 인 차이나'의 대다수 회사가 명실상부한 핵심기술이 결핍하여 혁신력이 거의 없는 모조품을 생산했기 때문이다. 이와 같은 사회적 역사의 배경 하에서 우리나라 제조업은 기술 개발에 대한 투자를 대폭 늘리어 진정한 의미에서의 자주적 지적소유권을 가진 제품을 제조했으며, 기술력을 개선함과 아울러 제품의 질을 보장하는데도 심혈을 기울였다. 따라서 '메이드 인 차이나'라는 기표를 'Created in China'로 재조했다.

누군가 한 편의 중국 근대사는 곧 한 가락 긴 탄식이라고 말한 적이 있다. 그러하다면, 전통적 기호와 시대적 기호를 융합한 중화인민공화국의 성장 역사는 격정적인 아리아(Aria)와 비슷하다고 말할 수 있다. 기표의 재조는 역사 변천이라는 아리아 속에서 발성하면서 소극적인 기의는 시대적 변혁의 거센 물결 속에서 시련을 겪게 되었으며, 따라서 중국 국가 이미지를 상징하는 새로운 기표의 결합도 구축되었다.

3) 해체적(탈구축) 해학적 파편화는 포스트모던 언어 환경에서 기표 재
　조의 표징

　생산성 과잉시대의 소비 특징은 기호 가치, 이미지 가치를 사회적 문
화 어조의 핵심이 되게 한다. 기표는 지시대상(즉 현실 사회)과의 직접적
상관성을 단절시킬 뿐만 아니라 기의와도 점차 분리하면서, 자체의 논
리적 표징을 시작한다. 기표의 재조는 역사적 언어 환경과 시대적 문화
의 지배를 받기 때문에 포스트모던 언어 환경에서 기표를 재조할 때 해
체적·해학적·파편화라는 사유의 특징을 가지는 것을 피할 수 없다.
　팝 아트(pop art)나 염속예술(染俗藝術)이 이 같은 사유 특징을 구현하
고 있다. 상업문화와 대중예술의 연관성을 탐구하는 길에서 팝 아트가
탄생했다. 미국 팝 아트의 집대성자인 앤디 워홀의 대표작인 '마릴린 먼
로'는 미국의 여배우 마릴린 먼로의 프로필 사진을 원형의 기표로 하여
실크스크린 인쇄기술을 거쳐 다채로운 색상으로 된 모양이 같고 표정이
같은 마릴린 먼로 초상을 만듦으로써 기존의 기표를 재조했다. 작품은
뚜렷한 색상 대비, 콜라주하고 중복 구축한 기호 표상(기표)에 편승하여
관객들의 시신경을 번갈아 폭격했다. 이 같은 구성적(組接式) 기표의 재
조는 기존의 기표와 기의인 할리우드의 섹시하고 다변적인 여배우와의
연관성을 제거했다. 기계적인 중복, 정연하고 한결 같은 나열은 마치 의
식적으로 인물의 개성과 감정적 색채를 제거하고서 냉담하고 공허하며
소원해지는 느낌을 전해주는 듯했다. 이는 상업문명이 고도로 발달한
포스트모던 사회에서 살아가는 사람들의 내적 감정을 구현한 것이다.
　중국의 '정치 팝 아트'(政治波普藝術)는 1990년대에 엄청난 국제적 영향
을 일으키면서 역사상 유례가 없는 '아르 누보'의 표현방식으로 되었다.

'정치 팝 아트'는 중국과 서양의 정치적 발화의 차이를 효과적으로 교묘하게 이용했는데, 현대 예술의 창작 수법에 따라 뚜렷한 문화 특징을 가지고 있는 중국의 정치적 기표와 서양의 상업 기표를 상호 병치한 다음, 그것을 해석의 배경으로 삼았다. 왕광의(王广義)는 우리나라 정치 팝 아트의 대표적인 화가이다. 그의 시리즈 작품 '대 비판'(大批判)은 '문화대혁명' 시기의 인물 초상화를 기표로 함으로써 시대적 특징을 가지고 있는 전형적인 캐릭터와 서양의 상업문명을 하나로 융합시켰다.

노동자·농민·군인이 대 비판을 하는 기표로서의 포스터와 '말보로' '파커' '까르띠에' '코카콜라' 등 브랜드 로고를 포스터의 형식으로 결합하여 중국의 정치적 기호와 서양의 소비 기호인 '현품'을 병치함으로써 두 가지 강력한 이데올로기 기호가 기표의 결합 중에서 상호 해체되면서 기의와 지시대상을 상실하고 파편화되어 표류하게 했다. 이 같은 파편화의 형성은 정치적 유포피아주의와 서양 상업문명에 대한 예술가의 이중 풍자를 단도직입적으로 표현하면서 예술가의 중국 신시대 사상해방 운동 및 그 세밀한 고찰에 대한 기의를 구축했다. 그런 구상적인 '현품(現成品)', 고독한 파편화(碎片化)를 기표로 하여 조소하는 식의 정치적 어조, '정치화를 제거'한 의미 상관성 하에서 기표와 기의 간의 기존의 메커니즘을 타파함으로써 추상적인 태그보다 커뮤니케이션 효과를 더욱 강화시켰다. 다국적 문화 커뮤니케이션이라는 시야에서, '정치적 은폐성'이 강한 팝 예술은 슬기로운 책략임이 틀림없다.

왕광의는 자기 '대 비판' 시리즈 작품에 대해 이렇게 설명했다.

"'대 비판' 시리즈 작품에서 나는 '문화대혁명' 중의 노동자·농민·군인의 이미지와 오늘날 우리 생활 속에 유입되어 있고 대중들의 생활 속에 침투되어 있는 상품 광고 이미지들을 결합시킴으로써 이 두 가지 상이

한 시대에 근심과 고통를 갖고 있는 문화적 요소로 하여금 아이러니와 해체 속에서 각자의 본질적 내포를 제거하고 일종의 황당무계한 총체적 허무를 달성하게 했다."[91] 확실히 정치 팝 아트는 서양인들의 넘쳐나는 황당무계함과 동양인들의 자의적인 환상을 기표로 하여 일촉즉발의 정치적 어조를 가볍고 생동감 있는 기계적 복제·과장·아이러니·콜라주·패러디 등의 의미를 만드는 기법에 활용했다. 원 소재에 고정되어 있는 기표의 정치적 은유를 분쇄해버리고 오락·해학·전복(顚覆, 뒤집어엎음)을 통하여 깊이 뿌리 내린 기의의 내포를 해체시킴으로써 파편화된 '현품'으로 하여금 기호 자체의 의미 구조를 재구성하거나 재조했다.

천지를 뒤덮은 상업 분위기가 세찬 폭풍우처럼 1990년대의 중국 대지를 석권하고 있을 때, 벼락부자가 되려는 극히 무지한 심리상태가 대중문화의 핵심적 가치관으로 되면서 '신편 이야기'(故事新編)라 칭하는 염속예술이 이런 욕구에 의해 생겨났다. 염속예술은 습관적으로 현실 속에서 기성의 기호를 가져다 사용하기에 팝 아트의 변체라 할 수 있다고 누군가 말했다. 보다 정확하게 말하면, 염속예술은 현지의 민간문화거나 대중문화 속에서 직접 기표를 찾아내는데 치우치면서 정치적 입장을 불량한(潑皮) 상업적 게임 중에서 제거해버린다. 흔히 월분패(月份牌), 세화(年畵)·도자기 공예품 등을 기표의 원형으로 하여 조립·개조, 융통, 과장 등을 활용함으로써 거의 시니컬한 자태로 전복적이고 해학적으로 재조하는 목적에 이른다. 뤄씨 형제가 1999년 창작한 칠화(漆畵) '세계 유명 브랜드 환영'은 중국 전통 세화를 기표의 원형으로 했는데, 세화 '연년

---

91) 류춘, 『예술 인생의 새로운 경향-중국 당대 예술가 40인과의 발화』, 운만인민출판사 2003 70쪽.

유여'(年年有餘) 중의 포동포동한 아기라는 시각적 기표를 선택하여 여러 가지 자태로 세계 유명 브랜드를 껴안고 즐거워하는 기표를 재조했다.

작품은 창작자의 감정적 색채를 은근히 드러내기는 했지만, 도대체 무엇이라는 짚어 말해야 하는지 적절한 설명을 찾을 수 없게 한다. 궈샤오촨(郭曉川)이 염속예술을 언급할 때 말한 것처럼, 염속예술인이 체현한 태도는 드러낸 듯 은폐한 듯 하는 상태여서 명확한 긍정도 명확한 부정도 없으며, 흔히는 '회의'(置疑) 혹은 '에포케'(懸擱) 상태이다. 이는 세계적인 포스트모던 언어 환경에 처해있는 중국사회의 가치를 판정하는 다차원성(多維性)을 설명한다. 사회적 현실의 다면성에 직면한 사람들은 '실어'라는 곤경에 처하게 되었다.[92] 해체적(解构性), 해학적(戲謔性)인 기표를 재조하는 과정에서 권력 행위를 회피하고 이데올로기의 지배를 거부하기 보다는 '세속에 영합하고(媚俗)' '비위를 맞추는(迎合)' 자태가 고유의 권력 메커니즘에 대한 더욱 유력한 항쟁으로 될 수 있다. 기의와 지시대상을 이탈한, 파편화된 기표는 야유나 조소와 같은 불량한 자태로 기호 자체의 의미 구조를 재구성하거나 재조한다. 혹시 이것이 곧 실어 중에서 어쩔 수 없는 발화라 할 수 있다.

4. 기표의 차용—기표가 광희하는 세 번째 경로

기표의 '낯설게 하기(陌生化)'라는 시각은 단일한 기표를 구축한다는 관념 세계를 타파했는데, 차용하는 방식은 민족문화를 다국적으로 커뮤니

---

92) 저우지핑, 『염속예술의 언어 환경과 포지셔닝』, 후난 미술출판사 1998.

케이션하는 과정에서 기표의 다양성을 천행(踐行, 실행)했다.

1) 기표의 차용은 민족문화를 새롭게 표현할 수 있는 방식을 구축

　최근 몇 년 동안, 중국적 요소가 국제 패션 위크에 자주 등장했다. 2011년 리우 패션쇼에서 브라질 브랜드 TECA에 청자기 요소를 디자인에 도입했다. 2012년 중국적 요소는 국제 패션 위크에서 관객들이 주목하는 걸작으로 부상했다. 오랫동안 유명세를 누려온 런던 패션 위크에서 우리나라 수묵화는 디자이너들이 영감을 얻는 원천으로 되어, 검소하고 세련된 동방의 운치를 충분히 드러내 보여주었으며, 뉴욕 패션 위크에서 제이슨 우(Jason Wu)는 중국 청나라 요소를 상징하는 모자와 화령을 패션쇼에 등장시켰다.

　그 뿐만 아니라 파리 패션 위크에서 드리스 반 노튼(dries van noten)은 청나라의 전반적인 요소를 지향점으로 하여 옷자락에 용과 봉황을 수놓은 비단 자수, 파도나 물결 모양의 '해수강안'(海水江涯) 도안을 차용함으로써 청나라 시대로 돌아간 듯한 경지를 연출했다. 국제 유명 패션 브랜드는 중국 요소에서 영감을 얻어 중국 요소의 기표를 패션 디자인에 차용함으로써 점차 유행을 선도하는 풍향계가 되었다. 오늘날 중국 요소를 기표로 한 디자인은 패션계의 주목을 받고 있을 뿐만 아니라, 유명 브랜드 가방이나 액세서리, 가구의 디자인에도 도입되면서 광범위하게 활용되고 있다. 2011년 디올(Dior)은 중국 소비시장을 겨냥하여 중국 전통문화 중의 토끼띠(生肖)를 기표로 하여 태어난 해의 호신부(護身符) 팔찌를 출시함으로써 엄청난 수익을 올렸다. 2012년은 용의 해였기에 디올은 용을 기표로 하는 시리즈 호신부 제품을 출시했다.

맨디 쿤(Mandy Coon)은 2011년 토끼띠를 기표로 하여 토끼 디자인을 한 벨벳 핸드백을 출시했는데, 출시하자마자 이내 매진되었다. 안테프리마(Anteprima)가 2012년 용의 해를 맞으면서 출시한 Dragon Kitty는 비록 가격이 비싸기는 했지만 사람들의 인기를 무척 끌었다. 핀란드의 유명 디자이너인 위르여 쿡카푸로(Yrjo Kukkapuro)는 중국 민간의 전지예술에서 계발을 받고 전지(剪紙)의 주체 요소인 용 토템을 디자인에 채용하여 간단하면서도 정교한 의자를 만들어냈다.[93]

사람들이 흔히 시적인 기표 피렌체로 플로렌스를 의미하는 것처럼 청자기 도안, 용봉(龍鳳) 토템, 수묵단청 등 중국 요소의 기표는 심후한 의미를 내포하고 있는 중국 전통문화를 가리키고 있다. 국제적으로 유명 디자이너들이 한 가지 '중국 콤플렉스(中國情結)'를 품고 있다고 하기 보다는 중국 문화적 정신을 배태하는 중국 요소를 기표로 채용한 것이 국제 유명 브랜드가 중국 사치품 시장을 개척하는 상술에 지나지 않는다는 것이 더 합당할 것이다. 하지만 우리가 시각을 바꾸어 이 같은 현상을 관찰한다면, 국제 패션 디자인을 차용하여 기표로서의 중국 요소를 국제 패션 문화에 유입시키는 것 역시 중국문화의 '세계화 전략'에 귀감이 될 수 있는 실천적 모델이라는 것을 어렵지 않게 발견할 수 있다. 기표의 차용인 중국 요소의 차용은 중국문화를 세계에 '연착륙'시킬 수 있는 커뮤니케이션 방법이라 할 수 있다.

국제적인 패션문화는 호화롭고 사치스러운 서양의 패션문화를 한바탕 겪은 후, 우아하고 함축된 중국 요소가 디자이너들의 아름답고 절묘한

---

93) 패션 VOGUE net, http://www.vogue.com.cn.

해석을 통하여 유구하고도 심오한 중국 문명사를 이야기하기 시작했다고 할 수 있는 것이다.

2) 기표의 차용, 가장 전형적인 문화 창의산업 육성

문화 창의산업(Cultural and Creative Industry)은 글로벌 소비 사회라는 배경에서 발전한 "문화에 의지하고 창의력을 핵심으로 하며 제품을 운반체로 하고 사람들의 정신문화를 충족시키는 것을 토대로 하며 첨단기술을 지지대로 하고 인터넷 등 신규 커뮤니케이션 수단을 주도하는 신흥산업이다."[94] '창의' 즉 기표의 제조는 문화산업 체인이 형성될 수 있는 전제 조건으로서, 문화적 창의가 산업으로 전환하려면 기표의 차용을 통해야 만이 이루어질 수 있다.

미국 다국적 회사인 디즈니는 문화제품을 생산하는 과정에서 문화 창의이념을 끊임없이 성공적으로 활용했기에 헤아릴 수 없이 많은 스크린(화면) 캐릭터를 창작할 수 있었으며, 그 상업모델 역시 문화 창의산업의 전형으로 부상했다. 1967년 디즈니는 첫 장편 애니메이션 '백설 공주와 일곱 난쟁이'를 출품하여 디즈니를 애니메이션 영화 메카로 되게 했다. 이 장편의 애니메이션을 출품한 후 디즈니는 애니메이션 영화를 어린이들이 즐기는 오락 형식에만 국한시키지 않고, 시대의 추세를 리드하는 주류 영화 형태가 되게 했다. 그 후 '정글 북', '판타지아', '미녀와 야수', '알라딘' 등 애니메이션 영화를 출품했으며, 특히 화려한 시각적 기

---

94) 저우성, 판춘린 '글로벌 배경 하에서 문화 창의 산업 혁신 모델 연구', 「경제 문제」 2009년 3호.

표, 감미롭고 아름다운 청각적 기표를 활용하여 감화력 있고 영향력 있는 문화 제품을 만들어냈다. 따라서 디즈니는 한 가지 브랜드로, 태그로, 기호로 부상했다. 유명 브랜드 가치를 극발화 하고자 디즈니는 브랜드 의미 체계의 운영방식을 탐구하기 시작했다. 기표로서의 애니메이션 영화의 카툰 캐릭터를 파생상품에 차용했다. 애니메이션 영화 '라이온 킹'을 출품할 때, 카툰 캐릭터 심바(Simba)를 중심으로 형상화한 기표의 파생상품을 대거 개발했다. 드라마, 도서, 봉제완구, 테마파크, 그리고 브로드웨이 공연은 방대한 체인 구조를 구축하여 디즈니에 노다지를 제공한 동시에 문화가치에 대한 디즈니의 인식을 심화시킴으로써 디즈니의 왕성한 산업 생명력을 유지하는데 굳건한 기반을 마련해주었다.

글로벌 다국적 문화 커뮤니케이션이라는 배경 하에서 디즈니는 또한 예민한 시각으로 타국의 문화에서 자양분을 발굴하고 흡수하며 이역 문화의 정수를 취하여 자기의 것으로 만드는데 주목했다. 1998년 디즈니는 중국 민간 전설 중의 여걸 '화목란'의 캐릭터를 기표로 하여, 중국 여성의 굳셈과 부드러움이 조화를 이루고 용감하여 두려움을 모르는 기의를 캐릭터라는 기표에 침투시켰다. 개성이 넘치는 캐릭터와 이국적인 문화 분위기는 서양 관중들의 마음을 재빨리 사로잡으면서 세계적으로 흥행한 대중문화 제품으로 부상했다.

현재 디즈니는 영화·텔레비전·도서·테마파크·스포츠용품·전자·게임·인터넷 등 다양한 산업을 아우르는 다국적 대기업으로 발전했으며, 개발한 문화제품들은 세계인들의 깊은 사랑을 받고 있다. 문화기호로서의 디즈니가 문화 창의산업의 선두주자로 부상한 것을 크게 비난할 것은 아니다. 기표의 차용으로 말미암아 디즈니의 산업 체인이 지속적으로 늘어날 수 있었고 그 문화가 전승될 수 있었기 때문이다.

3) 기표의 '낯설게 하기' 차용 - '집단무의식' 회피

이런 한 가지 현상이 존재한다. 우리가 손길 닿는 대로 집거나 별로 생각하지도 않고 유아기에 배웠던 당시 '거위를 노래하다'(咏鵝)를 외울 때 이 시가 어떠한 화면이고 예술적 경지를 표현하는지를 별로 회상하지 않는다. 우리가 구구법을 익숙하게 심지어 기계적으로 운용하여 연산할 때, 누군가 왜 '1 하기 1은 1, 1 곱하기 2는 2··· 5 곱하기 7은 35, 6 곱하기 7은 42···'가 되는 거지 하고 반문하지 않는다. 우리가 애인의 환심을 사려고 꽃가게로 달려가 싱싱한 붉은 장미꽃 한 다발을 구입할 때 오만한 백합, 온화한 카네이션 그리고 겸허한 데이지(국화과의 여러해살이풀, 진다래 rhcrhk 비슷함 - 역자 주)도 우리 마음이나 뜻을 전해줄 수도 있지 않을까 하는 생각을 아예 하지 않는다고 할 수 있다. 기표로서 당시의 문자 언어와 평측 운율이나 술술 입에 잘 오르는 구구법의 음성 언어, 식물인 장미꽃 모두 우리가 나타내려는 기의와는 경상적으로 반복적으로 관계가 이루어지므로 우리의 머리에 고도의 자동화 행위가 형성되는데, 심리학에서 이런 현상을 '개인 무의식'이라고 부른다.

무의식은 인간으로 하여금 특정된 문화 중의 가치관이나 행위 규칙을 자각되지 않은 상태에서 자연적으로 드러내게 한다. 기표를 구축한 후 경상적이고 반복적인 실천을 거쳐 형성된 무의식은 기억의 부담을 덜어줄 수 있다. 아울러 무의식이 초래한 인지적 관성이나 사고 패러다임 역시 사람들로 하여금 기호의 생성 메커니즘에 대한 관찰이나 체득을 등한시하게 만든다. 크레치(Krech)는 『심리학 요강』에서 다음과 같이 밝혔다. 사람은 외계의 자극이 생길 때 "새로운 것을 추구하고" "호기심을 가지는" 특징이 있는데, "완전히 확실한 상황(신기함이 없고 경이로움이 없

173

고 도전이 없음)은 흥취를 극히 적게 유발하거나 흥취를 극히 적게 유지할 수 있다.'[95] 이 문제에 대하여 러시아 형식주의 대표적인 학자인 슈클로프스키는 '낯설게 하기'라는 개념을 내놓았다.

그는 "예술이 존재하는 이유가 바로 생활에 대한 사람들의 지각을 찾게 하여 사물을 지각하게 하는 것이며… 단지 사물을 알게 하는 것이 아니다. 예술의 기교는 대상을 낯설게 만들고, 형태를 난해하게 만들고, 지각 과정을 더욱 곤란하고 길어지게 하는 것이다."[96] 기표의 '낯설게 하기' 차용은 사고 패러다임을 타파하여 인지적 관성의 효과적인 경로를 회피하게 했다.

당대의 화가 웡윈펑(翁云鵬)은 유화 창작에서, '텔레비전'과 '컴퓨터'라는 두 가지 시각적 영상 기호를 포트(port) 운반체로 하여 모든 작품의 창작에 매번 도입함으로써 주체의 하나가 되게 했다. 텔레비전이나 컴퓨터에서 움직이는 시각적 영상의 어느 한 폭의 정지된 화면마저도 유화작품에서 시각적 언어의 기표로 될 수 있다.

웡윈펑은 유화 'CA1512 항공편'에서, 텔레비전에 방송된 911 테러 장면을 표현했는데, 여객기와 세계무역센터와 충돌하면서 짙은 연기가 발생하는 그 순간을 스틸(定格)했다. 작품은 심지어 텔레비전까지 시각적 메시지로 삼아 유화에 나타내어 기표의 일부분이 되게 했다. 텔레비전 외에, 푸른색으로 선염한 기내의 조용하고 평화로운 환경과 대조시키면서 제3자라는 방관자의 각도에서 서로 다른 두 개의 세계에서 발생하고 있

---

95) 크레치 『심리학 요강』 북경, 문화교육출판사 1982.
96) 슈클로프스키 『기법으로서의 예술』, 『산문 이론』, 류중츠 역, 난창, 백화주 출판사 1997년판 5쪽.

는 모든 것을 받아들이게 했다. 유화 '망경하 음서로 대중음식점(望京河蔭西路大衆餐館)'에서 화가는 리위췬(李宇春)이라는 대표적인 '슈퍼 걸' 선수가 화려한 무대에서 열창하는 텔레비전 영상의 순간을 스틸해 기표로 유화에 차용하여 창작 주체의 일부분으로 되게 함으로써 유화의 다른 하나의 주체인 소박하고 깔끔한 음식점과 대조를 이루게 했다.

일반인들은 현실세계만 보거나 매체의 미러(鏡像) 이미지만 보았지만, 웡원펑은 시야를 보다 넓히었다. 일반인들이 밀집한 일상적 경험에 익숙해지고 영상 기호의 논리를 전부 공감하면서 집단적으로 실어(失語)하는 처지에 빠질 때 웡원펑은 제3자라는 방관자의 시각에서 일반인들이 늘 함께 해서 관심을 두자 않는 생활상을 드러내 보였다. 이 같은 '낯설게 하기' 차용 방식은 관객들의 생활에 대한 신선한 느낌을 불러일으켜 유화 작품을 관조하는 관객들의 시간을 연장시킴으로써 감지(感知)의 난도를 높여주었다. 이 '영상 중의 영상'의 '낯설게 하기' 창작 시각은 새로운 발화 방식으로 매체의 미러 이미지와 현실 세계간의 미묘한 관계를 드러내 보이면서 관객들의 경험 중의 무의식 상태를 회피하게 했다. 일상적 경험이 초래한 집단적 실어증을 타파한 동시에 처해 있는 현실 생활을 반성하게 했다.

중국 민간음악 분야에서, 국학문화 붐이 나타남에 따라 '신 아악'(新雅樂)이라는 예술형식이 시대의 요구에 의해서 생겨났다. 예술의 심미적 면에서 '신 아악'은 고대 미학의 이념을 흡수하여 추상적인 고대 예악문화라는 기표를 현대 매체화의 표현에 차용했다. 음악 「관저(關雎)」에서 작곡가 린하이(林海)는 전통 음악 구조 중의 5박자 리듬과 음계 중의 5성 음계를 음성 언어의 기표로 하여 음악작품을 표현하는데 채용함으로써 고전음악과 통속음악을 완벽하게 결합한 작품을 만들어냈다. 음악 「차의 향(茶香)」은 노래를 부르는 사람(애창자)이 고대 다도(茶道) 표현의 신체언어 묘사를 기표로 차용하여 연기·음악·가사를 하나로 만들었다. 뮤직비디오 「접련화(蝶戀花)」는 시각적 전달에서 '고대 여성들이 사용하던 종이 립스틱' '수공 자수' '고대 젓대(피리)' '고서적' 등 시각적 기표를 차용하여 피아노 반주라는 현대음악과 융합함으로써 관객들에게 고전 가락을 새로운 기법으로 연주하는 예술적 경지를 선물했다.[97]

시각과 청각의 감각 기관에 작용을 하는 현대 매체가 곡조가 수준이 높아서 따라 부를 수 있는 사람이 드문 고대 예악문화를 많은 관객들이 수용할 수 있게 만들 수 있는 것은 대중매체와 가시화할 수 있는 현대음악 형식(즉 뮤직비디오)에 편승하여, 시청각에 의지하는 기표를 예악문화를 표현하는데 차용했기 때문이다. '신 아악'은 예악을 음악모델로, 대중매체가 커뮤니케이션하는데 적합한 아문화(雅文化)의 정수(精髓)적 기표로 추상하여 현대 시각과 청각적 사유 속에 교묘하게 유입시켰다. 이 예악문화의 '낯설게 하기' 방식은 관객들에게 참신한 시청각 음악을 체험할 수 있는 기회를 만들어줬을 뿐만 아니라, 장기간 동안 이어 내려온 '아문화'에 대한 고정관념을 타파함으로써 천 여 년 간 문화의 융합과 공감을 이루어냈다.

그 어떤 기호 체계든지 사용 그룹의 집단무의식이 침음하는데, 매체 기호의 논리이든 기타 기호 체계의 발화 방식이든 마찬가지이다. 우리가 이런 기호의 논리에 익숙해질 때 이 같은 집단무의식은 우리의 세계관에 깊이 침염(浸染)하여 우리를 향해 메시지를 연속적으로 전송하면서

---

97) '아문화 시대- 양하이후이 블로그'http://hahuivip.blog.sohu.com에서 인용.

우리의 생활을 지배하고 인도한다. 피에르 부르디외(Pierre Bourdieu)가 "미디어 발화에 관한 논리적 표현이 사람들의 행위를 지배하고 통제"하는 문제를 언급할 때 밝힌 것처럼, 미디어 발화는 "일종의 인가(認可)이자 오인(誤識)이라는 행위를 통하여 완성된다. 이 같은 인가나 오인 행위는 의식이나 의향의 심층적 관념에 숨어 있다.'[98] '집단무의식'은 이렇게 생겨난다. 그리고 기표의 '낯설게 하기' 차용은 일상적 경험을 회피하는 기호의 논리를 교묘하게 선택하여 의미하거나 서사한다.

이 같은 의미나 서사는 기표를 해체(肢解)거나 재구성하고, 혹은 독립하거나 그룹화하는 수단을 통하여 사상을 드러내거나 감정을 토로하면서 텍스트와 관객들 사이에 강력한 장력을 형성하여 관객들의 관찰 시간과 감수의 난도를 연장시킴으로써 의사일정을 설정하는 정상적인 논리시스템을 타파하고 마음속에 숙달되어 있는 관성적 사고를 해체한 후 현현케 한다. 신규 매체기술이 신속하게 발전하고, 기표가 기뻐 날뛰는 포스트모던 사회에서 기표의 '낯설게 하기' 차용은 광란하는 기표한테는 정신이 들게 하는 주사나 다름없다. '낯설게 하기'는 사람들이 새로운 시각으로 익숙한 사물을 거듭 관찰하도록 자극하여 숙지했던 일상생활을 직접 느끼면서 본체만체 피하던 사물이나 케케묵어 생기가 없던 사물을 신기하게 만든다.

기표의 제조, 기표의 재조, 기표의 차용은 기표의 풍부함과 다양성을 구축하는 메커니즘을 형성한다. 일부 구체적인 기호 체계에서 기표의

---

98) 피에르 부르디외 『언어와 기호(상징) 권력』, 북경 화샤출판사 1998. Bourdied Pierre,Language and Symblic Power(M),Trans Gino Raymond and matthow Admson Cambridge Mass:Harvard University Press,1991

다양화로부터 메시지를 담고 있는 매체를 기표로 하는 다양화에 이르기까지, 커뮤니케이션 기술을 투입하여 다양화를 추진하는 것을 등한시해서는 안 된다. 지속적인 기술 혁신과 개발은 대중매체가 기표의 제조, 재조, 차용 세 가지 경로를 통하여 은유의 '현실 세계'를 구축하는데 도움을 주고 있다.

5. 기표의 다양성, 이데올로기 커뮤니케이션에 조력

앞에서 서술했듯이, 오색찬란한 시청각 성연(盛宴)의 배후에서 개개의 기표는 오색찬란한 데만 달가워하지 않고 어떤 종류의 내용을 뚜렷하게 지시하려 한다. 즉 오색찬란한 기표가 지시하는 기의는 어느 정도 이데올로기 색채를 띠게 된다. 하지만 기표와 기의의 관계는 장기간 동안 '관습화'(convention)에 은폐되어 그들이 공동 구축한 이데올로기는 저도 무르는 사이에 감화되면서 점차 감지하지 못하는 일종의 심미적 '관습'으로 되었다. 그렇다면 이 같은 '관습'이 어떻게 교묘하게 사람들의 사유 속에 형성될 수 있었는가? 다시 말하면 "기호를 커뮤니케이션하는 과정에서 오색찬란한 기표 자체가 이데올로기를 숨기는지 숨기지 않는지?" 하는 것이다.

1) 현란하고 다채로운 기표, 대중들의 심적 공감 격발

그 어느 국가의 대중심리든, 그 어느 시대의 대중심리든 모두 여러 가지 요소의 영향을 받으면서 다양한 측면의 특성을 나타낸다. 즉 시간적 요소와 공간적 요소의 공동작용으로 인해 대중심리에 다양한 의미가 구축된다. 그렇기 때문에 시간 차원의 역사성·시대성·유행성이든 공간 차원의 국가성(stateness)·민족성·지역성이든 모두 대중들의 심적 공감을 격발하여 기표의 문화적 의미(즉 기의)가 될 수 있다. 그러하다면 기표를 선택하거나 구축할 때 이 같은 요소를 배려하면 공감을 얻으면서 기호의 커뮤니케이션에 적극적인 추진 작용을 하게 되지만, 이 같은 요소를 등한시하면 기표는 고립되고 무미건조해지어 공감을 불러일으키기 힘들어지면서 커뮤니케이션 능력을 상실할 수 있다.

사회 발전 이념으로서의 '조화로운 사회 구축'이라는 슬로건이 사회 각계에서 보편적으로 받아들일 수 있는 것은 관련 이념이 사회생산과 생활 여러 측면에 광범위하게 응용할 수 있어 인류사회의 발전 법칙에 부합되기 때문이며, 더욱 중요한 것은 오늘날 대중의 심리1, 민족의 요구와 공감대를 형성할 수 있기 때문이다. 그리고 공감이 생길 수 있는 것은, 기의로서의 사회발전 이념이 한 적절한 기표에 의해 타당하게 적재되고 표현되었기 때문이다. 기표로서의 '조화'를 '융화'거나 '타협'으로 해석하는데, 그의 외연적 기의는 이미 고금동서의 여러 분야에 침투되어 있었다. 중국에는 예로부터 '화위귀(和爲貴), 해위미(諧爲美)'라는 말이 있었고, 오늘날에는 '가화만사흥(家和萬事興)'이란 말이 있다. 고대 그리스 철학자 헤라클레이토스는 "아름다움은 조화로움에 있다"고 밝혔고, 수학자 피타고라스는 "자연계는 수학과 조화로움이 통제한다"는 판단을 내놓았다. 이런 것들이 바로 대중들이 기표로서의 '조화'를 받아들이고 인가하는 역사 문화적 조건이 되고 사회의 심리적 토대로 되는 것이다.

오늘날 기표로서의 '조화로운 사회 구축'이 사회분야에 광범위하게 응용될 수 있는 것은 주로 중국경제가 30년 사이 급성장하는 과정에서 일련의 조화롭지 못한 사회적 현상이 발생했기 때문이다. 예를 들면 인류는 자연환경을 파괴하는 대가를 치르면서 경제성장만 추구한데서 사람과 자연의 부조화를 초래했고, 도시와 농촌 지역의 격차가 점점 벌어지면서 사회구조의 부조화를 초래했으며, 관리와 서민 간의 모순이 사회 계층 간의 부조화를 초래했고, 사회적 분배의 불공평이거나 지나친 빈부 격차는 사람과 사람 간의 부조화를 초래했다. 따라서 사람들은 이 같은 문제가 해결되어 조화롭고 화목한 사회환경이 형성되기를 간절히 바랐다. 기표로서의 '조화로운 사회 구축'의 기의가 바로 사람과 사람, 사람과 사회, 사람과 자연의 조화로운 발전을 강조하는 것으로서, 이는 공정한 사회를 동경하고 조화로운 이익을 추구하는 현시대 대중들의 호소와 영합된다. 그리하여 이 같은 대중들의 내적 호소와 기표로서의 '조화'는 공감대를 형성할 수 있게 되었다.

아울러 '기표로서의 '조화로운 사회구축'은 '조화로운 세계'를 갈망하는 국제 사회의 요구에도 부합된다. 이는 중국사회 발전의 필연일 뿐만 아니라 세계 조류와 추세에도 부합된다. '녹색'이라는 개념 역시 생태와 환경 과학분야로부터 점차 사회 생활의 각 측면에 침투되면서, 파생한 관련 개념이 각 분야에 보급하고 응용되고 있는데, 이는 '녹색'이라는 기표가 대중들의 강렬한 마음을 적절하게 적재하고 표현하며, 대중들의 심적 욕구를 제 때에 도출함으로써 대중들의 마음에 공감대를 형성했기 때문이다. 기표 '녹색 식품'은 '무오염, 무공해'라는 건강한' 기표를 적재하기에 건강식품을 바라는 대중들의 소망에 부합되고, 기표 '녹색 소비'는 상업(매매)적 함정, 소비에서의 사기 행위를 극도로 증오하는 대중들의 불만의 외침소리를 대변하고 있으며, 기표 '녹색 기술'은 사람과 자연과의 신형 관계를 제시함으로써 대중들이 시급히 해결하기를 바라는 사람과 자연과의 관계를 어떻게 처리하느냐 문제에서의 지향점을 밝혀주었다. 그리고 기표 '녹색 시청률'은 텔레비전 프로에서, 사상 내포를 거부하고 단순히 시청률만 추구하면서 대중들의 시청 흥취와 심미 취향을 그릇된 방향으로 오도하던 것을 바로잡았으며, 대중들을 요구에 만족을 주고자 건전하고 긍정적인 문화 환경을 마련해주었다.

이로부터 우리는 생존이념이든 문화이념이든, 또는 사회발전이념이든 정부 집권이념이든 기업성장이념이든… 그것을 선택하고 출범시키려면 이 이념을 적재하는 기표가 대중들의 심리와 민족의 요구에 부합되느냐를 충분히 고려해야 하고, 역사적 발전 추세와 조류를 대표하느냐를 충분히 고려해야 하며, 시대적 조건 하에서 대중들의 마음에 공감을 형성하여 동질감을 느끼게 할 수 있느냐를 충분히 고려해야 한다는 것을 알 수 있다. 이렇게 해야 만이 기표가 지구적인 생명력을 가지고 커뮤니케이션을 폭 넓게 할 수 있으며, 이렇게 해야 만이 대중들의 생활 열정을 대대적으로 격발시킬 수 있을 뿐만 아니라 사람과 자연의 관계, 사람과 사람의 사회관계에 양성적 상호작용을 형성케함으로써 사회가 진보발전하는데 추진역할을 할 수 있다.

2) 각양각색의 기표는 예술적 흡인력과 사상을 커뮤니케이션할 수 있는
   효력, 공감대를 육성할 수 있는 효력을 가지고 있다

개방된 다차원의 시대가 찾아올 때 사람들은 물질적인 넉넉함과 여유로움을 추구하게 되는 동시에 정신적인 다채로움을 추구하게 되는데, 이때 경제, 정치, 문화·종교 지어는 기술까지도 기표가 다양해지는데 촉매제 작용을 하면서, 기표로 하여금 보다 친화력이 있고 흡인력이 있고 커뮤니케이션 효력이 있고 육성 능력이 있는 목표를 향해 가속도로

전진하게 하면서, 기의를 커뮤니케이션하는데도 더한층 도움을 주게 된다. 어떻게 옷을 예쁘게 입거나 존엄하게 입으며 세련되게 입느냐는 현재 우리 생활에서의 중요한 내용이 되었다. 하지만 우리 조상들이 생활하던 시대에는 단장을 한다는 말이 없었다. 그들은 자연적인 추위에서 견디어내고 생존하기 위해 풀이나 나뭇가지로 '옷'을 만들어 입었다.

추위를 피하거나 몸을 가리는 기능은 그 시대 옷의 유일의 내포였다. 하지만 18세기에 들어선 후 유럽에서는 몸을 가리는 옷의 기능에 다른 한 가지가 의미가 추가되었다. 당시 섹시한 정취를 자아내는 몸매를 더러운 물건이라고 간주하는 풍조가 있었다. 그리하여 '문명'적인 옷차림으로 육체를 은폐하기 시작하면서 몸매보다 옷차림(패션)에 더 신경을 쓰게 되었고, 옷차림은 절대적인 문명으로 부상했다. 중국에도 이와 비슷한 사례가 있었다. 봉건시대, 중국에서는 여성들의 융기된 몸 부분을 천으로 감싸 평평하게 만들거나, 발을 꽁꽁 묶어 '전족'을 만들었다.

이것 역시 '더러운 육체'에 대한 문명적인 옷차림의 '수정'이었다고 할 수 있다. 18세기 유럽의 옷차림이나 봉건시대 중국에서 천으로 여성들의 융기된 몸 부분을 감싼 것이 풀이나 나뭇가지로 추위를 피하고 몸을 가리던 것보다 사회적 의미와 기호적 의미가 분명한 것은 틀림없다.

다만 먼 옛날, 물질적 조건이 부족하고 사상이 낙오하여 기표로서의 옷차림을 속박하고 통제한데서 옷차림은 단조롭고 무미건조하거나 우매한 역사적 내포를 적재하고 있었다. 두터운 역사의 서화첩을 들춰보면, 물질이 풍족해지고 사상이 활약함에 따라 단일한 사회적 기능을 적재하고 있던 기표들이 점차 생명력을 잃어버렸다는 것을 알 수 있다.

오늘날, 오색찬란한 패션은 옷이 계급 속성과 사회적 정체성을 드러내는 역할을 할 뿐만 아니라, 그의 상징적 특징을 통하여 우리들에게 예술적 매력을 전시하고 사상적 내포를 전달하며 정신적 공감을 격발하는데 더욱 치우친다는 점을 제시해주고 있다. 최근 몇 해 동안의 패션쇼에서 남성들의 패션을 보면, '역할연기'의 디자인 수법은 패션이 개성을 가지게 했을 뿐만 아니라 기표로서의 패션 디자인을 풍부하고 다채롭게 만들었다. 기표로서의 비행사 점퍼나 중세기 귀족들이 입은 자수한 상의는 권위나 신분을 나타냈고, 울긋불긋한 실크 스카프나 목이 긴 부츠는 노련하고 패션적인 예술 분위기를 커뮤니케이션했다. 독특한 스타일의 패션 디자인은 남성들의 스마트함을 깔끔한 라인, 명쾌한 윤곽을 부각시켰다면, 다채로운 기표는 기호의 운의(韻意)를 커뮤니케이션했다.

모델들은 표현력이 있는 패션 디자인을 통해 관객들의 이목을 끌고 그들의 마음을 사로잡으면서 예술적 흡인력을 전달했다.

스타를 열광적으로 만들어내는(스타 인큐베이팅) 시대에 영화는 패션에 다양한 내포를 부여하고 있다. 기표로서의 인물 조형은 신사든 반역자든, 따뜻한 인물이든 냉혹한 인물이든, 수려한 인물이든 복고적인 인물이든 다양한 이물 형상과 인물 성격을 부각할 수 있다.

아이젠하워의 점퍼, 제임스 딘(james dean)의 점퍼나 청바지 패션, 말론 브란도(Marlon Brando)가 출연한 '사나운 인간'에서 나오는 오토바이 운전사의 디자인, 마이클 케인이 출연한 '겟 카터'(1971)에서 주인공 겟 카터가 입은 바바리코트, '007' 주인공 제임스 본드의 영국 신사 이미지…… 등이다. 이밖에 색조·조명·구도를 기표로 하여 관객들이 수용하는데 편리하도록 여러 가지 방식으로 조합하고 배열하는 것, 몽타주를 하는 여러 가지 편집 방식을 기표로 하여 플롯을 전개하는 동시에 감독의 감정이나 사상 내용을 침투시키는 것, 소리의 고저 변화를 기표로하여 스토리가 전개됨에 따라 플롯의 발전 과정을 밀고 나가는 것 등이다. 이 일련의 기호의 기표는 관객들과의 거리감을 좁혀주면서 관객들과의 정신적 소통을 달성하고 투합을 달성하게 할 뿐만 아니라, 영화가 더욱 강한 이념적 커뮤니케이션을 할 수 있도록 만든다. 그러나 흑백 영상, 단일한 구도, 지속적인 롱 테이크, 음성 원소가 부족한 기표는 오히려 관객들의 자유로운 연상을 불러일으키기 어렵다.

기표는 사소하게는 생활 속의 의식주행으로부터 크게는 나라의 국제적 이미지에 이르기까지 다양하지만, 그 어느 것 하나 등한시 할 수 없는 주요 인자이다. 기호학의 각도에서 문화적으로 인정한 이데올로기 장벽을 제거하고 관조한다면, 이 같은 커뮤니케이션 효과를 최종 달성하기 위해서는 다양한 기표가 가져다주는 공감대를 육성할 수 능력에 의존해야 한다는 것을 어렵지 않게 발견할 수 있다. 여기서 '다양성'을 강조하는 것은, 단조로운 콜라주나 쌓아놓은 기표로 하여금 드러난 현상을 주목하는데 머물면서 기호 수용자들의 정서나 가치관과의 소통을 등한시하게끔 만들 수 있기 때문이다.

싱가포르 학자 지원(紀贇)은 중국 국가 이미지를 홍보하는 영상을 보고 이렇게 평가한 적이 있다.

"나는 최근의 이 홍보영상을 보면서 과거 홍보영상들과 다른 점이 없다는 것을 발견했다. 아름답고 절묘하게 만들어 보기에는 세속을 초탈한 천국 같아도 귀의할 수 있는 인간적인 따스한 느낌을 별로 안겨주지 못했다. 하지만 이 점을 서양문화에서는 아주 중요시한다. 특히 이번 홍보영상에 등장하는 인물은 모두가 '중국인' 안중의 명인들이어서 야오밍(姚明)과 장쯔이(章子怡)를 제외하고는 일반적인 미국인들이 알아보기 힘들다고 나는 생각한다. 얼굴도 이름도 모르는 한 무리 사람들이 화면에 살짝 나타났다 사라진다고 하여 한 국가에 대한 외국인들의 인상이 바꿰어 질 수 있단 말인가? 물론 그렇게 될 수는 없는 것이다."[99]

　지당한 말이다. 공감대를 형성하려면, 기표의 다양성이 아름답고 절묘한 시각적 감각 기관에만 머무를 것이 아니라, 시각적 감각기관을 비롯하여 의미가 보다 광범위하고 다양한 기표까지 포괄하도록 요구해야 한다. 이는 결코 무질서하게 쌓아놓은 광란적인 기표들을, 잠깐 동안 감각기관의 자극을 만족시키는 순간적인 소모품으로 되게 할 것이 아니라, 인간적 배려를 출발점으로 하고 공감대를 형성하는 것을 지향점으로 되게 해야 한다. 이 같은 다양성만이 기표와 해석자가 정신적으로 더욱 수월하게 소통하고 교류할 수 있게 하면서 믿을 수 있는 매개를 구축함으로써 공감대를 형성할 수 있는 능력을 생성할 수가 있는 것이다. 즉 수용자가 쉽게 받아들일 수 감화될 수 있는 민간적인 기표를 가지고 중국 국가 이미지를 커뮤니케이션해야 한다.

　시대적 발전은 기표를 제조할 수 있는 기회를 제공했을 뿐만 아니라, 기표를 제조하는데 있어서 여러 가지 요구를 제출했다. 기표의 다양성은 곧 시대의 발전에 순응하여 생성된 기표의 파생물이다. 현재 우리는 패션(옷)의 부호화가 상고시대의 어느 나뭇잎 하나에서 비롯되었는지 봉건시대의 어느 한 조각 천에서 비롯되었는지는 단정하기 어렵지만, 패션이 오늘날 사회생활에서의 기호가 되었고, 같지 않은 패션이 같지 않은 의미를 나타내면서 같지 않은 사회적 신분과 추구하는 가치를 드러낸다는 점은 의심할 여지가 없다.

　그중에는 기표로서의 패션이 겉으로 드러내는 다양성으로 인해 보다

---

99) 지원, 『중국 국가 이미지 홍보영상은 중국이 아직도 세계를 이해하지 못했음을 말한다』. 인민넷 강국 지역사회 2011년 1월 27일. http://bbs1.people.com.cn/postDetail.do?id=107058160.

강한 흡인력이나 커뮤니케이션의 힘 그리고 육성 능력을 가질 수 있으며, 보다 수월하게 지시하는 목적에 도달할 수 있는 것이다. 아울러 우리가 주목할 점은, 단순히 기표의 아름답고 절묘함만 추구하면서 간단하게 귀의감만 쌓으며 인간적인 온정을 거부한다면, 기표가 영구적인 생명력을 잃어 태어난 날이 곧 소진되는 날이 될 것이므로, 기염을 토하며 메시지를 전달하고 감정을 커뮤니케이션하며 믿음을 육성한다는 것은 운운조차 할 수 없는 것이다.

3) 기표는 커뮤니케이션에 편승하여 이데올로기의 '연착륙'을 달성

기표의 커뮤니케이션 편승이란 커뮤니케이션 효과를 차용하는 것으로서, 문자 기호나 화면기호, 음성 언어기호의 기표(기표1)를 그대로 가져다 다른 기호에 이식하여 그 기호(기호2)의 기표(기표2)로 삼는 것을 말한다. 두 기호의 기의와 지시대상은 유사성이 존재하지 않을뿐만 아니라 논리적인 상관성도 존재하지 않는다.

이는 기호2가 기호1이 가지고 있는 기존의 커뮤니케이션 효과를 획득하기 위해 취한 한 가지 교묘한 책략에 지나지 않는다.

얼마 전 도미니크 스트로스-칸 국제통화기금 전 총재의 성추행 스캔들이 삽시간에 핫이슈로 불거진 적이 있었다. 성추행 화제가 식기도 전에 프랑스 파리의 식탁에 'DSK'라는 핫도그가 오르면서, 많은 고객들의 이목을 끌었다. 'DSK'라는 문자기호의 기표는 본디 세 개의 영어 자모를 배열한데 불과했지만, 칸의 성추행 사건이 세계적인 화제가 되자 그의 전체 이름 도미니크 스트로스-칸(Dominique Strauss-Kahn)의 약자 'DSK'가 사람들이 주목하는 문자 기호로 부상한 것이다. 즉 칸의 약자

'DSK'는 현재 파리의 한 패스트푸드 가게에서 고객들이 가장 즐겨 찾는 핫도그 브랜드로 자리 잡았다. 같은 'DSK'이지만, 파리의 이 패스트푸드 가게에서는 영어 '극치 소시지 핫도그'의 약자였다. 이 판촉 전략이 바로 기표의 차용이다.

이 두 기호 중, 기의1이 도미니크 스트로스-칸의 약자이고 지시대상 1은 칸 국제통화기금의 전 총재라면, 기의2는 '극치 소시지 핫도그'의 약자이고, 지시대상2는 핫도그라는 식품이다. 같은 기표 'DSK'의 두 개 기의는 그 두 개의 지시대상과 유사성이 존재하지 않을뿐더러 논리적인 상관성도 존재하지 않는다는 것을 곧바로 발견할 수 있다. 다만 전의 한 기호가 기존의 커뮤니케이션 효과를 획득했을 때 그의 기표를 차용했을 뿐이다. 이 같은 방법은 사람들이 신규 기호를 인지하는 과정에서의 시간적 문제를 해결할 뿐만 아니라 기호의 커뮤니케이션 효과를 확대시키는데도 도움이 된다. 패스트푸드 가게 주인이 말한 것처럼 "우리는 영어 자모의 약자를 그대로 도입하여 소시지 핫도그를 명명함으로써 국내외 정계와의 거리감을 좁혀주고 고객들이 이 핫도그에 관심을 가지도록 만들었다." 따라서 미국식의 핫도그가 프랑스식의 커뮤니케이션 효과를 보았다는 유머가 생겨났다. 보다 심층적으로 보면 이는 이데올로기의 다국적 커뮤니케이션을 달성한 것으로서, 칸의 성 추행 사건 배후의 국제정치와 경제적 배경, 그리고 유럽과 미국이 국제통화기금 총재 인선 관련 게임에 대한 프랑스 민중들의 태도를 연상할 수 있다.

4) 다양한 기표, '동형' 메커니즘 형성에 더욱 도움 줘

"기표가 하나의 함축적 의미의 기의를 가질 때, 우리는 이 기의와 기

표를 동형이라고 한다."[100] 현재 사회의 커뮤니케이션 시행 과정에서 '동형'은 언어 기호에서 관용어를 표현하는 데만 국한되는 것이 아니라 "시각 기호·패션·브랜드·음악 심지어 문화 전반에 모두 존재한다…"[101] '동형' 메커니즘의 형성은 상상과 사고를 완전히 무시하는 결과를 낳으면서 다양한 기표가 '동형' 메커니즘을 형성하는 주요 수단으로 되게 했다.

중국 국가 박물관에서 거행한, '루이비통(Louis Vuitton) 예술적 시공 여행' 전시회는 우리들에게 예술적 상상력이 넘치는 대담하고 호화롭고 현대적인 여행의 정취를 선물했을 뿐만 아니라, 다양한 기표가 브랜드의 '동형' 메커니즘을 형성하는데 추진 역할을 한다는 것도 검증해주었다. '루이비통 예술적 시공 여행' 전시회는 2011년 5월 30일 중국 국가 박물관에서 개막되었다. 높이 28미터, 길이 330미터 되는 중앙 전시 홀 중심에는 루이비통의 표지를 부착한 거대한 열기구가 '여행 탐험'을 온 참관객들을 맞아주었다. 정교한 순환식 카운터가 열기구 주변을 둘러싸고 갈색의 거폭 카펫이 전반 전시장은 물론 주랑과 광장에까지 깔려있었다. 기표로서의 이 일련의 다양한 시각적 이미지는, 루이비통을 상징하는 호화로움과 고귀함을 가리키고 있었다. 이렇게 해서 '동형' 메커니즘이 구축되었다. 루이비통의 브랜드를 상징하는 이 로고(LV)를 디자인할 때 그 영감을 프랑스 에펠철탑에서 얻었는데, 그 기표는 루이비통의 가방을 원소로 하여 이 랜드마크를 구축했다.

전시장의 정교한 예술적 구상은 기표로서의 에펠탑과 루이비통 가방

---

100) 쑤이옌(隋岩), 장리핑 『'동형'에 대한 근원 탐구와 해석』, 〈현대 커뮤니케이션〉 2011년 7호.

101) 쑤이옌(隋岩), 장리핑 『'동형'에 대한 근원 탐구와 해석』, 〈현대 커뮤니케이션〉 2011년 7호.

을 결합한 다음, 이중 기표를 공동 구축하는 과정에서 프랑스 브랜드라는 이 제품의 신분을 세인들에게 전시함과 아울러 루이비통이 에펠탑 같은 낭만과 패션을 전승했다는 느낌을 침투시킴으로써 로고로서의 자모 'LV'보다 시각적 충격을 더 강하게 주면서 참관객들을 보다 쉽게 감동시킬 수 있었다.

이는 참관객들로 하여금 기호 배후의 현묘함은 생각하지 않고, 호화롭고 고귀하다는 루이비통의 유일의 기의만 자연스럽게 받아들이게 함으로써 '동형' 메커니즘의 형성을 촉진하도록 했다. 전시회 서막에서 6대의 신형 고속 카메라로 각기 다른 각도에서 5미터나 되는 거석이 폭발하는 장면을 촬영한 화면을 선보였는데 시각 등 기표 측면에서 참관객들에게 강렬한 충격을 주었다. 이 시청각 성연 중의 개개의 기표 원소 모두가 루이비통의 호화로운 생활과 고귀한 신분이라는 이 유일의 기의를 가리키었고, 다양한 기표가 구축한 기의 가치의 분위기에 참관객들은 단단히 사로잡혀 교화되었다. 기표의 다양성은 참관객들의 눈길을 끄는 강력한 자기 마당이 되어 '동형' 메커니즘을 형성하는 주요 수단으로 부상했다. 전시 부스에서, 스티븐 스프라우스(史蒂芬 斯普鲁斯)가 2001년 디자인한 시리즈 트렁크, 무라카미 다카시(村上隆)가 2003년 디자인한 백, 그리고 리처드 프린스(理查德 普林斯)가 2008년 디자인한 작품들도 차례차례로 참관객들 앞에 나타났다. 트렁크를 손 모양의 걸이에 하나하나씩 걸어놓고 전시하여 마치 움직일 수 있는 생명이 있는 것 같아보였다.

바로 손 모양 걸이라는 기표의 융합이 트렁크에 생명과 존엄성을 부여했기에 진열될 제품들이 더는 메마르고 차디찬 전시물이 아니라 루이비통 브랜드에 친화적 특징을 주입하면서 브랜드가 전달하려는 상업적 가치를 보다 쉽게 구축할 수 있었으며, 참관객들을 은연중에 감화시키면서 루이비통의 소박하면서도 뛰어난 기질과 고귀한 신분적 상징을 스스럼없이 받아들이게 함으로써 '동형'이 확고해지고 커뮤니케이션이 시행되며 교화가 이루어질 수 있게 했다.

상술한 루이비통 전시회와 같이 시각, 청각 등 다차원적이고 복합적인 감각 체험을 통해 직접 현장에서 메시지를 접수하는 듯 하는 환경을 조성하는 것은, 문자 기호의 기표가 나타내는 메시지에 비해 사람을 더욱 감동시키고 메시지 신뢰도를 더욱 쉽게 높일 수 있어서 메시지를 교류하는 과정에 공감대를 형성할 수 있다.

다양한 기표의 공통적인 작용 하에서 함축적 의미를 가진 그 기의는 더욱 단일화가 되며, '동형' 메커니즘 역시 더욱 쉽게 형성된다. "'동형' 전반 과정에서 기표의 원래 기의의 가치는 매진되고, 동시에 전달자(정보보급자)의 의도에 따라 구축된 신규 기의를 주입함으로써 기호를 위해 '심미·품위·계층' 등 사회속성과 강력한 이데올로기 성질을 추가한다.

자연화 메커니즘을 통하여 기표와 기의를 동일시하게 만들거나 심지어 기의를 대체하게 만들기에 '동형'을 기표의 음모라 할 수 있다."[102] 한 마디로 말하면, 기표의 다양성은 약속한 것처럼 찾아와 공동으로 일종의 단일한 의미를 전달함으로써 '동형'을 형성한다.

바로 기표의 다양성이 '동형'의 형성 과정을 부채질한데서 모든 상업적 가치가 토대를 다질 수 있었고 모든 기존의 가치가 구실을 만들어 변명거리를 찾을 수 있게 되었다. 매체 기술의 발전과 진보는 인류생활을 다채롭게 만들 수 있다.

---

102) 쑤이옌(陶岩), 장리핑 『'동형'에 대한 근원 탐구와 해석』, 〈현대 커뮤니케이션〉 2011년 7호.

하지만 기표가 단일한 형태에서 현란하고 다양한 형태로 변천할 수 있는 배후에는 오늘날 사회적 문화의 새로운 현상이나 새로운 문제가 반드시 은폐되어 있다. 한편으로 기표의 다양성은 사회적 문화의 다채로움을 추진하고 번영을 추진하여 사회적 정서를 표현하고 울분을 토로하는데 도움을 주면서 메시지가 더욱 친화력이 있고 흡인력이 있고 전파력이 있고 육성 능력이 있게 한다. 다른 한편으로 매체기술이 급속히 변화하고 기표가 한층 다양해지며 메시지를 접수하기가 한결 편리해진 오늘날 우리는 각종 기표가 만들어낸 오색찬란한 세계를 향유하는 동시에 매체화와 기표화와 더불어 초래되는, 내포가 소실되고 기표가 배제되는 폐단에 대해 마땅히 중시해야 한다.

기표가 철저히 해탈되어 광희(狂喜)하며 게임을 할 때 그가 존재하는 장은 역사적 언어가 사라지게 될 것이다. 이처럼 매체기술을 이용해 만들어낸 다양한 기표를 가지고 관객들의 비위를 맞추고 시청률을 추구하면서 상업적 이익의 소비문화를 도모한다면, 대중들의 가치관을 리드하여 주류문화와 도전하고 고차원의 문화와 도전하면서 허무한 역사의식을 키울 수 있으므로, 우리는 반드시 경계심을 강화해야 한다.

글로벌 시대인 오늘날, 메시지의 물질적 운반체로서의 매체 역시 의미를 커뮤니케이션하므로 우리는 기표 자체의 이데올로기 속성에 주의할 필요가 있는데, 기표는 완전히 중립적인 것이 아니라 선호하는 사고방식과 이데올로기에 소속되려는 경향을 가지고 있기 때문이다. 닐 포스트먼(Neil Postman)이 밝힌 것처럼, 매체는 유력하지만 은폐적인 방식을 가지고 현실세계를 정의한 다음 그것으로 우리가 사물을 대하고 이해하는 방식을 지도한다.

하지만 그 개입은 항상 누구도 모르게 슬며시 한다.[103] 마찬가지로 기호 의미의 운반체로서의 기표는 이데올로기 경향을 가지고 있어서 그 다양성이 '동형' 메커니즘의 조력을 받을 경우, 수용자들은 강제적 커뮤니케이션이라는 것을 거의 감지할 수 없게 된다. 따라서 매체나 기표에 대해 분명한 인식을 유지할 필요가 있는 것이다.

---

103) 닐 포스트먼, 『죽도록 즐기기』, 자옌·우옌팅 역, 광시 사범대학교출판사 2009.

제8장

‘동형(同构, isomorphic)’은 문화 및
기호 가치의 메커니즘을 조종

제8장
'동형(同构, isomorphic)'은 문화 및 기호 가치의 메커니즘을 조종

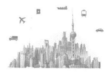

우리는 기호의 의미 증가를 사회 자본 축적의 새로운 원천으로 하는 소비시대에서 생활하고 있다. 일부 학자들이 포스트모던 언어 환경에서 기호가 탈락되어 기표의 광희만 남았다고 걱정하고 있는데 전혀 이치에 맞지 않는 것은 아니다. 하지만 사실 실생활에서 우리의 가치 판단, 사회문화 내지 소비 행위 모두는 기호가 부여한 심층적 의미를 떠날 수가 없다. 즉 고도로 부호화된 오늘날, 우리는 더는 기호 배후의 의미가 어떻게 산생되었는지에 관해서 유의하지 않고, 기호가 나타내는 이런 의미를 직접 인정할 뿐만 아니라 각종 '천성'이나 '자연스러움'에 좇아 자기와 타자를 구축하면서 보기에는 당연한 것 같은 무수한 신화를 추론해 낸다. 이 같은 '천성'이나 '자연스러움'이 바로 기호학 중의 '동형'이다.

기호가 사회적 의미를 구축하는 신비한 베일을 벗기려면 커뮤니케이션 과정에서의 기호의 모략을 꿰뚫어보아야 하는데, '동형' 현상은 우리가 반드시 풀어야 할 수수께끼이다.

1. 동형의 근원과 해석

서양의 고전적 기호 학자들은 기호의 함축적 의미 측면에서의 기의의 다의성[104]에만 주목하고, 일부 기호의 함축적 의미 측면에서의 기의의 단일성에는 등한시했다. 즉 일부 기호의 함축적 의미 측면의 기의가 언어 환경의 변화에 따라 다의성을 가지지 못하고 그 기의 가치가 영원히 단일하거나 불변적인데, 이 같은 상황을 '동형'이라고 한다. '동형'은 기호가 커뮤니케이션하는 의미의 최종 심층적 메커니즘이다.

'동형'이라는 술어가 문학 및 예술 비평에서 날로 폭 넓게 쓰이고는 있지만, 학과별로 분야별로 각기 다른 내포를 가지고 있다. '동형'을 해석하고 활용한 각종 상황을 종람하면, 대부분 게슈탈트 심리학 중의 '동형'이라는 일설에서 가져왔는데, '같은 구조' 혹은 '공통 구성'이라는 뜻이다. 롤랑 바르트도 한때 '동형'이라는 술어에 무척 관심을 보였지만 유감스럽게도 '동형'에 관한 해석에서 모호하고 혼동하는 구석이 적지 않다.

그러나 '동형'에 대한 그의 조명을 통해 우리는 그래도 '동형'이라는 말이 '동형이성'(异質同构)과 구별되는 한 가지 다른 기능이 있다는 것을 포착할 수 있었다. 따라서 '동형 현상 배후에 깊숙이 숨어있는 기호 커뮤니케이션 메커니즘을 가일층 발굴하기 위해 본 장에서는 각종 '동형' 현상으로부터 착수하여 기호학 중의 여러 가지 신화가 어떻게 형성되어 커뮤니케이션하고 사라지는지를 탐구했다.

---

104) 隋岩, 「符号伝播的詭計」, 『電視學(第二輯)』, 北京 : 中國伝媒大學出版社, 2008.

1) 분야별 '동형' 현상

'동형'은 "두 개 이상의 수학적 대상물들 사이에 동형사상(isomorp
hism)이 존재할 때, 그 대상물들을 서로 동형(isomorphic)이라고 한다.
어떤 대상물들이 동형이라는 것은 표현 방법이 다를지라도 구조상 동일
한 형태를 갖고 있음을 의미한다"[105]는 추상대수학의 주요 개념이다.

후에 이 개념은 각 학과에 이식되고 또한 보다 많은 의미를 파생시켰
다. 예를 들면 인문사회과학에서는 일반적으로 여러 대상물들 사이에
외적 형식에 차이가 있다 하더라도 내적 구조에서 일치성이거나 유사성
을 가지는 것을 가리킨다. 루돌프 아른하임(rudolf arnheim)을 대표주자
로 하는 게슈탈트 심리학자들에게는 '동형 이성'이라는 일설을 특별히 지
칭하는 개념이다. 이 이론을 당대 미학자들이 더욱 간략하게 해석했다.
그들은 심미 과정에서의 '심'(意)과 '상'(象), 그리고 예술작품에 대한 관객
들의 공감을 다음과 같이 해석했다.

게슈탈트 심리학의 미학은 자기(磁氣)의 '장'(場) 개념에 근거하여 '역'
(역학설力學說))의 패러다임이 심미적 지각에 형성되는 현상을 해석하면
서 유명한 '심리 물리 동형설'(isomorphism) 혹은 '동형 사상'이라는 가설
을 내놓았다. 이 설에 따르면, 외적 사물·예술패러다임·인물의 생리반
응이나 정신작용은 구조적 형식 면에서 모두 동일하기에 모두 '역학'적인
처리 모델을 가진다. 루돌프 아른하임은, 자연물이 각기 다른 형태를 가
지고는 있지만 모두 '물리력의 작용으로 인해 생겨난 흔적'이라고 생각했

---

105) http://baike.baidu.com/view/52009.htm.

다. 예술작품은 형식이 다르지만, 내적인 힘이 객관적 현실을 창조하는 과정을 활용한 것이다. 때문에 "일반적으로 서예를 심적 힘의 살아있는 도해라고 한다." 바로 이 같은 '동형 이성'이라는 작용이 있어야 만이 사람들은 외적 사물과 예술작품에서 모종의 '활력', '생명', '운동'과 '동태균형' 등 성질을 직접 감지할 수 있다…… 사물의 형태 구조와 운동 자체에 정서가 담겨있기에 심미적 의의를 가지게 되는 것이다.[106]

심미적 심리에 근거하여 형성된 '동형 이성' 설은 당대 예술 디자인 분야와 대중 커뮤니케이션 분야까지 확대되었을 뿐만 아니라 새로운 발전을 가져오면서 특수한 커뮤니케이션 효과를 가지고 있는 '동형 도형'을 형성했다.

예술 디자인에서, '동형 도형'은 각기 다른 표현 방식을 가지고 있다. 한 가지 방식은 두 개 혹은 두 개 이상의 도형으로 새로운 도형을 구성한 다음, 이 도형을 몇 개의 도형과 중첩, 변형, 조합을 거쳐 이전의 도형과는 다른 도형을 형성하는데, 이 같은 도형은 강력한 시각적 충격을 주면서 원래의 도형을 훨씬 추월한다. 다른 한 가지 방식은 '동형 이성' 설을 운용하는 것이다. 즉 각기 다른 요소를 운용하여 배열하고 조합하고 변형시키는 것이다. 하지만 최종 형성된 도형은 같은 사물이 된다.

그 밖의 한 가지 방식은 도형이나 문자의 이질성을 활용하여 최종 그림의 형태, 문자 묘사를 가지고 기의를 구축하여 한 가지 의미를 나타내는 것이다. 따라서 예술 디자인 분야에서의 '동형'은 상이한 재질이거나 이미지를 더욱 중시한다. 즉 상이한 기표의 외곽, 변형이나 프로세스믹

---

106) 歐陽周, 『美學新編』, 杭州, 浙江大學出版社, 2001, 253쪽.

스(加工組合)를 거쳐 형성된 같은 의미를 가지고 있는 기의를 더 중시하는데, 이 같은 '동형'이 의미를 더욱 형상적으로 표현함으로써 관객들의 공명을 더욱 크게 불러일으킬 수 있기 때문이다.[107]

소비자들의 관심을 신속히 초래하거나 심지어 그들의 태도를 전환시켜 최종 구매 행위를 발생시킴으로써 효과적인 커뮤니케이션을 달성할 수 있기에 오늘날 광고 커뮤니케이션에서는 이 같은 방법을 아주 광범위하게 활용하고 있다.

2) 롤랑 바르트 필 끝의 '동형'

롤랑 바르트는 『기호학 원리』에서 여러 차례 '동형'이라는 개념을 언급했을 뿐만 아니라 간단한 묘사까지 했다.

"우리는 언어구조를 지각할 수 없는 방식과 분리할 수 없는 방식에 의해 기표와 기의가 '접착'되어 있는 현상을 '동형'(isologie)이라 칭하여 비동형(非同构)의 체계(무조건 복잡한 체계임) 구별함으로써 후에 이 같은 종류의 체계에서 기의와 기표를 집적 병렬할 수 있도록 한다."[108]

하지만 롤랑 바르트가 이 책에서 보다 상세한 해석을 하지 않은데서 기호학을 연구하는 많은 학자들도 흔히 '동형'이 기호학에서 가지는 의의를 등한시했다. 그러나 롤랑 바르트 본인은 '동형'이라는 개념이 기호학에서 가지는 중요한 위치를 완전히 등한시하지 않았는지 『유행 체계:

---

107) 朱淑姣, 吳衛, 「同質异构和异質同构在图形創意中的符号學解析」, 『河南商業高等專科學校學報』 2008년 1호.

108) 롤랑 바르트 저, 李幼蒸 역, 『기호학 원리』, 중국인민대학교출판사, 2008, 29쪽.

기호학과 패션 기호』(systeme de la mode)라는 다른 한 저작에서 가일층 묘사하려 시도했다.

"패션 기호의 기의를 연구하기 전에 우리는 반드시 의미가 설명하는 두 가지 유형, 즉 기표가 명확히 가리키는 세사(世事)의 기의(A그룹: 견사=여름) 그리고 기표가 전반적 방식으로 가리키는 은연중에 내포되는 기의 즉 우리가 연구하려는 공시적 유행(B그룹: 옷섶을 열어놓은 카디건, 잘록한 허리=유행), 이 두 그룹 간의 구별이 기의의 표현 방식에서 기원되었다는 점을 회상해야 한다. A그룹에서, 언어 중의 상황과는 반대로 기의는 자체의 표현 방식(여름·주말·산책)을 가지고 있는데, 양자 모두 하나의 서술어라는 문제가 존재하기에 이 같은 표현은 기표의 표현과 마찬가지로 같은 종류의 실물로 형성될 수 있다. 하지만 이런 서술어는 서로 다르다. 기표에서 그들은 패션이라는 어휘 체계를 함께 누린다.

기의에서 그들은 '세사'(世事)의 어휘 체계를 함께 누린다. 따라서 여기서 우리가 기표에 신경을 쓰지 않고 기의를 제멋대로 처리하려면 기의를 가져다 구조화 진행 과정에서 테스트를 할 수 있다. 그것은 기의가 언어의 중개 역할을 하기 때문이다. 이와는 반대로 B그룹에서 기의(유행)는 기표와 동시에 부여되는데 통상 자체의 표현방식을 가지지 못한다. B그룹 형식에서, 유행을 기록하고 언어를 서사하는 패러다임은 일치성을 유지하며, 이 같은 언어패러다임을 기표 '내부'에서만 기의에 부여한다. 이 같은 체계에서 우리는 기표와 기의가 동시에 '발화'가 되기 때문에 동형이라고 말할 수 있다. 동형(isologie)은 기표를 '이탈'하면 안 되기에(메타언어의 도움을 받지 않는 이상) 기의의 구조화에 말썽을 끊임없이 일으킨다. 구조 언어학의 어려움 역시 이 점을 입증하고 있다. 하지만 B그룹이라 하더라도 유행 체계가 언어 체계는 아니다.

언어에서 기의는 다양화이지만, 유행에서는 매번 동형이 존재하므로 언제나 동일한 기의라는 문제가 나선다. 요약해 말한다면, 한 해 동안 유행, 그리고 B그룹의 기의(패션 특징)는 모두가 일종의 은어 형식에 지나지 않는다. 따라서 B그룹의 기의는 모든 구조화 과정을 피하기에, 우리가 반드시 가일층 노력하여 편성할 구조는 A그룹의 기의뿐이다.[분명한 세사(世事)적 기의][109']

'동형'에 관한 롤랑 바르트의 이 묘사에서 우리는 그가 '기표'로서의 '패션'과 '기의'로서의 '유행' 간의 대응 관계를 대표적인 '동형'으로 간주했을 뿐만 아니라, 언어에서 기의의 다양성이 '동형'이 되자 '동일화' 했다는 것을 알 수 있다. 그러나 롤랑 바르트는 이 같은 동일화의 원인 그리고 발생될 수 있는 후과에 대해 지속적으로 연구하지 않았다.

그가 줄곧 '동형'이 기표와 기의의 '교착'이라고 강조하기는 했지만 이 같은 교착이 기표와 기호의 지시적 의미와의 교착인지 아니면 함축적 의미와의 교착인지를 설명하지 않았다. 우리는 그의 저작에서 이 같은 의혹을 풀 수 있는 명확한 답안을 찾을 수 없었다. 이리하여 롤랑 바르트는 차세대 학자들에게 엄청난 해석 공간 내지 논쟁할 수 있는 학술적 명제를 남겨놓았다. 여기서 우리는 롤랑 바르트 필 끝의 '동형'이라는 정의를 환원하려고만 한 것이 아니라, 전인들이 연구를 토대로 하여 특수한 의미 작용을 가지고 있는 기호를 분석하면서 '동형'이라는 개념에 새로운 해석을 주입함과 아울러 당대 언어 환경 속에서 내포의 다양성을 주입하려 시도했다.

---

109) 롤랑 바르트 『유행 체계: 기호학과 패션 기호』, 앞의 책, 216~217쪽.

3) 기호학 시야에서의 당대 '동형'

사람들은 생활 속에서 다음과 같은 공감대가 이루어져 있는 것 같다.

어머니는 자애롭고 상냥하며 아버지는 건장하고 위엄이 있어야 한다 거나, 사랑을 표현할 경우에는 장미꽃이나 다이아몬드 반지가 빠져서는 안 된다거나, 스승(교사)을 칭송할 때면 '자기를 불태워 남을 비춰준다' 고 말한다거나, '한국 패션'은 유행이나 시대의 흐름을 의미한다거나, 화이트칼라에게는 소부르주아지 정서가 없어서는 안 된다거나…

각종 사회적 역할이나 사회적 현상 나아가 생산 제품을 표의로 하여 기호를 커뮤니케이션할 때 그 기의는 원래 다의적이고 모호하며 심지어 다변적이다. 그러나 특정된 사회적 역사 단계에서 특히 대중매체를 주요 커뮤니케이션 방식으로 하는 당대 사회에서 이 같은 기호는 의식적인 커뮤니케이션을 거친 후 그 기의의 다양성이 '여과'되어 단일성만 남게 되며, 사용자는 별로 생각하지도 않고 기호의 기타 기의를 정화해버리고 곧바로 현재 고정되어 있는 기의한테로 도약하게 된다.(예를 들면, 하나의 다이아몬드 반지는 지조가 굳고 바른 영원한 사랑을, 바이올린 연주가 곁들인 촛불 파티는 낭만적인 분위기를, 향수 샤넬 N°5는 섹시하고 고귀함을, 루이비통 핸드백이 신분과 지위를 의미하는 것 등) 하지만 이때 기호의 기타 기의는 소실된 것이 아니라, 특정된 역사 단계거나 언어 환경에서 강력한 커뮤니케이션 효과를 가지고 있는 기의에 가려져있거나 당대 커뮤니케이션 체계에서 퇴출했을 뿐이다. 바로 이 때문에 기호의 이 '단일한 기의'는 흔히 강력한 이데올로기 경향을 띠면서 이탈할 수 없는 사회성을 지니게 된다.

우리가 본문에서 논술하려는 '동형'은 기호의 기표가 역사적 변천, 이데올로기의 변화, 언어 환경의 전환 등 사회적 요소의 변화로 인해 커뮤니케이션 과정에서 함축적 의미의 단일한 기의와 자연스레 '교착'되어 분리할 수 없는 현상이다. '동형'은 기표의 음모로서 자연화 메커니즘을 통하여 기표를 기의와 동일시하거나 심지어 기의를 대체할 수 있다. '동형'은 기호의 함축적 의미의 기의를 강제적으로 기의 위에 부착하여 기의와 기표의 관계가 더는 애매하지 않고, 명백하고 확실하고 단일하게 만든다. '동형'은 원래 이데올로기화된 추상적인 기의 개념을 형상적인 기표 기호로 구체화하여 커뮤니케이션 과정에서 양자를 합쳐서 하나로 만듦으로써 기표가 기의의 '중개' 신분으로서의 표현을 완성하는 것이다.

이때 기호의 기타 기의 개념이 커뮤니케이션 체계에 진입하거나 표의 체계에 진입하는 것을 불허하는데, 일단 이 원칙을 위반하면 사회 법칙에서 일탈한 것으로 되어 당면하고 있는 사회 준칙의 도전을 받게 된다.

언어 기호 중에서 '동형' 현상의 가장 전형적인 구현이 '관용구'의 표현이다. 예를 들면, 우리가 자주 사용하는 관용구인 '눈을 팔다', '식은 죽먹기', '수박 겉핥기' 등과 같은 성구처럼 언어의 지시적 의미가 이미 커뮤니케이션 체계에서 퇴출하기는 했지만, 우리가 현재 사용하고 커뮤니케이션하는 의의가 바로 이 같은 관용구들이 역사, 사회적 관습, 언어 환경 등 요소의 영향 하에서 누적된 함축적 의미이기에 다양한 문화적 내포를 적재하고 다채로운 인문 역사와 인생 백태를 반영하면서 우리의 언어를 유머와 예지로 넘쳐나게 하고 흥미진진하게 표현하도록 만들어 주기 때문이다. 하지만 '동형'의 범위가 언어 기호 중 하나의 관용구에만 국한되는 것이 아니라 시각적 기호, 패션, 브랜드, 음악 심지어 문화 전반에 존재하면서 인류가 세계를 인지하는 시각에 깊은 영향을 미칠뿐더러, 커뮤니케이션을 하는 과정에서 새로운 의미와 관계를 구축한다. 우리가 '동형'이라는 이 기호 커뮤니케이션 메커니즘을 연구하는 의의가 바로 여기에 있다.

2. '동형'은 기호 커뮤니케이션 과정 중 기표와 기의의 단일한 의미 상관성

롤랑 바르트 등 기호 학자들은 기표와 기의의 의미 상관성은 자의적이며, 관습화라는 점을 강조했다. 하지만 우리 역시 그 어떤 표의 체계의 언어 기호(문자·음악·무용·몽타주 등 포괄)든지 일단 고유의 구문 규칙이 형성되기만 하면 표의의 강제성과 특정한 역사적 언어 환경에서의 단일성을 가지게 된다.

전반 '동형' 과정에서 기표의 원 기의 가치는 다 파서 없애버리고, 동시에 전달자의 의도에 따라 구축된 새로운 기의를 주입하는데, 이 새로운 기의는 강력한 이데올로기 속성과 사회적 속성을 가진다. 이때 기표는 이 특정된 기의와 관계를 맺을 뿐, 마음대로 기타 기의와 의미 상관성을 구축해서는 안 된다. 만약 그렇지 않으면 의미 소통 체계의 법칙을 위반하여 기호의 의미 커뮤니케이션 기능을 상실하거나 기타 전달자의 배척이나 꾸짖음을 당할 수 있다.

1) '동형'은 일종의 초강력 은유(超隱喩)이자 자연화 메커니즘의 극치 표현

기호의 함축적 의미 측면(층위)의 기의는 자연적으로 존재한 것이 아니라 목적적인 커뮤니케이션 과정에서 점차 형성되어 두 기호 간의 유사성, 상관성 심지어 상충적인 관계를 통하여 커뮤니케이션 과정에서

이루어진 의미의 이식이자 확충이다. 이런 기의는 지시적 의미가 될 수 없지만, 두 기호의 함축적 기의 측면의 기의가 특정된 언어 환경에서 상호 관계를 발생하면서 애초부터 사상성이 없던 '물건'을 이데올로기화 하여 기호에 '심미·품위·계층' 등 사회적 속성을 추가함으로써 기호 함축적 측면의 기의를 진일보적으로 만들어냈다. 예를 들면, '태산'(泰山)과 '장인'을 병치하여 정감이 없던 '태산'을 경앙(敬仰)하고 의뢰할 수 있다는 의미를 가지게 했다. 그리고 '동형'이 은유보다 놀라운 점은, 창건된 함축적 의미가 단일성을 구비하면서 본디부터 기호와 애매한 관계를 가지고 있던 기타 기의를 강요하여 커뮤니케이션 체계에서 퇴출하게 하며, 심지어 지시적 의미 측면의 기의까지 사람들이 망각하게 만든다. 결국 기호는 여과되어 이 단일한 기의만 남게 되고, 그 기의는 기표와 '교착' 되어 역사, 문화, 이데올로기가 공동 구축한 어느 한 기의를 커뮤니케이션한다. 때문에 우리는 이 같은 의의를 구축하는 것을 일종의 '초강력 은유'라고 여긴다.

예를 들면, '레이펑'(雷鋒)이라는 이 기호는, 특정된 역사 단계에는 "남을 도와주는 것을 낙으로 생각한다"는 하나의 기의만 있어서 기타 기의가 있을 수 없었다. '레이펑'이라는 기호는 본디 한 사람의 이름으로서 기타 성격 특징이나 얼굴 특징을 가지고 있을 수 있지만, 특정된 커뮤니케이션 언어 환경에서 우리는 오직 "남을 도와주는 것을 낙으로 생각한다"는 기의만 받아들였고, "남을 도와주는 것을 낙으로 생각한다"는 기의 역시 '레이펑'이라는 이 기표를 떠나서는 안 될 정도로 둘은 불가분리의 동체가 된데서 "레이펑을 따라 배우자"와 "남을 도와주는 것을 낙으로 생각하는 품성을 양성하자"는 등가적 표현이 생겨났다. 이 초강력 은유가 일단 형성되자 좋은 일을 하는 사람만 나타나면 '레이펑'과 병치되어 신격화된 기표로 부상했다. 따라서 우리는 별로 생각하지도 않고 '레이펑'을 가지고 남을 도와주는 것을 낙으로 생각하는 모든 사람을 비유하게 되었고, 특정된 사회 커뮤니케이션 언어 환경은 이 초강력 은유가 구축되는데 사회적 환경을 제공함으로써 기호가 유통 분야에서 그 어떤 부호화의 저애나 해독의 저애를 받지 않고 순조로운 커뮤니케이션을 달성할 수 있게 했다. 우리가 여기서 강조하고 싶은 것은, 이 같은 '동형'은 특정된 역사적 언어 환경 속에서 형성되어 교육시스템과 사회 문화적 '양성'을 통하여 완성되므로 당시의 특정된 언어 환경이 제대로 마련되지 않았다면, 이 같은 커뮤니케이션 효과가 발생할 수 없다는 점이다. 따라서 '동형' 현상의 근원적 역량은 그래도 어디에나 존재하는 커뮤니케이션 그리고 특정된 역사 배경이다.

우리가 레이펑과 "남을 도와주는 것을 낙으로 생각한다"는 기의가 하나로 '교착'되어 있을 때, 이 같은 필연적인 대체 지칭 관계가 형성된 원인을 캐묻는 사람이 더는 없는 것처럼, 한 총각이 장미꽃을 들고 사랑을 고백할 때 그 처녀는 장미꽃이 왜 반드시 사랑을 상징하느냐 하는 의문을 가지지 않는 것처럼, 샤넬 N°5 향수 광고가 화면에 나타날 때 무엇 때문에 이 향수는 고귀하고 호화스러움을 과시하는지를 설명할 필요가 없는 것처럼, '한류'가 중국사회에 영향을 미칠 때 우리는 '한국 패션'이나 '헤어스타일'이 꼭 유행이라 할 수 있느냐는 의심을 가지지 않는 것처럼, 서양문명과 동양문명이 병치되어 있을 때, 우리가 서양은 현대적이고 개방적이며 동양은 전통적이고 보수적이라는 생각에 의심을 하지 않는 것처럼…… 보기에는 당연한 것 같은 이런 현상들이 기표와 기의 관계에서의 역사성이나 문화성 심지어 정치성이나 상업성, 그리고 오랜 시간 동안 축적된 교육성까지 은폐하여 자연스러운 현상으로 만든다.

하지만 이는 객관적이고 진실한 자연스러움이 아니라 '이데올로기 상식'을 감춘 관습화된 자연스러움이다. 때문에 이런 이데올로기에 은폐된 '초강력 은유'는 극단적인 자연화이며 자연화 메커니즘이 기호 커뮤니케이션 과정에서의 극치 표현이라 할 수 있다. 실생활에서 우리는 대중매체 배후에 숨어있는 이 같은 '모략'을 제때에 의식하지 못할 뿐이며, 이 같은 모략은 장기적으로 우리의 가치관과 세계관에 영향을 미치며, 심지어 우리의 가치관이나 세계관을 구축해주기도 한다. 오늘날 소비사회의 왕림과 더불어 우리는 어디에나 존재하는 대중매체를 회피할 수 없을뿐더러 갖가지 커뮤니케이션 경로를 통하여 연출되는 소비 신화를 거부할 수 없기 때문에 부득불 형형색색의 기호에 붙어있는 가치를 계산할 수밖에 없다.

2) '동형'은 기표와 함축적 의미의 기의 간의 강제적인 '교착'

전인들은 기표와 기의의 결합 메커니즘을 흔히 '자의성'에 의해 확정했다. 하지만 '동형'은 이 같은 자의성을 뒤엎으면서 불가항력적인 강제성을 드러냈다. 이런 강제성은 기호 전달자가 미리 설정한 목적성에서 비롯된, 특정 계층 이데올로기의 부호화를 표현한 것이다.

'동형'은 기표가 단일한 기의와 하나로 교착되어 기타 기의를 배척함으로써 기타 기의가 커뮤니케이션 체계에 진입하는 것을 거부하게 만든다. 이때 기표와 기의의 교착은 단방향이어서 우리가 기표를 통해 기의에 곧바로 이를 수 있지만, 하나의 기의를 도리어 상이한 기표를 가지고 표현할 수 있다는 점에 반드시 주의해야 한다. 즉 기의는 동형이라는 형식이나 비동형이라는 형식을 통해 기표와 관계를 발생시킬 수 있다. 기표가 단일한 함축적 의미의 기의를 가질 때 우리는 이 기의와 기표를 동형이라고 칭한다. '장미꽃'과 그의 기의 '사랑'을 예로 든다면, '장미꽃'이라는 기표가 각기 다른 함축적 의미의 기의를 가질 경우 우리는 그들 관계를 동형이라 하지 않는다. 기표 '미국'은 그의 함축적 의미의 기의가 부강과 문명이라는 대명사로 될 수도 있고, 패권이나 강권이라는 의미가 될 수도 있는데, 구체적인 언어 환경에서만이 하나의 의미를 확정할 수 있다. 동형은 기표와 기의의 강제적 '교착'에 있어서 방향성이 있는데, 기표로부터 기의에 이르는 단일적 교착은 절대적이지만 기의로부터 기표에 이르는 단일성은 절대적이 아니다. 이것이 바로 기표 다양성의 구현이자 기표가 연쇄적으로 존재할 수 있는 합리성이다.

동형은 사회적 이데올로기와 불가분리의 관계가 있으며, 이데올로기는 두 가지 상황에서 동형에 영향을 미친다. 한 가지는 기호가 위 측면의 함축적 의미의 기의에 부착되어 더욱 효과적인 커뮤니케이션을 달성하거나 심지어 엄청난 기호 가치와 상업적 가치를 발생하는 상황이다.(예를 들면, 각종 상품가치와 사치품의 가치를 발생시킨다) 다른 한 가지는, 우리가 기의의 개념을 커뮤니케이션하려고 그 기의에 적당한 커뮤니케이션 기표를 찾아주거나 제조(예를 들면 각 단체나 당파의 로고, 각종 시상식 야회(夜會, 서양풍의 사교 회합-역자 주)의 로고나 컵, 규모가 큰 경기의 마스코트 등)해줘야 만이 기표와 기의가 완정한 기호로 결합됨으로써 의미를 커뮤니케이션하고 가치를 창조하며 나아가 문화 패러다임을 구축할 수 있는 상황이다. '동형'적 기호는 모두 명확하고도 단일한 기의를 가지고 있을 뿐만 아니라 이데올로기화된 고정적 기의를 가지고 있다. 이런 기호의 기표와 기의는 탄생 초에는 자의적인 결합이 아니라 의식적이고 강제적인 결합이어서 기호 사용자는 그 기의를 제 마음대로 고치지 못하고 대중 커뮤니케이션에서 잠재적인 수용자가 되어 이 기호 배후의 의미를 인정하고 받아들이게 된다. 이 과정에서 기호의 커뮤니케이션은 철저히 이데올로기의 통제를 받는다. 대중매체는 기호 커뮤니케이션 과정의 기능에 있어서, 전달자를 기호가 첨부한 의미로 삼거나 의미가 지정한 기호로 삼아 각종 커뮤니케이션 경로를 통하여 확산함으로써 기호를 애초의 기의 가치를 점차 숨기고 목적 있는 이데올로기의 표현체거 되게 한다. 미셸 푸코(Foucault)가 밝힌 것처럼, 인간과 세상의 관계는 발화에 의해 구축되었다. "발화는 한 사회단체가 기존의 규칙에 의해 그 의미를 사회에 커뮤니케이션함으로써 사회적 위치를 확정하고 기타 단체가 인식할 수 있는 과정으로 됨을 말한다."[110] 권력층이 발화를 통해 세상을 말하는 과정에서 기호의 기의 가치는 강제적이어서 침범을 용납지 않으면서 일종의 패권(Hegemony)적 발화를 형성한다. "패권은 역사적으로 어느 한 계급에 속해있는 이데올로기에 자연화를 부여하여 일종의 상식으로 되게 한다. 치명적인 것은 권력이 강권이 아니라 '권위'라는 신분으로 실시된다는 점이다."[111]

때문에 대중들은 이 같은 강제성을 지각하지 못하고 권력층의 세계관을 달갑게 받아들이고 인정하게 되며, 패권적 발화의 '동형' 속에서 강제성을 지각하지 못하고 보기에는 당연한 것 같은 각종 사회적 법칙과 윤리적 관념을 달갑게 따르게 된다.

롤랑 바르트는 기표와 기의는 자의적인 결합이라고 밝혔다. 하지만 이

---

110) 王治河, 『福柯』, 杭州, 湖南教育出版社, 1999, 159쪽.

111) 요한 피크스(約翰 費斯克), 『關鍵概念 : 传播与文化研究辭典』, 北京, 新華出版社, 2004, 122~123쪽.

같은 자의성을 토대로 하여 전달자들이 장악하고 활용하는 언어 기교와 문법 규칙은 목적적으로 기의에 기표를 부착하거나 기표에 새로운 기의를 만들어준다.

우리는 기표와 기의의 자의성을 부정한 적이 한 번도 없었다. 하지만 우리는 자의성 이후의 이 같은 강제성이나 사전 모의와 같은 존재를 도외시해선 안 되며, 이 같은 부자유(非自由)적이고 인위적인 구축을 도외시해서도 안 되었다. 그리하여 우리는 '동형' 중에서 기호의 커뮤니케이션 배후에 숨어있는 권력의식을 지각하게 되었는데, 이 같은 패권적 발화가 바로 계층의 도덕 기준을 육성하고 각 민족의 문화 특성을 육성했으며 심지어 성별적인 편견을 육성했을 수도 있는 것이다.

3. 문화에 대한 '동형'의 단일화 규제

우리가 각종 문화적 관념·윤리관·가치관·이데올로기를 살펴보거나, 흥행하는 특정된 문화 형태 중의 각종 사회적 '신화'를 반성해 본다면, '동형'[112]이 기표와 함축적 의미 측면의 기의 간의 관계에 대해서 단일하게 규제할 뿐만 아니라, 심지어 사회 전반의 문화적 본질과 내포까지도 구축하며 나아가 보기에는 '천성'적인 사회 규약으로 사회적 문화 주장이나 도덕 척도를 속박한다는 것을 발견할 수 있다. 만약 누가 대담하게 규약 배후의 '천성'을 저촉하고 문화 배후에 숨어있는 권력에 반항한다면 사회 전반의 징벌을 받을 것은 두말할 것 도 없다.

---

112) 隋岩, 張麗萍, 『對"同构"的溯源与闡釋』, 『現代伝播』2011년 제7기.

1) 다양성 기의로부터 단일성 기의에 이르기까지는 '동형'의 소프트 폭력 (軟暴力)을 구현

   그 어떤 문화든지 임의로 변경할 수 없는 가치관이나 윤리관, 그리고 사회 정체성이라는 메커니즘을 가지고 있다. 이렇게 되어야 만이 특정 된 문화에 처해있는 집단 성원들이 통일적인 기호 부호화와 해독 규칙 을 준수할 수 있으며, 상호 사상을 교류하고 관념을 커뮤니케이션함으 로써 공감대를 형성할 수 있다. 하지만 이 같은 엄격한 규제의 배후에 도 반동적인 일면이 은폐되어있는데, 그는 문화가 다양하게 발전할 수 있는 가능성을 저지하고 문화가 본디 가지고 있던 풍부한 상상력, 표현 력, 생명력을 말살한다. 문화체계가 강제적으로 통일적인 기호 부호화 시스템에 규제된다면 대중들은 이런 규정된 법칙 안에서 문화를 이해하 고 해석할 수밖에 없다. 따라서 본디 여러 가지로 해석할 수 있는 문화 기호는 그 의미가 명백하고 단일적이고 불변적이 되면서 다양성을 잃 게 된다. 즉 문화 기호의 기표와 함축적 의미의 기의 간의 의미 상관성 이 규제되어 기호의 다양성 기의는 단일성 기의로 되면서 대중들은 자 기 뜻대로 기호의 의미 상관성을 구축하지 못하고 이 부호화 시스템에 따라 각종 사회적 문화를 해독하고 자기의 언행을 규범화하거나 심지어 자각적으로 자기 주체성을 구축하게 된다.
   중국 고대에는 '임금과 신하', '아버지와 자식' 간의 관계에 대한 해석이 본디 다양했다. 선진시대, 제자백가들은 '임금과 신하'의 관계에서 여러 가지 패러다임을 구축했다. 예를 들면, 유가의 '군신도의'설(君臣尊抑論), 묵가의 '군신혜충'설(君臣惠忠論), 도가의 '군신일로'설(君臣逸勞論), 법가의

'군신존앙'설(君臣尊抑論) 등[113]으로서 각자의 처지에 입각하여 각기 임금과 신하 사이의 관계를 설명했다. 옛사람들은 '아버지와 자식'의 관계에 있어서도 같지 않은 견해가 있었다. 예를 들면, '아버지가 아버지답지 않게 처사한다면 자식이 자식답지 않게 처사할 것이다'(父不父則子不子)는 말은 부자 관계에서의 상호 제약을 강조했다면, '무부지행, 불득자지용'(無父之行, 不得子之用)은 자식이 아버지 명을 따름에 있어서 조건적으로 따라야 한다는 것을 강조했다. 동중서는 '귀양이천음'(貴陽而賤陰) 설을 차용해 '임금, 아버지, 남편'은 '양(陽)'이고 '신하, 자식, 부인'은 '음(陰)'이라면서 임금은 신하의 근본이고(君爲臣綱), 아버지는 자식의 근본이며(父爲子綱), 남편은 부인의 근본(夫爲婦綱)이라 함으로써 '임금과 신하', '아버지와 자식' 간의 관계를 단일한 '복종 관계'라고 밝혔다.

이로부터 알 수 있는데 '임금과 신하', '아버지와 자식' 간의 관계는 본디 다양하게 묘사할 수 있어서, 그 함축적 의미의 기의 역시 다양했다. 한무제는 동중서의 '중신의 도'가 중앙집권 통치를 공고히 하는데 이롭기에 "백가를 배척하고 유가만을 중시하는 정책"을 실시했다. 그때부터 유가문화에 익숙한 인재들만이 통치계층의 일원으로 될 수 있었고, 그들이 자각적으로 유가도덕을 행위 준칙으로 삼으면서 중국 봉건사회의 도덕 기준이 점차 유가의 도덕관으로 단일화가 되었으며, 백성들은 자각적으로 그것을 인정하고 복종하고 수호하게 되었다. '임금과 신하' 그리고 '아버지와 자식'의 함축적 의미의 기의는 권력층의 이데올로기의 단일화에 '복종'하게 되었고, 심지어 "임금이 신하에게 죽으라고 하면 신하는

---

113) 張亞玲, 「論先秦諸子的君臣關系模式」, 『遼宁工程技術大學學報 (社會科學版)』, 2008년 제5기.

죽지 않으면 안 되고", "아버지가 자식에게 죽으라 하고 하면 자식은 죽지 않으면 안 되는' 극단적인 복종으로까지 변천하면서, '소프트 폭력'의 본질이 드러나게 되었다.

다이아몬드 반지는 최초에 한 가지 액세서리에 지나지 않아 그 기의는 일종의 신분만 상징했을 뿐 사랑과는 직접적인 관련이 없었다. 15세기 때 오스트리아의 한 공작이 프랑스의 한 공주를 사랑했는데, 그는 다이아몬드 반지를 가지고 그녀의 마음을 사로잡았다는 이야기가 전해지면서, 다이아몬드 반지는 지조와 사랑을 대표하는 기호라는 문화적 태그가 따라붙게 되었다. 19세기 중엽 이후, 다이아몬드를 대량 채굴하고 게다가 드비어스의 "다이아몬드는 영원하다"는 유명한 광고문이 광범위하게 커뮤니케이션되면서, 다이아몬드 반지는 신부들이 꿈에서까지 바라는 신물로, 그녀들이 사랑을 얻은 상징적 기표로 되었다. 다이아몬드 반지는 중국에 유입된 후 충정의 사랑과 혼인을 대표하는 기호로 되었을 뿐만 아니라 결혼 풍속까지 바꾸어놓았다. 상가들의 열띤 마케팅 전략과 대중매체의 대대적인 홍보에 의해 다이아몬드 반지는 당대의 문화로 전환하여 단일한 기의의 가치와 '동형'을 형성했다. '다이아몬드 반지'는 충정의 사랑을 대표하던 데로부터 반드시 이것으로 충정의 사랑을 대표하는 단일한 기의라는 발화 과정을 거쳤다.

즉 '동형'이라는 과정을 거쳤는데, 대중들은 이 과정에서 이데올로기의 발화를 달갑게 받아들였을 뿐더러 그 속에 깊이 빠져서 단일한 기의가 가져다주는 즐거움을 누렸다. 날로 많은 사람들이 스스로 결혼에는 반드시 다이아몬드 반지가 있어야 한다고 여기고 있을 때, '동형'의 '소프트 폭력'이 적나라하게 드러났지만, 대중들은 '동형' 기호가 구축한 사회적 의의를 추구하는 동시에 이 기호의 노예로 전락되었다.

오늘날 이른바 글로벌 시대란 사실 미국화 시대의 문화를 커뮤니케이션 과정에 '동형'이 구축한 기호 의미의 메커니즘을 조용히 활용하는 것으로서, 그 '소프트 폭력'의 본질 역시 남김없이 드러내었다.

미국은 자기네가 창도한 이 같은 가치관을 '보편적 가치'라고 표방하면서, '미국'이 '개방·민주·자유·부강'을 가리키는 단일한 기의임을 의심해서는 안 된다고 말한다. 미국은 자기주장을 각종 문화 패러다임과 제품에 숨겨서 영화·텔레비전·서적·인터넷·문자 등 다양한 기표를 통하여 대대적으로 과장되고 광범위하게 커뮤니케이션하면서, '폭력'적인 강제적 규제를 숨기고 타국 수용자들의 문화적 동질감을 육성함으로써 자기네 가치관에 부합되지 않거나 상반되는 가치관을 비주류화 한다.

그 어떤 사회거나 시대든지 '참된 것·착한 것·아름다운 것'을 찬양하고 '허위적인 것·악한 것·추한 것'을 비난한다. '보편적 가치'는 결코 미국의 가치가 아니며, 미국의 가치를 보편적 가치로 동일시하는 것이 바로 일종의 설명으로서 '동형'의 은닉 하에서 보급하는 패권적인 발화이다. 이로부터 특정한 이익집단은 자기 이익을 수호하고자 수중에 장악한 발언권을 이용하여 목적 있게 자기의 가치 이념을 커뮤니케이션하고 강제적으로 사회의 단일한 가치관으로 동형을 시킴으로써 기표와 기의 간의 의미 상관성을 단일화하고 그리고 움직일 수 없게 만든다는 것을 알 수 있다. 이를테면 '삼강오륜'의 '도덕', '다이아몬드 반지'의 '충정스런 사랑', '미국 가치'의 '보편적 가치와 같은 것들이다.

이익집단은 천방백계로 그 의미를 대표하는 기의를 기표와 하나로 접착하여 단일한 의미 상관성의 동형을 형성한다. 하지만 동형은 견고하여 깨뜨릴 수 없는 관계도 아니고 절대적인 관계도 아니다. 즉 의미의 관계가 영원히 단일한 관계가 될 수는 없다. 그 어떤 이익집단이라 해도 전복할 수 없는 영원한 동형관계를 구축하려는 것은 망상에 지나지 않는다. 사회가 발전하면, 오래된 질서가 무너지고 오래된 의미 상관성과 '동형'은 포기되는 동시에 새로운 '동형'이 생겨나기 때문이다.

2) 가치관의 배반은 곧 '동형'의 해체

특정한 역사시기 내에 문화의 기본 주장은 '동형'이 되었기 때문에 안정적이고 단일적이며 게다가 배반할 수도 없다. 특정한 기득권층(지배집단)은 통치적 지위를 안정시키고 자기의 이익을 수호하기 위해 은폐되고 항거할 수 없는 '교화'나 '양성'이라는 수단을 가지고 사회 가치관을 통일함으로써 각종 사회적 역할에 쉽게 변경할 수 없는 단일한 사회적 속성을 부여한다. 이것이 곧 '동형'이 은닉한 '소프트 폭력'이다.

한 가지 문화가 단일화한 가치 판단의 기준으로 '동형'이 될 때 대중들은 이 단일화 기준에 따라 자신의 사회적 행위를 평가하고 남들과의 사회적 관계를 평가할 수밖에 없다. 그렇게 하지 않으면 '동형'의 가치관을 등지게 되는데, 이는 이데올로기에 항거하고 전통에 도전하며 '동형'을 해체하는 것으로 되어 사회 집단의 재판을 받게 된다.

하지만 역사 시대별로 보면 언제나 누군가가 문화의 반역자 역할을 담당하면서 사회 변혁의 선봉으로 부상하여 다른 한 가지 문화 정체감 시스템을 '재구축'하려 시도한다. 문화의 발전은 곧 하나가 '동형'이 되고 해체가 되었다 재차 '동형'이 되는 순환 과정이다. 이 시각에서 볼 때, 여성주의 사조의 흥기는 여성의 가정에서 위치, 언행, 심미 기준 및 도덕적 품행에 대한 전통문화의 강제적 속박에 도전하는 것이라 할 수 있다.

즉 '동형' 메커니즘 하에서 여성 유일의 사회적 역할이라는 규제를 해체함으로써 사회적으로 여성의 역할을 다양하게 구축하는 것이었다. 그리하여 '사회적 성별'이라는 용어가 이론 연구 분야에 나타나면서, 여성들의 사회적 역할을 '재구축'하려고 안간힘을 썼다.

지시적 의미 측면에서, 기표로서의 '여성'은 본디 생리적 특징을 가리키지만, 남권 사회에서 '여성'에게 '약세, 종속'이라는 단일한 함축적 의미의 기의를 부여했다. '남성'과 '여성'의 가장 근본적인 차이는 더는 생리적인 차이가 아니라 '사회적 성별'이라는 차이에 있게 되었는데, "가시(可視)적 성별 차이에 근거한 사회적 관계의 구성 요소이자, 권력 관계를 표시하는 한 가지 기본 방식으로 되었다."[114] 이 같은 권력은 전통문화 아래 숨어서 문화를 커뮤니케이션하는 과정에서 계급의 이데올로기를 희미해지게 한데서 배반할 수 없는 우수한 전통과 윤리도덕으로 전환되었다.

구축된 여성 의미의 상관성은 난공불락으로 되었을 뿐만 아니라 시시각각 대중매체에 등장했다. 예술 작품이든 보도 기사든 광고 커뮤니케이션이든 '여성'의 의미를 구축함에 있어서 언제나 약속이나 한 듯이 일치하는 편견을 가지고 있었다. 전달자들은 여성들의 가정 지위, 약자 신분, 심미 기준을 강조하면서 여성들을 무조건 남성들의 종속물로 취급했다. 광고 커뮤니케이션을 예로 든다면, "광고에서 여성 이미지를 묘사할 경우 여성을 아내, 어머니, 주부, 성적 대상이라는 역할에 밀어붙임으로써 사회에서 담당할 수 있는 역할을 제한했다."[115] 주방이나 식당, 슈퍼마켓이나 백화점은 여성들의 활동 공간으로 되고, '현모양처'는 천성

---

114) 譚兢常, 信春鷹,『英漢婦女与法律詞匯釋義』, 北京, 中國對外翻譯出版公司, 1995, 145쪽.

115) 張殿元,「广告文化的性別建构問題分析」,『婦女研究論叢』 2003년 제5기.

적으로 여성들의 사회적 역할이 되었지만, 여성들에 대한 남성들의 지배권에 질의를 던지는 여성은 거의 없었다.

하지만 영원히 변하지 않는 '동형'은 없는 법이다. 사회가 진보하고 발전함에 따라 19초부터 갈수록 많은 여성들이 가정이라는 울타리를 벗어나 사회활동에 참여하면서 유상으로 노동할 수 있는 기회와 권력을 얻게 되었다. 오늘날 남성과 여성은 정치적 권리, 취직 기회, 사회적 역할 등 면에서 아직도 큰 차이가 존재하기는 하지만 성별 차이로 초래된 여러 가지 사회적 문제는 이미 광범위한 주목을 받고 있다. 여권주의자들은 일찍 여성해방운동을 여러 차례 제창하면서, "남녀는 마땅히 동일한 정치적 권력을 가져야 하고", "남녀가 같은 일을 하면서 같지 않은 임금을 받는 현상을 청산해야 하며", "남녀 간의 성 차별을 해소시켜야 한다" 등의 주장을 제기했다.

여성주의 사조 역시 남권 문화가 여성의 사회 신분에 대한 규제를 타파하고 여성을 '종속'적 위치에서 독립시키고자 갖은 노력을 다했다.

지금까지도 '여성'에 대한 남권 문화의 '동형'을 철저히 해체하지는 못했지만, 다수의 여성들이 이미 전통적인 가정주부로 될 수도 있고 직장에서의 엘리트로 될 수도 있으며 심지어 일국의 지도자로 될 수도 있는, 다양한 역할을 할 수 있는 선택권을 가지고 있다는 사실을 부인할 수는 없다. '여성'의 사회적 역할의 다양화, 사회적 지위 상승은 '종속'적 지위라는 '동형'을 더는 난공불락의 견고한 '성채'가 되지 못하게 했다. 물론 일종의 의미 생성 메커니즘으로서의 '동형'을 해체하려면 기나긴 역사적 과정이 소요되는데, 한 가지 사회사상이나 문화사조와 같은 단독적인 영향만이 아니라 사회 전반의 정치, 경제, 문화 등 제반 역량의 공통 노력이 필요하다. 기호학의 각도에서 볼 때, 위로부터 아래로의 유일한 규제를 통하여 구축한 사회법칙을 배반하는 것이 바로 '동형'을 해체하는 것이다.

만약 여성주의 사조의 흥기가 여성 기의의 일원화 가치를 타파하려 한 것이라면 포스트모더니즘 사조의 흥기는 사회 전반 문화 기의의 일원화 가치를 타파하고 다양한 문화적 언어 환경을 구축하려는 것이었다. 포스트모더니즘은 권위에 도전하고 전통적 가치관을 배반하면서 다양한 이념을 보급함으로서 사회 사조로 문화적 '동형'을 해체하려 한 또 한 가지 사례라 할 수 있다. 하지만 포스트모더니즘 사조의 출현은 문화 다양화에 많은 가능성을 가져오기는 했지만, 모든 권위와 의미를 제거하는 동시에 자체마저 제거하는 바람에 무의미하고 문화적인 허무가 사람들이 책망하는 다른 한 가지 '동형'으로 되었다.

그 어떤 문화형태이든 모두 일련의 발화 체계, 의미 체계를 가지고 그 정수를 전달할 필요가 있는데, 모든 의미를 제거할 경우 불가지론으로 나아가면서 허무주의라는 극단적인 처지에 빠질 수 있다. 때문에 우리는 덮어놓고 '동형'을 부정해서는 안 된다.

사회 질서가 정상적으로 돌아가고 사람과 사람 간의 감정을 교류하려면 상대적으로 통일된 가치관을 기본 원칙으로 간주할 필요가 있다. 이렇게 하지 않으면 인간의 윤리와 도덕을 판단하는 기준을 무엇으로 정한단 말인가? 무질서한 사회 역시 사람들의 우려를 자아낸다. '왕웨' 어린이(小悦悦)의 윤화(輪禍)사건(2011년 9월 21일, 광둥성 포산시에서, 왕웨라는 2 살짜리 어린이가 차바퀴에 연거푸 두 번이나 치이는 장면을 보면서도 행인들이 누구도 선뜻 나서서 구하지 않은 사건[7분 동안 10여 명이 지나감]-역자 주)은 중국의 도덕 현황에 대한 질의와 토론을 유발시켰다.

대중들이 어떻게 사회도덕을 가지고 스스로를 단속하며, 사회는 어떻게 전통 가치관을 지양하며, 어떻게 조화롭고 우호적이고 성실하고 문명한 사회주의 핵심 가치관 체계를 재건하느냐 하는 사안 모두가 '동형'이 적극적인 작용을 발휘해야 할 측면이다.

'동형'의 '소프트 폭력' 본질을 밝히는 목적은 문화 강제성과 구속성을 인식하는 것이며, 특히 서양의 가치관이 세차게 불어 들어올 때 경계심과 회의심을 유지함으로써 각종 은폐적인 발화에 빠져 스스로 헤어나기 힘든 상황을 피하기 위한데 있다. 사회적 안정을 유지하려면 물론 일정한 시기 내에 통일적인 사회가치관과 기호 부호화와 해독 체계를 가지고 메시지를 효과적으로 커뮤니케이션할 필요가 있다. 그리고 역사적인 진보, 사회적 발전 역시 기존의 문화 이념에 끊임없이 도전하면서 새로운 가치 판단 기준을 구축할 필요가 있다. 따라서 '동형' 메커니즘을 통하여 구축한 사회 가치관은 공시적인 면에서는 상대적으로 안정하지만, 통시적인 면에서는 또한 끊임없이 변화한다. 이 같은 추세는 바로 문화가 '동형'이 되고 '해체'가 되었다 다시 '동형'이 되는 진행 과정에서 나타나며, 인류의 역사는 바로 이 같은 부정의 부정이라는 나선형 상승 과정에서 겪는 시대의 변화이다.

3) '동형'은 극단적인 신화

롤랑 바르트는, '신화'는 이데올로기를 은닉한 발화이며, '신화'의 탄생 과정은 기호가 지닌 함축적 의미의 기의를 구축하고 또한 자연화 하는 과정이라고 밝혔다. 특정 기득권층은 요구에 좇아 기호를 위해 여러 가지 사회적 의미를 말하고 다중 함축적 의미의 기의를 구축한다. 그러나 '동형'은 '신화'보다 더욱 극단적인 의미를 생성하는 메커니즘이라 할 수 있다. 특정 역사단계에 '동형'은 기호가 특정 목적으로 구축한 단일한 기의만 허락하면서, 여러 가지 함축적 의미의 기의를 생성하는 것을 불허한다. 따라서 '동형'은 문화에 대한 단일화의 규제이자 폭력의 '신화'이고 '신화'의 극치라 할 수 있다.

롤랑 바르트는 당시의 각종 사회적 문화현상에 대해 심각한 반성을 진행했다. 그는 저작『신화—대중문화 해석』(일명 신화론) '초판 머리말'에서 다음과 같이 밝혔다.

"이런 반성의 출발점은 일반적으로 우리의 신문, 예술이나 상식 분야를 현실로 포장한 일종의 '자연 법칙'이라고 여길 때, 마음속으로 참지 못하는데서 비롯된다. 이것이 우리가 부앙(俯仰)하며 생활하는 현실이라 할지라도, 틀림없는 것은 역사가 결정한 현실이라는 점이다.

이는 한마디로 말해서 우리들 당대의 상황에서 부여하는 여러 가지 해석 중에서 자연과 역사가 각각의 단계에서 시각이 혼효(混淆)되는 것을 싫어하고, 온갖 힘을 다 해서 당연하다고 생각되는 각종 사건의 경위 속에서 이데올로기가 남용되었다는 것을 발견해 내게 되며, 그러한 것들이 나의 안목 속에 있게 되고, 마침내 어떤 구석에 잠복하게 되는 것이다.[116] 롤랑 바르트는 각종 문화 현상의 기만성을 분명히 의식했을 뿐 아니라, 심지어 이를 '가짜 사실'이라고 여기면서, 현실은 이데올로기가 규제한 현실이라고 지적했다. 하지만 그는 특정 역사단계에 규제된 사회적 문화는 그 의미가 단일적이고 배반을 용납하지 않는다는 것, 그리고 이것이 바로 '동형'이 '신화'보다 더욱 강제적이고 폭력적이며, 나아가 더

---

116) 롤랑 바르트(羅蘭 巴特),『神話—大衆文化詮釋』, 許薔薔等譯, 上海,上海人民出版社,1999, 1쪽.

욱 극단적인 부분이라는 점을 가 일층 지적하지 않았다. '동형'의 의의를 제조하는 법칙 가운데서 기호의 기의 가치를 단일화시켰을 뿐만 아니라, '설명' 과정을 생략해 버리고 기표와 기의를 하나로 접착하여 그 어떤 해석도 필요 없게 만듦으로써, 일단 기표가 나타나면 대중들이 자연스레 규제된 단일한 기의를 연상하게끔 만들었다. 그렇기 때문에 '동형'은 '신화'보다 더욱 은폐되어 있어서 대중들의 사상적 의의를 생성하는 메커니즘을 더욱 쉽게 기만할 수 있는 것이다.

더욱 경계할 것은, '동형'이 한 개 기호의 기의만 규제하는 것이 아니라, 사회 전반의 문화적 기의까지 규제한다는 점이다. 특정한 사회적 문화시스템에 처해있는 대중들은 자각적으로 그 도덕 기준, 가치관 및 심미 주장을 가지고 자기의 언행을 규범화시키면서 규제된 기호의 의의 체계에 늘어가 의의를 수용하고 커뮤니케이션한다. 남성은 강직하고 여성은 연약하다는 인식을 바꿀 수 없을 때, '샤넬' 화장품은 고귀하고 '다바오' 화장품은 질박하다는 인식을 뒤엎을 수 없을 때, 서양의 현대 문명은 진보적이고 동양의 오래된 문화는 우매하다는 인식이 대중매체의 어디에나 만연되었을 때…… 대중들은 이미 질곡과 같은 특정한 문화의 설명에 얽매어 스스로 벗어날 수 없게 되는 것이다.

각종 사회적 신화가 이와 같이 자연스럽게 연역할 수 있는 데는 '동형'의 작용을 얕보아서는 안 된다. '동형' 메커니즘은 특정 이데올로기의 규제 하에서 끊임없는 '설명'과 '육성'을 통하여 기호의 기의를 단일화시킨다. 신화는 기호가 본디 가지고 있는 의미의 다양성의 가능성을 말살하고 기표와 기의를 하나의 총체로 굳어지게 함으로써 최종적으로 누구도 설명의 과정에 관심을 기울이지 않고 당연한 이치인 것 같은 '사실'을 동일시하게 만들뿐만 아니라 진리로 여기게끔 만든다. 이 과정의 배후에는 특정 기득권층의 이데올로기를 극력 부풀리며(극발화), 은폐된 권력으로 문화의 정신적 내포를 강제적으로 규제케 한다.

결국 사람들은 설명된 세계에서 생활하면서도 설명을 조종하는 힘을 쉽게 느끼지 못한다.

'동형'이 기득권층이 특정한 목적으로 설명한 '극단적 신화'라고 한다면, 역사적 단계가 다름에 따라 기득권층의 이데올로기도 어느 정도 차이가 생길 수 있으므로 '동형' 역시 다른 가치관을 드러낼 수 있다. 소비사회의 도래와 더불어 상품 배후에 은폐된 거액의 이윤이 사람들을 더욱 유혹하는 바람에 '소비'가 모든 것을 가늠하는 진리로 부상하면서, 신규 가치 기준이 전통적 가치관을 대체하게 된다. 주요 권력과 엄청난 재부를 장악하고 있는 계층은 사람들의 물질적 수요를 확대 해석하는 동시에 사람들의 주체성을 재구축한다. 그들은 사람들의 물질적 수요를 일련의 의미 체계로 규제한 다음 각종 커뮤니케이션 매체를 활용하여 특정한 의미를 수많은 상품이나 공간, 심지어 언행 등 다양한 기표에 포장함으로써 물적인 함축적 의미의 기의를 구축한다.

이때 물적인 지시적 의미의 기의(지시대상?)는 흔히 간과되고, 기표와 함축적 의미의 기의만 하나로 접착되어 뒤엎을 수 없는 단일화가 구축된다. 그리하여 소비자들은 물적인 소비 중에서 가치를 얻을뿐만 아니라 주체성을 구축하게 된다. 전반적으로 소비문화가 엄청난 기호체계로 전환되어 어느 한 가지 물건을 소비하면 반드시 어느 한 가지 특정된 기의 가치를 현저히 드러나게 된다. 이때 사람과 사람 간의 관계는 사람과 물질 간의 관계에 의해 대체된다. '동형'은 소비적 '신화'를 극치까지 연역하여 신화의 본질을 남김없이 드러냄으로써, 거짓말을 당연한 것처럼 만든다.

4. '동형'이 창조한 기호 가치, 교환 가치를 향상

장 보드리야르(Jean Baudrillard)는 "사용 가치는 사라졌고, 기호 가치는 영구하다"(使用价值死了, 符号价值万歲)[117]는 말로써 소비사회에서 상품가치가 변화하는 내적 법칙을 형상적으로 밝힌 적이 있다. 현재 온 세상에 널려 있는 광고든 형식이 각이한 판촉 수단이든 모두 이 예리한 관점을 검증해주는 듯하다. 상가들은 기호 가치가 가져다준 고액의 이윤을 얻기 위해 덮어놓고 제품이 질이 어떠어떠하게 뛰어나다고 강조하던 것으로부터 상품의 사회적 가치를 부각시키는 데로 전환하고, 또한 그 가치를 단일화시킴으로써 상품과 가치를 불가분하게 하나로 '교착'시키려고 시도한다. 상가들은 상품의 가치를 구축하기 위해 단일화 과정을 '동형' 과정이 되게 한다.

바로 '동형'이라는 의미 생산 메커니즘을 가지고 상품의 기호 가치를 창조함으로써 사용 가치가 근본적으로 변하지 않은 상황 하에서 교환가치를 대폭 상승하게 만든다. '동형'의 과정에서 특정 기득권층의 이데올로기를 극력 부풀린다고는 하지만, 대중매체의 은폐 하에서 그 '소프트 폭력'의 본질은 도리어 은닉되어 기호 가치의 존재가 당연한 것처럼 되면서 사람들은 즐거운 마음으로 소비하게 한다.

---

117) 韓欲立, 溫曉春,「符号价值的興起 : 鮑德里亞消費社會符号政治経濟學批判」,『中國礦業大學學報(社會科學版)』2011, 2쪽.

1) 의미 상관성의 단일화가 기호 가치를 창조

사람들은 소비를 통하여 사회적 가치를 얻고 사회적 관계를 구축하는 것은 소비사회의 가장 뚜렷한 특징의 하나이며, 또한 기호 가치를 생성하는 사회적 토대이기도 하다.

소비자들은 수많은 브랜드 가운데서 어느 한 가지 상품을 선택하고 또한 흔쾌히 비싼 가격으로 구매하는 것은 결코 물적 사용 가치만 고려하는 것이 아니라 소비를 통하여 기타 계층이나 집단과는 차별화 되는 모종의 특성을 얻으려는데 있다. 이 같은 상품의 구분 기능이 실용 기능을 은폐할 경우, 상품의 기표 가치가 부각되면서 사용 가치를 대체함으로써 소비자들이 구매를 하게 되는 주요 동기로 부상하게 된다.

기호학의 각도에서 볼 때, 상품을 구분하고자 기능을 설정하는 과정이 바로 함축적 의미의 기의를 구축하는 과정이다. 하지만 상품의 기호 가치를 창조하려면 상품에 주어진 기의만 가지고는 부족하므로, 반드시 기의가 다양해질 수 있는 가능성을 제거하여 기표와 기의의 의미 상관성을 단일화해야 한다. 상가들이 전력을 기울여 각종 매체에 상품의 가치를 반복적으로 홍보하는 것이 바로 상품 기호의 의미 상관성을 안정시켜 사회적 가치와 상품 자체를 불가분하게 하나로 '접착'시키려는 것이다. '동형'이라는 이 의미 생성 메커니즘이 기대하는 목적 역시 이와 마찬가지이다. 상품의 기호 의미의 상관성이 단일화로 된 후 소비자들이 모조의 사회적 가치를 얻으려거나 기타 집단과 차별화 되는 모종의 특성을 가지려면 이 같은 상품을 소비해야 그 목적에 이를 수 있다.

샤넬 N°5는 수많은 향수 브랜드의 일종으로서 그 사용 가치는 본디 향기를 발산하는 한 가지 향수에 지나지 않았다. 그러나 향기만 가지고는 엄청난 이윤을 발생시키기가 어려워 모종의 특정된 사회적 가치를 부여하고 기호 가치를 창조해야 만이 동종의 상품 가운데서 두각을 나타내면서 많은 소비자들의 열광적인 사랑을 받는 브랜드로 부상할 수 있었다. '고귀함과 우아함'이라는 이 가치는 오늘날 대다수 여성들이 거부하기 어려운 특질로 되어있기에, 상가들은 향수와 이 특질을 하나로 접착시킨 후 각종 광고 형식을 통하여 이 밀접한 관계를 강화하고 또한 해체하지 못하게 고정시켜 놓았다. 기표 '샤넬 N°5'와 기의 '고귀함과 우아함'을 상가에 의해 강제적으로 하나로 '접착'시키는 바람에 의미 상관성이 단일화가 되었다. 따라서 향수를 가지고 고귀함과 우아함을 드러내려면 샤넬 N°5의 몫이 될 수밖에 없었다.

설령 이 향수의 냄새가 확실히 고귀함과 우아함을 발산하거나 심지어 냄새가 고귀함이나 우아함과 필연적인 연관이 없다고 하더라도 상가에서 이 같은 사회적 가치를 부여한 후 그 사용 가치는 사람들이 점차 방치하고 기호 가치가 소비자들을 유혹하는 원천으로 부상하기 시작했다. 소비자들이 소비하는 것은 더는 향수의 냄새만이 아니라 사람들이 부러워하는 '고귀함과 우아함'도 함께 소비하게 되는 것이다. 도표 8-4-1에서 밝힌 것처럼, 대중 매체가 기호의 함축적 의미의 기의 C2를 커뮤니케이션을 할 때 소비자들은 상품 자체의 가치 즉 지시적 의미 중의 기의 C1에 더는 주목하지 않고, 기호의 함축적 의미의 기의 C2에 미련을 가지게 된다.

E2		R2 함축적 의미	C2 고귀함, 우아함
E1 N° 5	R1 지시적 의미	C1 향기 나는 모종의 향수	

도표 8-4-1 기표와 함축적의 의미 측면의 기의 관계 단일화가 기호 가치/ 동형을 창조

C1을 대체한 C2가 기호의 기의 공간에 범람하면서 소비자들에게 상품 자체의 사용 가치에 별로 주목하지 않고 C2가 가져다주는 사회적 신분에 더욱 심취되게 만든다. 이때 E1과 C2의 의미 상관성이 단일화가 되어 '동형'이 되면서 상품이 동종의 제품과 차별화 되는 기능을 가진 기호가 된다. 바로 이와 같이 불가항력적인 의미 상관성이 상품의 기호 가치를 창조하면서 그 상업성을 대폭 향상시키는 것이다.

2) 기호의 사회적 속성, 상품의 기호 가치 완성

  기호는 인류가 교류하는데 꼭 필요한 매개물로서 매체가 변천한 역사가 곧 기호가 끊임없이 풍부해진 역사이다. 사소하게는 하나의 문자나 한 장의 그림으로부터 크게는 한 가지 사건이나 하나의 민족에 이르기까지 모두가 가치를 커뮤니케이션하는 기호로 될 수 있다.

  하지만 그 어떤 형식의 기호이든지 모두 사회적 이데올로기의 작용 하에서의 산물이기에 특정한 사회적 속성을 지니고 있다. 기호로서의 상품 역시 예외가 아니다. 위에서 언급한, 기호가 함축적 의미의 기의를 구축하고, 그리고 의미 상관성의 단일화 과정인 '동형'을 구축하는 과정이 바로 상품의 기호에 사회적 속성을 부여함으로써 기호의 가치를 발생케 하는 과정이다. 이처럼 소비자들은 소비를 통해야 만이 상품의 사회적 속성을 자기 몸으로 이전시킬 수 있고, 이로부터 자기 사회적 속성을 과시하면서 사회적 정체성을 획득할 수 있는 것이다. 즉 기호의 사회적 속성이 상품의 기호 가치를 성취했다고 할 수 있다는 말이다.

  상품이 기호가 되는 과정 역시 상품의 관습화 과정의 다른 한 가지 표현이다. 상품이 신분을 표시할 수 있는 기능을 가진 기호가 되고, 그 의미 상관성이 고정되어 모종의 특정적 사회 속성을 향유하는 것은 '동형'의 모략이며, 역시 상가가 여러 가지 상술을 활용하여 달성하려는 효과이기도 하다. "꿈을 가진 자와 꾸준히 함께 하면, 마음먹은 만큼 세상이 넓어진다"는 BMW의 광고문이나 "당신은 Dior Addict2와 같은 여인, 순결한 섹시함을 드러내고 활력을 사방으로 발산하면서 아름답고 매혹적인 밤에 달콤함과 즐거움을 더해주네"라는 디올 향수의 광고문, "사나이는 인생을 추구함에서 있어서, 그 역할이 다양하다."는 Septwolves 패션의 광고문, "서로 의지하려면 편안하고 달콤한 사랑을!"이라는 흑고니 케이크 광고문 등은 생명이 없는 물질을 여러 가지 설명을 통하여 살아 움직이는 물질로 변하게 했다. '꿈을 견지하다', '순결', '섹시함', '인생 추구', 달콤한 사랑'과 같이 사회적 속성이 다분한 의미가 상품 기호의 함축적 의미의 기의가 되어 상품의 신분을 나타내는 태그로 부착되면서 동종의 기타 제품과 차별화 되었으며, 이는 상품의 기호 가치를 성취시켰고 소비자가 이 고가의 상품을 구매하게 만들었다.

각종 상품의 사회적 속성은 보기에는 당연한 것 같지만 실제로는 "시장경제가 총괄적으로 통제하는 복잡하고 은폐적인 사회관계의 규제를 받으며"[118], 특정한 시공의 언어 환경에서 커뮤니케이션 매체와 이데올로기에 의존해 점차 '육성'된다. 이는 곧 '동형'의 소프트 폭력의 본질적 구현으로서 소비자들로 하여금 유쾌한 설명 중에서, 이데올로기에 의해 구축된 사회적 신분을 인정하고 주동적으로 추적하게 한다.

---

118) Sut Jhally(蘇特 杰哈利), 『广告符碼——消費社會中的政治経濟學和拝物現象』, 馬姍姍譯, 北京,中國 人民大學出版社, 2004, 59쪽.

따라서 "소비란 한 개인이 상품을 선택하는 행위만이 아니라, 자신이 어느 집단과 한 통속이 되는가 하는 사회관계를 선택하는 행위이기도 하다."[119]

엄연히 말해 소비 행위는 더는 순수한 개인의 행위가 아니라 일종의 사회적 행위로 전환되었고, 소비하는 것 역시 더는 상품의 자연 속성이 아니라 기호의 사회적 속성에 의해 대체된 상품이다.

이때 상품은 더는 '물건' 자체만이 아닌, 고도로 관습화된 기호이다. 상품의 기호가 가지고 있는 사회적 속성의 기의 가치를 사람들이 수용하고 추적하느냐 하는 것은 시장에서 인기 상품이 되느냐를 결정하게 된다. 때문에 상가들은 판촉 전략에서 사용 가치를 피하고 상품의 사회적 가치를 강조하면서 전력을 다하여 상품의 기호 의미 상관성을 '동형화'함으로써 상품의 사회적 속성을 부각시키려 한다.

상품의 기호에 부여한 사회적 속성이 매력이 강할수록 대중들이 소비 가운데서 사회적 신분을 얻으려는 열망을 더욱 충복시킬 수 있으며, '동형'이라는 이 가치 생성 메커니즘의 사기성이 강할수록 소비자들로 하여금 더욱 주동적으로 그 상품을 구매하게 하면서 기호의 가치를 보다 쉽게 이룩하게 할 수 있다. 이때 소비자들은 상품의 사용 가치만 구매하는 것이 아니라, 상품 중에 포장되어있는 사회적 가치를 구매하게도 된다.

이렇게 해야 만이 자기 사회적 속성을 상품의 사회적 속성과 연결시킬 수 있는데, 소비한 '물건'을 통하여 자기 사회적 신분을 과시하면서 마음의 안식처를 찾게 되는 것이다.

---

119) 伍慶, 『消費社會与消費認同』, 北京:社會科學文獻出版社, 2009, 104쪽.

이렇게 되어 사람과 사람 간의 관계는 물질 간의 관계에 의해 대체되면서 사회적 관계가 재구성됨으로써 '소비'는 대중들이 정체성을 찾고 주체성을 구축하는 주요 경로가 되는 것이다.

3) '동형'은 매체에 편승하여 기호 가치의 자연화를 이룩하고 상품의 교환 가치를 격상

'동형'이라는 이 가치 생성 메커니즘은 물론 기호의 가치 생성에 이론적 근거를 제공했다. 하지만 반드시 커뮤니케이션 매체에 편승해야 만이 상품에 인위적으로 주어진 특정 사회적 속성이 상품의 천성적 특질을 설명할 수 있고 기호 가치를 자연화 할 수 있어서, 대중들로 하여금 '상품이 지지(적재)하고 있는 사회적 가치'라는 이 명제의 합리성을 굳게 믿도록 할 수 있다. 그랜트 맥크래켄(Grant McCracken)이 자기 저작에서 밝힌 것과 같다.

"……만약 상품에 기호 가치의 일면이 있다면, 대체로 광고가 부여한 것이다. 갓 출하한 제품에는 그 가치를 곧 전달할 수 있는 능력이 분명히 없다. 광고가 그 제품으로 하여금 이 같은 능력을 구비하도록 했다…… 광고는 우리가 객체에 모종의 다양한 특징의 가치를 부여하는 과정에 없어서는 안 되는 부분이다. 광고야말로 상품으로 하여금 가치의 '전달자'가 되게 한다."[120] 상품이 메시지를 전달하는 운반체가 되고, 가치를 커뮤니케이션하는 기호가 되려면 반드시 광고의 커뮤니케이션

---

120) Sut Jhally, 『광고 부호-소비 사회에서의 정치경제학과 배물(물질 숭배) 현상』, 앞의 책, 13쪽.

을 거쳐야 하며 매체의 번거로움을 마다하지 않는 반복되는 과장을 거쳐야 한다. 오늘날 천지를 뒤덮는 광고가 우리들의 생활공간에 범람하면서 보기에는 '합리적'인 여러 가지 소비 주장을 고취하며 각종 소비 욕구를 끊임없이 자극함으로써 소비자들로 하여금 상가들이 상품에 부여한 사회적 가치를 자각적으로 추종하게 만든다. 대중매체는 기호 가치를 제공하면서 생존하는 '의태 환경'을 만들어 그 '모략'으로 하여금 만물을 적시는 이슬비처럼 조용히 영향을 미치면서 소비자들의 의식을 강제적으로 통일시키며, 보기에는 신중하고 비강제적인 온유한 서사를 활용하여 각종 소비 관념과 가치 기준을 소비자들의 의식 속에 주입하고 은연중에 감화시키면서 '동형'의 소프트 폭력의 본질을 시종 관통시킨다.

이와 같이 대중들은 상가에서 미리 설정한 통일적인 부호화 체계와 해독 체계에 좇아 기호 가치를 해독해야 만이 조금도 의심하지 않고 기호 가치를 추종하는 자로 전환할 수 있는 것이다. 이 같은 인식은 수많은 광고의 서사적인 리듬과 편성 규칙을 명시하고 있는데, 광고는 제품 자체를 전시하는데 서두르지 않고, 각종 영상 언어를 통하여 특정된 가치적 언어 환경을 구축한 다음 최종 한순간에 상품의 진면목을 벗긴다. 예를 들면, Septwolves 남성 의류의 한 광고문에서는 "굳센 의지와 부드러운 마음씨에, 전력을 다할 줄 알 뿐만 아니라, 생활에서 지정(知情, 남의 사정을 잘 아는 것 - 역자 주)의 참뜻을 보다 잘 누릴 줄을 아는, 다양한 삶(다방면)을 즐기는 사나이가 바로 멋진 사나이이다.

다양한 삶을 즐기는 멋진 사나이, Septwolves 남성 의류는 그런 사나이들의 몫이다"라고 밝히고 있다. 이 광고는 남주인공의 강인하면서도 부드러운 이미지를 연출하면서 남성들의 다방면의 인생 추구를 드러내고 있는데, 남성의 특정된 '사회적' 속성을 성공적으로 구축한 다음에 맨

마지막에 가서 상품인 'eptwolves 남성 의류'를 관객들에게 고한다. 이때 'eptwolves 남성 의류'는 광고를 통해 한 가지 기호로 설명되었는데, 기표의 외각은 사람의 의사에 따라 기의 가치와 강제적으로 하나로 융합되어 여러 차례 반복적으로 커뮤니케이션되는 과정에서 기호의 가치가 비할 바 없이 자연스레 연역이 된다.

따라서 상품 기호의 기의 가치는 기표의 외각과 같이 상업 유통 분야에 진입하여 함께 놀라운 상업성을 창출한다. 대중매체는 성공적으로 상품을 일련의 가치와 하나로 밀접하게 유착시키고 상품에 인위적으로 부여한 사회적 가치를 상품의 천성적인 특성으로 전환시킨다. 즉 상품 기호의 함축적 의미의 기의가 자연화 되고, 이로부터 파생된 상품의 기호 가치 역시 자연화 되면서 명품, 즉 기호 가치를 가지고 있는 상품은 고가에 팔릴 수 있는 구실이 생김으로써 사용 가치가 대대적으로 변하지 않은 상황에서 교환 가치가 격상된다.

'동형'은 대중매체의 상부 하에서 상품 기호 가치의 자연화를 이룩했지만, 소비자들은 자신이 상품의 기호 가치를 구매했다는 점을 거의 깨닫지 못한다. 오히려 그들은 광고에 나오는 상품을 소유하거나 사용하는 데 열중하면서 소비하는 가운데서 자기를 표현하고 자기 정체성을 찾는다. 이것이 곧 상가들이 줄곧 간절히 추구하는 커뮤니케이션 효과이다.

따라서 그 어떤 물질적 상품이든 비물질적 상품이든 결국은 매체의 대대적인 커뮤니케이션을 거쳐서 '의태 환경' 가운데서 가치를 지지(적재)하는 기호로 성장함으로써 매혹적인 교환 가치를 창조하고 엄청난 이윤을 낼 수 있는 조건을 마련해놓는다. 대중매체가 이와 같이 광범위한 통제력을 보유할 수 있는 것은 기호 가치를 자연스러운 현실로 만들어 소비 구조 및 소비 이념과 떨어질 수 없게 한 다음, 이것으로 은폐적인 사회 권력을 구성하여 보이지 않는 지휘봉처럼 사람들에게 마땅히 무엇을 믿고 무엇을 추구하며 무엇을 구매해야 하느냐를 알려주기 때문이다.

바로 '동형'이라는 이 가치 생성 메커니즘이 상품의 배후에 은폐되어 있는 이 같은 사회 권력으로 하여금 작용을 발휘하도록 하는데, 사회 권력은 사회적 소비 방향을 선도하고 엄청난 교환 가치를 창출함으로써 이윤 추종자들로 하여금 끊임없는 기호 제조에 연연하게 하고 커뮤니케이션에 연연하게 하는 중에 기호 가치를 자연화 한다. 이로서 소비는 신화로 변천되고 대중들은 그 속에 심취되기 시작하면서 어쩔 수 없이 소비를 통해 위안을 받을 수밖에 없게 되는 것이다.

'동형'은 커뮤니케이션 매체에 편승하여 상품 기호 가치의 자연화를 달성할 뿐만 아니라, 더욱 심각한 것은 커뮤니케이션 매체에 편승하여 일종의 사회적 언어 환경을 구축함으로써 이를 통해 "소비'가 우리의 생활 전반을 통제케 하는 처지에 놓이게 한다."[121] 인류의 전반 활동이 마치 소비가 중심이 된 것처럼 각종 사회 규약을 제정하고 이에 따라 이익을 나눈다. 이 같이 고도로 일치한 사회 언어 환경이어야 만이 대중들이 상가들이 부호화한 의도에 따라 광고의 가치를 해독할 수 있고, 보기에는 자유로운 공간이 되어야 만이 광고가 선양(宣揚)한 각종 가치관을 동일시 할 수 있으며, '기호 가치'가 전달하려는 각종 사회 관념이 별로 의심을 받지 않고 당연한 듯이 객관적으로 존재할 수 있는 것이다. 장 보드리야르 역시 이 점에 예리하게 주목하면서, 소비자가 소비한 물건을 가지고 자신의 신분과 지위를 나타내고 또한 물건에 통제되게 된 것은 소

---

121) 장 보드리야르(讓 鮑德里亞), 『消費社會』, 劉成富. 全志鋼譯. 南京,南京大學出版社, 2000, 5쪽.

비사회에서 양자의 관계가 단순히 사람과 물건이라는 사용 관계가 아니라 "사람과 '한 세트의 물건'으로서의 순서적 소비 대상의 관계가 난폭한 관계로 전환된 것이다"[122]라고 인정했다. 때문에 대중매체가 커뮤니케이션하는 상품이 소비자들 앞에 나타날 때 단순한 상품으로서가 아니라 일부러 일련의 언어 환경을 조성하여 소비자들의 연쇄적 심리 반응을 유발시킴으로써 그 물건 이외의 기타 일련의 사회적 가치를 연상하도록 만든다. 이때 물적 출현은 모두 일련의 형식으로 존재하면서 소비자들의 연쇄적 심리 반응을 위해 준비를 해놓는다. 따라서 물적 존재 역시 단지 사용 기능을 갖춘 물품이 아니라 일련의 의미 체계에서의 하나의 노드(node, 중심점)가 되는 것이다.

장 보드리야르는 이렇게 밝혔다.

"세탁기, 냉장고, 식기세척기 등은 각기 용구라는 기능 외에도 모두 다른 한 가지 가치를 가지고 있다. 쇼윈도, 광고, 제조사와 상표 등은 여기서 주요 작용을 할 뿐만 아니라 일종의 일치하는 집단적 이념을 강요하면서 마치 하나의 체인이나 분리가 불가능한 총체가 되면서 더는 일련의 단순한 상품이 아니라 일련의 가치가 되는데, 그것은 그들이 서로 더욱 복잡한 고급상품을 암시하고 또한 소비자들로 하여금 더욱 복잡한 동기를 갖게 한다."[123]

바로 이와 같은 복잡한 동기가 소비자들을 전동하면서 그들로 하여금 광란하는 물적 체계에서 스스로 벗어나지 못하게 하거나, 심지어 수많

122) 張一兵, 「消費意識形態 : 符碼操控中的眞實之死——鮑德里亞的〈消費社會〉解讀」, 『消費社會』, 南京, 南京大學出版社, 2000. '번역 서문을 대신하여', 5쪽.
123) 장 보드리야르 『소비의 사회』, 앞의 책, 3쪽.

은 사치품을 비이성적으로 소비하게 하고, 또한 이를 통해 자기 신분이나 품위를 과시하게 한다. 즉 드보르(德波)가 밝힌 것처럼 '과시적 경관 표상'이 인간의 소비행위에 대한 인도이고 통제인 것이다.

이 같은 통제는 장 보드리야르에게 와서 일종의 의미 체계를 생성하면서, 명목이 번다한 각종 상품을 가지고 하나의 그물 모양의 입체적 체인을 엮어놓았다. 상품 체인의 한 부분을 언급할 경우 연대적으로 기타 부분을 연상시키면서 그로부터 일련의 관련 의미체계를 생성시킴으로써 공통으로 기호 가치의 자연화 과정을 완성시킨다. 예를 들면 여성 스타의 손에 들려있는 핸드백은 정교한 화장, 품위 있는 의상, 우아한 자태 심지어 명차(名車)거나 별장, 휴가 등 일련의 기표와 함께 동시에 매체에 나타나며, 그리고 이 일련의 기표는 또한 자연스레 일련의 그 신분과 지위를 부각시키는 기의를 지향케 하는데, 대중매체의 날마다 이어지는 반복적인 '육성'을 거쳐 기표 체인과 기의 체인은 자연스레 하나로 연결되어 공통으로 한 세트의 물적 의미체계를 구축하게 되며, 따라서 기호 의미가 사회적 요구에 의해 생겨난다.

주목할 것은, 상품에 부착되어 있는 이 가치 체인이 결코 자연적으로 생성된 것이 아니라 대중매체가 예전과 다름없이 지속적으로 커뮤니케이션을 하는 과정에서 모종의 특정된 의도에 따라 만들어 졌기에 소비자들이 거부하는 것을 용납하지 않는다는 점이다. 여기서 '동형'의 강제성과 단일성은 커뮤니케이션 매체가 만들어낸 미묘한 설명에 은폐되고 만들어진 가치는 상품 자체의 사용 가치와는 거리가 너무 떨어져 소비자들의 마음을 사로잡는 것은 보기에는 비현실적인 것 같지만 거부할 수 없게 만드는 상징적 가치이다.

대중매체는 바로 소비자들의 이와 같은 심리적 동기와 욕구를 이용하여 광고를 커뮤니케이션할 때 심지어 상품의 사용 가치를 더는 언급하지 않고 곧바로 상품의 사회적 가치만 언급하면서 소비자들의 욕구에 영합하거나 욕구를 조장시킨다.

하지만 다수의 소비자들이 대중매체의 떠들썩한 홍보에 몰두하면서 기호 가치가 가져다주는 쾌감을 추구하고 있을 때, 일부 소비자들은 이를 거들떠보지도 않고 자기 신분을 재구축할 수 있는 새로운 소비문화인 소비 개성화를 찾기 시작한다. 어쩌면 소비 개성화는 그 흥기가 포스트모던 언어환경에서 권위를 제거하고 전통 철학을 해체하는 사조와 우연하게 맞아떨어졌다고 할 수 있는데, 그들은 자기 개성을 선양하고 심미적 자유를 추구하면서 대중매체가 구축한 모종의 기호 신화를 타파하고, 개인 성향이 강한 소비문화를 가지고 패션을 리드하려 했다.

그들은 더는 명품을 맹신하지 않고 광고를 경계하거나 심지어 배척하는 정서까지 있으며, '유일무이'한 상품이 되어야 만이 그들의 마음을 움직일 수 있고 개성을 과시하려는 그들의 심리적 욕구를 만족시킬 수 있었다. 하지만 유감스럽게도 이 같은 성향 역시 상가가 간파했을 뿐만 아니라 '개성'이라는 명의로 된 맞춤형 제품을 출시하는 계기가 되면서 '개성화 마케팅'이라는 이념이 그에 맞춰 생겨났다. 주택 인테리어로부터 자동차 액세서리에 이르기까지, 의상 주문제작으로부터 개인 초상화에 이르기까지, 패션 스타일부터 헤어스타일에 이르기까지… 소비자들은 자기도 모르게 상가들이 '온갖 계책을 다 짜내어' 만들어낸 '유일'한 상품 중에 또다시 빠지게 되었으며, 이를 통해 개성을 과시하면서 신분의 정체성을 획득한다.

따라서 이 같은 개성에 대한 선양, 주류 가치관에 대한 반항이 기호의 법칙에 의해 통제된 실생활을 뒤흔들 수 있느냐 하는 문제는 아직 검토

할 필요성이 있는 것이다. 이 같은 '개성'이나 '자유'가 잠시 기존의 기호 가치의 생활공간을 해체한다 하더라도 여전히 다른 한 가지 '동형'이라는 이념의 속박에 빠져서 '개성'에 무릎을 꿇을 수 있다.

소비시대에 사람과 물적 논리 관계에 근본적인 변혁이 일어나지만 않는다면 '동형'의 신화는 여전히 지속적으로 연출될 것이므로, 대중매체의 '동형'을 포기하고 나타난 모종의 기호 가치는 도리어 새로운 가치관의 '동형'에 빠지게 될 것이다. '동형'과 매체가 공모한 소프트한 폭력 하에서 사람들은 자기도 모르게 새로운 사조에 빠지게 되어 스스로 벗어나기 어려워지면서 다른 한 가지 '동형'으로 변천하거나 다른 한 가지 권위의 포로가 되는 것이다.